譚郎的書信。

七等生

【出版前言】

削廋卻獨特的靈魂

生命裡不免會有令人感到格格不入的時候，彷彿趔趄著從一眾和自己不同方向的人羣中穿行而過。然而如果那與己相逆的竟是一個時代、甚至是一整個世界，這時又該如何自處？一生以叛逆而前衛的文學藝術屹立於世間浪潮的七等生，就是這樣一位與時代潮流相悖的逆行者。他的創作曾為他所身處的世代帶來巨大的震撼、驚詫、迷惑與躁動，而那也正是世界帶給他孤獨、隔絕和疏離的劇烈迴響。如今這抹削廋卻獨特的靈魂已離我們遠去，但他的小說仍兀自嗚放著它獨有的聲部與旋律。

該怎麼具體描繪七等生的與眾不同？或許可以從其投身創作的時空窺知一二。在他首度發表作品的一九六二年，正是總體社會一意呼應來自威權的集體意識，甚且連文藝創作都被指導必須帶有「戰鬪意味」的滯悶年代。而七等生初登文壇即以刻意違拗的語法，和一個個讓人眩惑、迷離的故事，展現出強烈的個人色彩與自我內在精神。成為當時一片同調的呼聲中，唯一與眾聲迥異的孤鳴者。

也或許因為這樣，讓七等生的作品一直背負著兩極化的評價；好之者稱其拆穿了當時社會表象的虛偽和黑暗面，凸顯出人們在現代文明中的生存困境。惡之者則謂其作品充斥著虛無頹廢的個人主義，乃至於「墮落」、「悖德」云云。然而無論是他故事裡那些孤獨、離羣的邊緣人物，甚或小說語言上對傳統中文書寫的乖違與變造，其實都是意欲脫出既有的社會規範和框架，並且有意識地主動選擇對世界疏離。在那個時代發出這樣的鳴聲，毋寧是一種挑釁，也無怪乎有的人視之為某種異端。另一方面，七等生和他的小說所具備的特殊音色，也不斷在更多後來的讀者之間傳遞、蔓延；那些當時不被接受和瞭解的，後來都成為他超越時代的證明。

儘管小說家此刻已然遠行，但是透過他的文字，我們或許終於能夠再更接近他一點。印刻文學極其有幸承往者意志，進行「七等生全集」的編輯工作，為七等生的小說、詩、散文等畢生創作做最完整的彙集與整理；作品按其寫作年代加以排列，以凸顯其思維與創作軌跡。同時輯錄作者生平重要事件年表，期望藉由作品與生平的並置，讓未來的讀者能瞭解台灣曾經有像七等生如此前衛的小說家，並藉此銘記台灣文學史上最秀異特出的一道風景。

沉思的七等生，1990年代

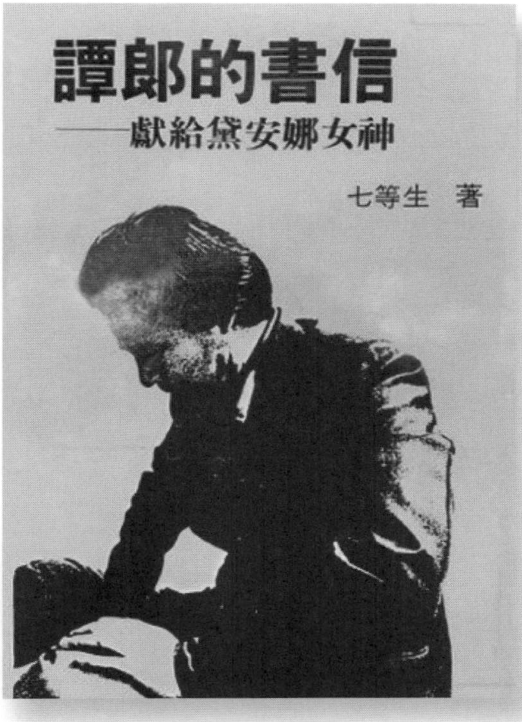

1985年《譚郎的書信》，圓神（初版）

目錄

譚郎的書信
——獻給黛安娜女神

第一封

多日來我都在盼望你的來信；我也想給你寫信；幾天前我就有寫信的慾望，我心裡有許多話要對你說；每日對你湧起的想念中，隨之湧起無數的意念想要告訴你；這些蓬勃的思潮是我從未有過，我想原因是我們分別時就有的默契。有時我反省著這種熱情，到底是我的天性，還是創作生活的孤寂？我的生活其實並不算太寂寞，我有許多日常的工作幾乎讓我做不完，按著預定目標做些進修的課程，每天練草書，專門的書近來雖看的比較少，但每天必得看報或雜誌。寫作暫時停頓了，卻想到要繪畫，譬如今天我到海濱散步，坐在沙灘的救生船上望著海洋湧來的潮水，和沙灘上插著的竹籬，就想繪一張簡單的水彩畫。簡單的形象是我喜愛的，這或許預示著我將來所要過的單純生活的意願。我重看你和我合拍的照片，我幾乎不敢相信這是事實，但這畢竟是千真萬確的事實，我們曾親愛的在一起度過許多小時，合算起來是幾天，你的記憶和筆記中，你給我的信中都明確地記著這件不可磨滅的事。所以我看這不敢相信卻無法否認的照片時，我倍增對你的思念。你說要變得很美，我想不論如何你是在對我說出一件不可能沒有意義的事。不論我心中的期望是否將來要在我眼前實現，我心中卻不能忘懷你這份慰藉的好意。我多麼希望將來真的有實現美景的一天，我可以給你保證：你對我的和我對你的將會是完全相等。你柔美的好意是會啟迪我給你應得的報償。但我是否有這等幸運，我不敢確信；這對我完全是一種過份美滿的夢境；在這個夢景之前，也許我應該抑制我的激動，而耐心地做些增長信心的準備工作。我希望隨時給你寫信，就像你在我的身邊，我可隨時對你說幾句想到的話；有如我們生活在一起，我要將生活的一切都告訴你，在這一年內，什麼事都可以放開，卻必須記載一切我思和我做的事讓你知道；在這一年內，我們就憑著思想而生活在一起；雖然我們之間有千里的海洋相隔，這對生命並非沒有而應該是極有意義的。

今天午後我說到海邊散步，前天颱風過境的影響，海浴場遊客稀少，我也沒有做游泳的打算，只信步在沙灘走。正是漲潮的時候；潮水我一向熟悉，依照陰曆去推算，從小我就十分清楚，並且憑我的肉眼也可以觀察出來。當我望著那些剛長成的木麻黃樹林，它們成排密集在沙灘之上，把海洋和市鎮的人界分隔，我想著如果你在這裡，我應該把你隱藏在林內，我們兩個人，一男一女，有如太初宇宙的開始。

然後等所有的遊客都離去後，那時天暗下來，我們就可以完全擁有那片樹林和整條的海岸，甚至眼見的海洋也屬於我們獨享。我們可以自由地處在沒有任何監視和拘束的自然天地裡。當然我們會預先準備糧食和毯子；我們整夜都赤裸著與自然的世界親密地在一起。世界只有我們兩個人，一男一女，有如太初宇宙的開始。

我沿著水邊散步，潮水一次又一次的湧來浸濡沙岸而留下波紋和泡沫。我離開游泳的浴場很遠了，獨自一人走到有一條海溝的地方。這地方是新近海濱墾殖海產掘開的一條水流，正好將一條綿長的沙丘在中央截分兩半，引水流向內海的區域。我聽到從那裡傳來船塢的馬達聲響，因為漲潮的緣故，水流份外的急速。我走到那裡時，看到這條海溝覺得是個極好的練習游泳的好地方，在被截開的沙丘兩岸可以來回游著，也可以經由這條海溝，由內海游到外海，像一條魚自由地進進出出一定非常的愜意。事實上在幾天前，我曾單獨一人遠離浴場走到海溝的地方後，就轉入木麻黃樹林內，然後在樹叢的圍屏裡，解開我的衣物躺下來做赤裸的日光浴。我躺在那裡，外界是完全看不到的；我覺得這樣做真正感到無比的輕鬆和舒暢；有時我坐起來，從樹枝的隙間注視光耀的海洋，以及從水平線經過的船隻；我想到魯賓遜在荒島上，他仍然赤裸著坐在岸邊的木塊上縫補衣裳，我不知道他是否有同樣適舒的感覺；他注視海洋是為了盼望有船經過和發現他；但我則無需如此，我寧謐地坐著，沒有厭棄也沒有急切的盼望情緒，如果心中有希望的跳動，那是我活著能如此自由，能和你在一起的快樂。固然我不知道這樣的美景可以維繫多久，但只要有半天我也覺得滿足。可是有時，我反覺得單獨一個人比二個人好得多。

我在海溝的地方沒有逗留很久，轉回來時我開始注意沙灘上蟹類佈置的繁複的沙粒陣圖，牠們從洞裡搬出一粒一粒揉圓的沙球，就在退潮後沙灘無水的這段時間中，幾乎將整個廣大的地面都堆積成像語言般詭巧的圖畫，我雖不能明瞭它們代表何種意圖，但當我看到潮水又將它們覆滅重歸虛有時，對牠們的徒勞感到無比的嘆息。

自我認知以來，我從不願將沙灘上的任何生物捉來玩耍，我也痛惡釣魚。有幾次，我那三個小孩喜歡捉住小蟹，並想將牠們帶回家去，我向他們解釋應尊重別的生命，不能隨意將牠們弄死，不要帶回家，看完之後要將牠們放下。有些遊客用塑膠袋裝著牠們帶走，那些小動物既不能給他們食用，我總不解為何他們要隨意主宰牠們的生命？史懷哲醫生提到他在非洲做客不得不吃猴肉時，他的內心總是感到無比的慚疚和不安。人類的不仁可以看出人類的無知，他們的歡樂總是帶有罪行的色彩。有一次我路過沙灘去勸阻幾個年輕人，他們跪在沙灘上用手指挖洞做捉小蟹的比賽，他們抬起頭來望我，似乎對我的干涉感到疑惑，並且用笑鬧的聲音來輕忽我，我只得惘然地走開。

浴場的地方在黃昏突然有一些前來戲潮的男女，今天根本不適宜游泳，也沒有救生員在場，事實上昨天和今天浴場根本沒有營業（我前面說到颱風的關係），但昨天我曾冒險來游泳，今天我猶感肌肉的痠痛。我來散步是我不能老待在家裡，我必須出來舒散情緒和理清我的思維。我走回來時看到一對年輕的女郎，其中的一位小心地攙扶著另一位，我坐在船上歇息時，看到她們在柔軟的沙地上幾乎舉步艱難，那位跛腳的女郎彎身跌倒許多次，而另一位非常耐心地照顧她，並且站在她的面前想要背負她。我離她們有一段距離，但我看得很清楚；最後那位跛腳的女郎把她猶穿著的半高跟的鞋子解脫下來（我在觀察中正那樣想：她應該脫下鞋子），終於可以順利的一步一步拐走到水邊去。我坐的地方只能看到她們的背部和半側面，當她們抵達水邊時，我看不到她們的表情，可是我看到那跛腳的女郎彎身用手掬水，這種動人的景象（有如朝聖）使我一直坐在船上思想和揣摩她們勝利得償的心情，然後我又看到她們只逗留十分鐘就轉身離開了。

黃昏的海洋最能傷情；在沙灘上的人漸漸離去；有一位漁夫肩扛著網走過時，幾乎遊玩的人都走光了；我是閒情逸致的人中最後離開的，但新闢的海埔新生地那一面還有電廠的堆土機和大卡車移動和工作的人。

早上我騎車子到學校簽到，並且在校園的竹林裡割了一些竹筍帶回家。晚飯之後，我已經按捺不住，所以提筆記錄以上諸節。

八月二日

依然沒有你的來信，但你想知道我收到什麼嗎？郵差在門口喚著說掛號信，我心裡很失望，因為你的信不可能是掛號，我知道今天又落空了。掛號的是一個大紙袋，我還猜不出是什麼東西，另有一張卡片，是經常寄來給我的阿波羅畫廊畫展的預展酒會請柬；這一次是苗栗籍的一位水彩畫家，卡片上彩印著一張黃澄調子的收割，背景是十分詭譎的日落彩霞，近景有五個農人推拉著一部鼓稻機，寫實而生動，比起我們一起到阿波羅看的畫家郭的造作的水彩畫要自然和誠懇許多。這個且不談。那一個紙袋裡經過拆開後是一本《畫詩》的印集，原來是我在師範學校的同學，韋的鋼筆素描和她為每張畫的題目所做的詩詞。去年我曾和他們在李家敘餐，我也到過他們在石門水庫附近康園的家裡，那天在石門吃魚至今印象極好。她的丈夫也喜歡喝酒，但韋卻非常霸道，當面警告他要小心，不讓他和我盡情喝個痛快。自此我沒有再見到他們，現在寄來她很得意的詩情畫意的作品集是我始料不及的。我甚至已把他們忘記了，我的意思是我沒有和他們有信息的來往或生活上有相互的關懷，當時的見面都是李去安排，而這整個一切似乎完全過去了。你知道除了有什麼機緣，否則我與外界幾乎不來往，我和所認識的人保持一種疏遠而淡默的友誼，除了和我的生命有直接的關係外，我很少去關懷那些生活和成就超乎一般水準之上的人。我的感情主要有兩端，一個是直接涉入我生命體的，與我同樣思想和享受生命的熱情，互相關愛也一起憂患共甘苦；另一個是扮演社群的一份子所應負的責任和義務的道義情感，也就是我所賴以維生的工作，譬如我是小學教師，還有我是個創作者，關於後者我便不必詳說了。

我有些懷疑你是否可能和我在將來同步於一條旅程？可能或不可能到底決定於誰呢？對於現實生活的一切我很少採取主動，卻有可能去構想，如果你回來時願意和我過另一種新生活，那麼我會毫無推拒的去為你和我的一切做各種的準備。但我真的不敢相信這一切會在將來實現。在我們的默契裡，現實的部份所佔的份量最為微小；我們可能在一起是所有你的較好機會沒有或喪失後，也聊為慰安和滿足的一種安排。你的學業何時結束我不敢預測，雖然你說快則一年，慢則要到三四年之後，其中由於父母的關係，你可能選擇一位有較高地位的如意郎君做為結婚的對象。總之，我們的命運處於陰晦和矛盾，其渺茫猶如吹過森林的晚風，只能察覺而不能撫觸，黑夜眼看就要來臨了，如果你是一隻徬徨的小獸，可能驚逃而去。

我無意於逼你做決定，我甚至不忍那樣做；你也不一定經我的強求就會順從，難道你不是這樣嗎？讓一切都順其自然發展是最好的辦法，不是嗎？關於將來的事畢竟是奢求而無益罷了。我不知道你是否同意這樣的看法？我們要在一起，想怕是人間最為艱難的結合，於你於我（我的困難重重）都如此，不是嗎？可是我們卻不能避免要為此而苦惱，或者我們也想為此而獲得喜悅。

今天我帶三個小孩到海邊去，到了黃昏北風吹得很急，我留他們在一處水淺的地方，我則奔向急浪的海洋；我的肩膀一向不太堅實，左肩一直有疼痛的感覺，但我在急流中游著，希望能夠藉此鍛鍊。最後我放棄在水裡掙扎，因為那樣不能獲得多少游泳的快樂，我改在沙灘上跑步，然後去沖洗淡水。我看到木麻黃樹林處有近乎十個露營的帳篷。回來的時候，我在軍營的左近球場看到一堆人聚集在那裡，那時有一隊兵士在水泥球場上做軍操，有一個男人在我的背後呼叫我，我停下來，一個陌生人追上我，一直問我不記得嗎？我望著他根本記不得他是誰？然後他站在我面前說出他的名字，並說是師範的同學（同屆而不同班），我終於記起來，他（包括所有的）和我競爭歌唱隊的優勝（我是連保三年的優勝者），然後和他寒暄一陣，我又記錯他的住地，我以為是鄰鎮，他說是台北，我啞然失笑。他帶合唱團的團員遠從台北來露營，我不知道要如何表示我的歡迎；因為他們來並不是因為我住在這裡，而是這裡有個海水浴場；他遇我完全是偶然，我說希望他們能夠玩得愉快；他們正要去街市的餐館吃晚飯，我只得回家走了。

我希望我說的這些事不致使你厭煩；我想你一定煩透了；可是我必須記載這些與你沒有相干的事，這是因為我在等候你的信而十分無可奈何的關係，如果你的信早點來，我就不會顯得如此無聊，不是嗎？

八月三日

郵差根本就沒有探頭，假如我心中沒有你，我倒希望郵差都不要前來騷擾我的清淨；我心中根本沒有安寧，只盼望你的來信做我的安慰劑。昨日我熾熱的盼望，結果是收到一個預想不到的包裹，但我心中只想到你；你知道我心裡主要的繫念並不會因為另外的收穫而消滅，反而在片刻的停頓之後，更為貪婪地迫切渴求。奇怪的是在天亮之前，我做了一個情緒上很失望的夢；你並沒有完全在我的夢裡出現，出現的是另一個女子的印象。當許多許多年前我和她有交往時，她是修瘦端莊的，夢裡她的肥胖和滑稽把我嚇跑了，她的家庭充滿喜氣洋洋的景象，這是做為排斥我的明顯表示。我的腦中一直盤纏著她的長兄有一次前來興師問罪的威脅情形，他對我家居的模樣加以譏嘲；我想不出為何他會以我簡陋的家庭佈置做為輕蔑我的對象；他事實上是對我整個人格看不起的；就因為我在家庭中顯示了我個人中心的愛好和性向而讓他看出來了，他無法容忍我和他的妹妹的親密而整個對我的一切加以痛誹。事後我倒非常諒解他對我的侮辱。我的獨特性格是和我們的社會觀感相牴觸的。人類的心裡內在是壓伏著一股不甘姐妹被人佔有的私欲，如果沒有依照社會習俗的成規合理的讓出，就會轉而為名譽的理由表示出憤怒。這種私欲的人類心理，可以追溯到遠祖的動物狀態；自然界的亂倫是普遍而合理的，《聖經》中最初的亞當和夏娃，為了傳續後代必須要和他們的子女行交媾。人類或動物的慾望是上帝的意志，從這我們知道愛戀的背後有一個自然不可抗拒的事實，不應用浪漫和自私來形容或誹謗。我在夢中的意識瀰漫著苦惱和不快，在清醒時一直追問為什麼？夢中為何是她不是你？我不惜在此窮究底因，一層一層解開我內心隱藏的黑幕；關於她和關於你可以做個比較，現在和過去可以做個辨明；我在那過往的事件中和現在的渴念情況中是否依然還是同一個人？整個問題是我對女性的永不絕斷的渴慕和企求，時間是事物變換的催促者。坦白說，自我和她斷交之後，我不止一次在夢中見到她，今晨的夢顯得更為明晰和特別，夢中的形象的變異已經十分清楚有它的現在寓義存在。顯然的，應該出現你，而竟出現她，是因為你和她是同一類型的我內在的欲求的對象，你和她對我的生命慾望而言，是同一種足能滿意的象徵，所以才會那麼怪異的出現她的頭，你的身體。你曾說你要變瘦要變得漂亮，這是你的意識要迎奉我的表示，因為男人對生命的追求的整體意義就是一個「美」字可為代表。那麼我的苦惱就不難解釋是社會環境對我的阻擾了，當初她的情形如此，現在你所受到的壓迫恐怕也是如此。

今天報上有兩則新聞，其一是已故抗日志士蔣渭水的哲嗣蔣松輝委託律師要求對於未經他本人委任而欲利用紀念他父親逝世四十八週年名義舉行追悼會者，立即通知他們停止舉行，否則應依法追訴。據瞭解，宜蘭縣議會曾通過決議定期紀念蔣渭水逝世四十八週年。部份黨外人士可能於八月五日蔣渭水逝世四十八週年紀念日集會紀念。其二是上個月二十八日，某些份子在台中集會活動，真正參加的人數只有三十餘人，因為他們集會地點是選擇在市民聚集的公園及交通孔道上，而引來兩千餘人圍觀。台中警方在事前曾經發佈舉行消防演習。這兩種不同事情，竟為他們透過某一外國通訊社，蓄意合併渲染為有萬餘人參加此項活動，並且由消防隊使用救火喉噴水驅散。警備總部鄭重向民眾呼籲，對於國內幾個某些份子利用各種機會所做的不法活動，不要抱著看熱鬧的心理前往圍觀，以免受騙上當，在不知不覺中被人所利用。

以上二件事與我們追求幸福的生活不無關係，人們的熱情所為何事使我們不得不關心和深慮。今晚我從電視影片看到一位憤怒的青年由於誤失過期繳納保險費而未能獲得飛機失事受傷的賠償，於是構想出另一次意外的死亡而由其妻冒領四萬鎊的賠償金逃到國外，又由於撿到一本別人的護照而假冒他人的身份，結果弄巧成拙不但失去了愛妻的情愛，同時喪失了自己的生命。這是喪失真我的例證。人生到底應追尋什麼？財富或真我？答案是簡明的，但真我是什麼樣子？真我如何追尋和保持？要討論這些事體真不容易。無論如何是難以啟口道明真理的，但對以上幾件事的瞭解總有一個「感覺」，且由這個感覺去判斷，並接受這個感覺的指導。

現在大概是晚上十一點多鐘了，我已經有些疲累和睏倦，本來在午睡後，我就開始記錄前半段有關夢的事，希望能多追究我個人的過往行為，不料闖進幾位我不甚喜歡的親戚，而將我的思緒打斷了。平時我都在下午五點到海水浴場去，我為了不想和他們談話，便提早騎車走了。關於你和她在夢中交混的涵義只有另待機會再加以補述，我希望明天能夠有時間來重尋追蹤，沒有把它說清楚我是不能安寧的，要能清晰地敘述它也需唯靠身心的醒敏，否則就有力不從心的瑕疵。我後來加記今天的新聞和故事，也由於它們的事件不能等閒視之。

八月四日

昨日的新聞孰是孰非不需要我加以評論，但人類間的敵對是一種不幸，那種爭鬪根本沒有真理可言，而互相間為了求得勝利便會不擇手段。昨夜的故事更讓人看出個人的報復行動，完全是愚蠢無知的個人內在的爭戰，因為他已放棄了寶貴的良知，而他的報復對象，本身有如那位無心追查只有憐憫的保險業務員，他在公司的合理付償後根本沒有個人間的恩怨，他一無所知，只對那自取疑心且由此導致滅亡的亡命徒的巧計感到遺憾罷了。這位亡命徒是誰演的，你知道嗎？是我一向也頗喜愛的英籍影星勞倫斯．夏威，他是好演員，你必定看過他許多片子，二十年前當我初到北部礦區當教師時，我在那木造的小劇院第一次看到他演《我是照像機》（*I am camara*）、《小樓春潮》時就喜歡他，後來他演《親愛的》則更喜歡，他的憤怒表情和特殊的步態令人難忘，當然還有他的成名作《羅蜜歐與朱莉葉》，以及他演的沉醉在寡婦慾情裡的角色都表現出一種現代精神感。木造的小劇院是仿照古典型式在日據時代礦區產金好景氣的時候建造的，第三年（我離開的那一年）因一次颱風在夜間被吹倒，當第二天早晨我跑去觀看時，感到無比的傷感，因為那三年之間，它是我休閒和知識的糧食，暑假完後我就被調走了。

昨日的疲累並未能使我在今天恢復到完全的暢適，身心還留有一點慵倦，早晨的工作便覺得不甚靈活，書寫一陣之後，我只得停下來閉眼聽音樂，然後突然門外有一聲「信」的叫聲喚醒我，聲音並不很響亮，我走出去時郵差已經返身離去，門口留下一封信，你的字跡馬上攫住我，一瞬之間，幾日的悶困就為加速的心跳所驅逐淨盡了。我很感激你來解救我，終於如約的履行你的承諾；我還未看內容，但手裡握著它有如一件珍貴的禮物。我不計較你在信中的話是否會帶給我心冷或失望，我心中早有準備，對於人類常情的行為我應該十分清楚，我自信可以跨越它，我能判斷和選擇其中有價值的，好像在一畚箕的沙石中洗淘出其中為數極少的金粒。我最親愛的，假如你願意領受我對你的稱呼，我敬重你是因為你是一個純潔的少女，像我久遠前的戀人，像愛倫波詩中的安娜貝爾．李，如果你有默契，我同樣以最純淨的愛意對你，我可以將你的存在視為我愛的象徵，我要以此告訴我內心去膜拜，把我最苦的心志奉獻給你，只要你能使我從厄困的精神中解脫出來，使我能日日洗清被染蓋和自生的污穢。

我是一個最需懺悔的人，矛盾的心和不潔的生活都需要梳理。我這樣說並不以為我是罪惡深重；對你來說，也許我不應如此形容我自己；我的真正意指是我的內心多麼嚮往單純的精神，不應繼續過凡世的混雜生活。其實我現在不應如此誇張的做出宣告來使你驚嚇，這樣做反而使你誤會遠離我。我說「我愛你」也不是一般文人的矯飾和濫言，以為這樣說就能感動對方。你知道，我不必如此，我無需要你一定按照我的願望去做。如果我們要相愛，只有在最自由的條件下去相愛，目前你最需要的就是這一點，而不是在有條件和束縛中去相愛，這樣一定毀掉你的青春生命和你追求的知識學業。我們只需要一種默契，即使從此我們不再相見，永無緣份在一起，那根本無需去計較，只要領會愛意就可，有如我們對造物主上帝敬愛的義務，對天堂的嚮往和許願。這種義務只需透過最隱祕的知覺去瞭解，有如我們談到克羅齊的美的真諦，這種感知是達成一切的中心，無需在人間註冊和宣告而將它揭示出來，只需對自己負責，而無須聽從命令。

真的，我無需去想像太多，這是我最大的瑕疵。可是，如果沒有這些繁複的想像，人活著和自然界動物一樣是粗俗和現實。我全部接受你對我的叮嚀，譬如我在午後提筆書寫的時候，三個小孩就在我面前吵嚷和做對話問答的遊戲，我並沒有斥退他們，我還有另一份心在觀察他們，並且隨時指導他們。你要知道，你的存在並不足以使我去排斥另一些人，我同樣愛那些和我生活在一起的人，不過其愛意有所差別罷了。再說，他們讓我重視，甚於你呢，因為他們的存活是我的一份付給的責任，我絕不輕忽。你也要相信，如果我對他們不好，那麼我也不配再去愛你。我知道天賦給我一份精緻的良心，如果你沒有此私心對我抗辯，我便能依照我的本性對待你和我所關愛的家人，因為依天意，和我們在一起的每一個人，都對我們本身有一個特別的意義，由於有特別的區分，所以並不顯得矛盾和錯誤。所以我愛他們並不會對你有絲毫的損失，如果天賦給我的能力照應得到和周全的話，我們都會融洽而和諧地生活在這個地球上，雖然會有衝突和私慾泛起的不滿，但都能透過認知和瞭解而得以化解。

今天你的信已做到你說的給我安慰的話，你給我的已是全部的施予（不包括你對家人、朋友、師長等的關心），我已全然獲得滿意，到今天為止，我不再需求更多。

八月五日

第二封

我想問，你看到我的信會覺得負擔很重嗎？我是否太瑣碎？你明白我寫信的方式嗎？最後你懂得我對你的準備嗎？我把你視為一個親近的意象，你容許我的表白嗎？對意象的本身而言，它有如神明不害怕壞人或好人來膜拜。

接到你的信的第三天（七日）我動身到台北，距離上個月在台北與你見面已有一個月了，我猶記得十分清楚，我在明星咖啡店等你，然後我們路過阿波羅畫廊再到春之藝廊看洪瑞麟先生的畫。在這些過程中，我和你漸漸地把情感拉近。當我們在國父紀念館旁邊的一家簡速餐廳吃晚飯時，你要求我明天不要走。在那個窒悶的黃昏，許多事你表現得非常惶恐，甚至想要更動計劃，要我陪你去看《白蛇傳》的歌劇演出；先前是我表示想去看，你說和妹妹已約好了（我不該突然來台北，並且突然要見你，這一切使你沒有絲毫的準備，而你在台灣的生活步調都是預定好的）；此時你想妹妹和同學的約定沒有比我在一起更重要，但我已覺得看不看歌劇演出實在無關宏旨，想到台灣的音樂界，實在不敢恭維，我心中升起一股灰意，想一走了之，我想我和你的見面就到此為止了，我打算明早的火車回鄉下去，那裡才是我可以安寧生活的地方。當我看到你走出餐廳門外，跨過馬路朝那廣場走去時，我覺得人是真無情極了，我和你再也不會見面了。你要走時我表示要去看朋友，但你走後，我反而無意去找任何人，卻想到某個地方去獨自買醉。我也沒去，覺得那樣做無異是愚蠢之至，完全是挫折心理的發洩罷了。我到木柵去看母親和姐妹，然後躺下來睡覺。翌日清晨醒來覺得自己依然完好感到十分慶幸，記得應該打電話給你。當我們同步邁進台大校園時，我覺得有你在身旁感到興奮快樂，只是天氣十分悶熱罷了。當黃昏我們在火車站分別你要我吻你時，我知道這世界已對我有新的意義存在，雖然我們要分開，但心會繫念。這一次我去台北，由於你已不在台灣，除了應行辦理的事之外，都儘量找時間給你寫信，使我在這個城市感覺有你的存在。九日早晨搭車回鄉時，信已抄好，在火車上重讀一遍，在家吃過中飯後，我考慮用什麼信封，根本沒有那麼大的信封可用，我只好用紙袋剪小裝上，再到郵局去投遞。投遞那一封信並不使我感覺輕鬆，而且延遲了幾日也使我不安，今後我要隨時寫下和抄好，也不一定要等你下封信來時再投遞，我想約可半月或二十天給你寄去一封（多天累積的），我仍然按寫的時間記下日期。這彷彿是我的日記，都是完全單獨為你而寫的；其實也不是單為你，也為我自己。

八月九日

昨日投下給你的信之後，我帶小麗（其他二個男孩怕看不到六時的卡通影片）到海浴場去。在台北的那兩天，因天氣無比的悶熱，也無法睡好覺，使我倍想鄉村海浴場的舒暢，我撲在水面上再潛進水裡感到又自由又爽快，二三日來的勞頓和煎熬都在接觸海水時得以解開和鬆放。我不喜外出的原因不止是氣候或交通的不便，使我對外出感到厭煩的是雜亂和醜惡的世象，每一次遠離我生活的家所深受的刺激，便使我更眷戀我自己佈置的簡樸居室，有時我可留在屋內一整天，連門口都沒有踏出一步，平時除了上班，在假日除了散步和運動外，我也足不出戶。但事實上我現在的居室也並不十分舒適和安靜，由於靠近街道，晚上的機車聲音常令我頭痛不能成眠。許久以來我就期盼能在山區或僻靜的地方有一居室，目前我當然做不到，希望十年（五十歲）後能夠遠離人群索居，但一切都如此遙遠和渺茫，只有耐心的等待罷。

我要告訴你一件以我現在的處境而言應可注意的事情，對你而言則並不怎麼特別，也許根本產生不了興趣。上星期的某一天，我游泳完畢走回浴場沖洗室的途中，在步行中自然趕上了一位跛足的男人，他的右手殘廢，身材短小而面容和善，他大約近六十多歲，奇怪的是他的另一隻手在肩膀邊托著一塊重石；我走在他的後面就猜想如我要舉著那塊石頭，恐怕要左右不斷換手，而他外表殘弱，為何有這等實力表現得很泰然地行走下去，況且前面的路還很長遠呢？他是我小時候就認識且有很深印象的人，名字叫泰和，是位漢文老師，鎮上的人都叫他泰和仙，在台灣光復不久，我初識人世的時候，曾好奇跟隨成年的人進他開設的私塾去讀漢文，他看我能一夜默讀三課，第二天晚上便把我叫去詢問，我說在國校讀三年級，他要我長大後有興趣再跟他研讀。那種私塾是民間漢學傳續的所在，尤其在日據時代，我記得大哥雖是高等科畢業，但他後來也在晚上的時間去私塾讀漢文。據說那時，他剛憑媒娶了一位高大的美嬌娘，只靠他一人教授所得非常拮据，便常奔逃回娘家去。有天，他又前往要帶她回來，他一反過去央求的態度，在泰山泰水之前，舉手痛打她，並且一面打一面押著她步行回來，從此這位高大的美娘子便乖順不敢輕率撒野任性回娘家去了。這大概就是讀書人也不可避免的馴妻方法（無論如何，我絕不這樣做，可任她而去）。在莎士比亞戲劇裡也有一本《馴悍記》，在電影裡李察・波頓和伊利莎白・泰勒都演得入木三分，讓人嘆服。我和他在那沙灘上走在一起時，我問他拿石頭做什麼，他說是為盆景用處。他說得有理，沙岸上新近從谷關運來大批花崗大石做為擋住海潮，保護將來電廠的用途，在卡車傾卸時會有斷裂的較小石塊，他便為盆景來撿拾一個，單手托舉回去，這種石塊對他來說尤為可貴。我和他並行交談，得知他對現勢非常瞭解；他是傳統的讀書人，卻不迂腐。現在他當然與世無爭了，他的三個兒子皆已成家立業，過去他鼓勵兒子從事木雕藝品的生意，在那一陣好景氣時賺了一筆，由於他穩定持家，而有守成之蓄，他早已沒有靠教授漢文為生（事實上國語教育普及後，私塾便衰落了），現在老來無事，玩玩盆景也覺得心安理得。

八月十日

而有一老叟也是我印象深刻的人物，他名為季伯，是我九年前自山區舉家遷回鄉村後，經由一位年輕的牙科醫師的介紹認識的；雖經由他的介紹始見面相晤，卻是我青少年時期在鄉村即知曉的人，那時傳說他學問修養都俱足，我曾常故意從其屋門經過睹見其面窗讀書寫作的肅穆的君子風貌，他留著唇上的短鬚，完全像個日本學者的樣態，誘引著我的好奇和仰慕。不過等到我成長和他見晤時，他已是垂老虛弱而狀貌萎縮，其意志和風采不可見了。他出生於本鄉田中園富裕人家的子弟，青年時赴日留學，再轉往中國本土，留居上海甚久，據說他曾面晤過蔣介石先生，在台灣光復前回台接辦台大文學部教務長職務，不知怎樣在光復後貶落回鄉，一度曾在海濱幫人拉網捕魚，頗受勢利的鄉人的譏諷，後來屈就本鎮的國民中學教書，退休後仍居在低矮腐塌的日本式宿舍內，他的日本籍的妻子過世後，一直和溫和有禮的女兒住在一起，這位婦女人家的日本籍丈夫回日本後即未歸來，有一子，現已長大，就職在城中。季伯先生還有一長子，性情沉鬱，其樣相完全不若其父溫文，曾就職於鐵路運貨公司，現已遷居他處不復再見。我想見季伯先生是欲窺知其思想著作，他出示一本性命哲學的書給我，書中他把人性分為陰陽兩大極端，並且以人體的上下兩半區分之，上為陽下為陰，有崇陽鄙陰的成見，惟惜我從其著作中未見他與西洋哲學知識有互通之處，其論述僅就綱領和粗枝大葉的陳述而已，幾乎沒有任何創見吸引我的興趣。我大失所望。因陰陽的人性或自然宇宙，本就是古中國術士卜占家的法寶，其中並未引領上升達致神界的精神，只是自然現象學的原型模樣而已，在中國這一派的哲學並沒有發展，僅保現狀。季伯先生的著作可見其心中的悲鬱，其觀點不外是人慾橫流，以致世界不能和平。尤其讓我失望的是他竟搬入報章上的科學報導，以及英國靈魂學界考究的人鬼的事實，做為他著作的例證，可笑地把英國的社會福利制度附錄其後，以做為對現實的控訴。在我探知其著作的意圖何為，使我對他的貧弱的處境大為憐憫。我對他的敬仰心理此時已大為減退，他的性情雖溫雅，可是學問而言實在淺膚而幼稚。他熱誠地說他有一部長篇小說已寫有一半，也要我觀閱，我攜回拜讀之後更覺遺憾，他的形式是俗間的章回小說，雖用白話陳述，內容說一奇童遇神祕的高僧受其傳業，然後由動亂不安的上海遠航至日本，這一奇童成長後就是宏揚性命哲學的人。後來我見到後半部，等於重抄他那本性命哲學的著作。這部小說無趣極了。季伯先生令我傷感的是，從生活費中節省而自費出版了他的小說，在他體弱的晚年依然執著這件名利之事。我雖看不起他寫的小說，也不再對他的學問佩服，但我尊敬他的存活。他已經不容易再瞭解新思想（他根本沒有深究中西的學識），我就沒有再前往請益。未久他與世告辭了。我想他生長於富有人家，在他年輕求學的一段日子必定過活得很輕鬆，且討個日本姑娘在那時是得意之事，其女兒也許配給日本人，後半生雖落魄不如意，基本衣食並不匱乏；總之，我對他深表惋惜，由於初年對他的好印象，使我在認識他後難以表露對他的真實情感，因為其中的差異極大，無能達成相通和互賞。

我給你的信自投遞後今天是第三天，它還在旅行中，你還未收到展讀，我心裡掛慮著你讀後的感想。我也擔心我的信文會不會對你的學業產生不良的影響，你是否有另一心胸來承納這種事實，還有我不知你到美國後的情感是否與在台灣時相連著；我不明白你在那裡的生活情形，我無法感應你的思想，你是否可以將你的所思所為的細節告訴我呢？我期盼著你能夠將讀信後的感想清楚的告訴我。我想我們往來的信函受到時間的延展，要保持傳達的真確性唯有忠實地用文字將實際的情形詳加說明了。關於我們之間的信函，好比是文學的創作，在這樣的形式下，應保持它的可感的真實性。假如我們是在進行一部文學作品，其冒險性可大了，也由於是冒險的精神，使我們不惜投入其中的真感情來加以完成，使其最真實的意象能夠展佈於每一個章節和段落。我們的文字是自由的，就像我過去的創作一樣不受約制，只受感情的支配去排列，只為了傳達事實而應用符號。我對你的愛戀是隱祕的，因為還沒有完成，我會把它保藏在最不為人知的處所，就像一粒種子埋在深土中，當時間到來時，我會等候著你回來將它啟開，將它認可，將它擁抱受胎而發芽成長，成為一不可否認的事實。任何的愛戀都是神祕而黑暗的，還不能被納入定義中，而且只受神的指使和安排，它是宇宙間未成為球體的星雲，醞釀和瀰漫在被安排的某一角隅，它的命運不是導入成果就是消散而毫無跡影。所以親愛的，我們不能期待它也不能不期待，一旦你否定或摧毀它時，它就沒有事實可尋，留下的只是有如編撰的文學作品罷了。

八月十一日

今天我覺得意外，吃過午飯後郵差才將你的信傳送到（平常在十點左右）；我想我九日寄出給你的信還沒有到達，預料在十五日左右才能到達布城你的宿舍，你的回信最快是月底或下月初才能再來，所以這又是你給我的一份禮物，它充溢在我的心田裡，使我感到無比的喜悅。不止如此，我發現你的心思和我所採取的步驟是一致的；我們並沒有約定，但你寫信與我竟然有逐日記錄的同樣形式，這一點更出乎我意料之外，使我對你的情感和感受產生著信心。

因為你還未看到我的信（它是否令你吃驚？）不知道我的內容和形式，這是造成你感到寫信很難的原因。但你的二封信都十分感動我，我已瞭解你的意思，你已表示出你的特殊感情，你想要我知道你的真誠，真誠是你信中主要的內涵，除此之外你擔心不知要如何用文字表現這點主旨，但我要告訴你，你的語態就猶如在台灣我們面晤時那種極力要我對你瞭解的聲音，純真而且坦率，我現在還能在耳膜回響這種我未曾聽過的可愛音調（我這樣形容仍覺不過，因為你的聲音使人聽來不能去欺騙或欺負你，這種感覺才是真正重要的）。

你會漸漸擺脫掉信上所說的困難的意識，不必要像文學作品一樣去計較和應用文字，順其自然的流露出來，才能真正表達我們要互通的信息。我們的工作是互相瞭解，不是已經既成事實的保證，要像河水一樣順流而下，不必在意是否要經過特定的地區；我們要使其暢流不斷，一路流下，只害怕阻滯成為死水，那麼它自然要經過曠野，森林和鄉村，流過草原讓羊和牛暢飲，讓牧童沐浴，讓村婦汲取而食用和濯洗，最後流入海洋。這才是我們心田的滿足，是淙淙不息的過程，不是結果；結果的神聖應來自過程中的感人節奏。你談到的普西尼的歌劇就是如此，那過程中的節奏是因為陳述和擴展，逐漸的加添而達於高點，我們的呼吸和心跳也隨著急促和撞擊而漸漸溢滿心胸，到達感動的峰頂。

你不必掛慮我在散步中對你的歧疑，那根本不重要，我的所思所想甚至行為都會在這一年內對你呈現，就好像你親眼看到我的一切生活和表情無異。我說一年，是預計我們明年的今天依然可以相見。不論是什麼，就是友情也值可慶賀和安慰。你也不要說那些笨拙或無知的傻話，做任何事你應比我流利熟練才對，只是你把我舉得太高以致影響你我行我素的自由感。我們是平等的（我可以察覺我不會自抬身價），你應該像與家人相處時同等自然隨便，要是你一定要對我的身價產生想像，那麼我們面對時，你反會對我的平凡感到不習慣，當我們不把名利放在心上時，我們將對一切一視同仁。總之，我們兩個個體之間一定要同等對待，因為我遇見你，你使我的身體產生一股新生和蛻變，像你同樣的青春再度來臨。我應該感激你，不是嗎？

我也要叮嚀你：你必須先做好你應該做的功課，再來和我說話（寫信）。

八月十二日

五天已經過去了；就在五天前暴發的風暴我想將帶給我至深的影響，恐怕會由這趨向更深的孤獨。災難仍未過去，還在繼續延續著，因為我不知道最後的命運會如何。這一次發生的事故並不偶然，卻是忽然而至，使我始料不及；但它是必然會發生的，只要我不加以小心提防也會隨時降臨，因為她似乎早就在偵察我的一舉一動，只要我稍露異樣，就引起她的疑問，然後在我不在（外出散步）時打開我私人的櫃子翻找她所要的答案。你給我的信和照片，還有我為你寫的日記全部她都知道了。她永遠就是這個樣子，以她的情感尺度來限制我的情感範圍，不容我有另外的私情，包括我的精神寄託在內。我和她的婚姻說來是很悲慘的，長期的僵局總不能獲得解決，我和她都已到了瀕臨絕境的邊緣；她一直不肯寬諒我對自己的生命的處置，不肯讓我的精神獲得紓解，使我在我的良知上安排我的情感生活。

在婚姻的契約上，我知道我的行為是錯誤的，可是個人永遠要受到這束縛的約制，不再創發新的生命熱情嗎？當發現互相的歧見日漸增長，沒有融洽的意志，也缺少互給的精神安慰時，要生命在那約束的條件下枯萎和死亡嗎？我同情她，但她應該明瞭整個生命事實，自求解救，不應將感情完全依附在我身上，一旦發現我因不耐而變異，而致使她恐慌的時候，她並不追究整個原因所在，毫無道理地要以她的本能做攻擊的發洩，且憤怒地設法纏絆我於同歸於盡的境地。我很苦惱，覺得苦難一直留在我的身上。我很早就希望她能明瞭我和她相互間的差異，能夠理性而合理地解決情感的問題，進一步調整受其影響的家庭生活。有時（萬般絕望）我想應棄置我的慾望，包括一切追求的精神和物欲，但這是難以做到的，因為我的新思想和精神卻常由於與她或外界的不諧和而繁衍產生；就是沒有這些東西，我想也不可能求得共同生活的步調一致，因為我和她從開始就缺乏這些基本條件的認識和瞭解；有這些認識和瞭解必能幸福和快樂的在一起，不至於在今天產生如許的敵對和傷害了。

昨夜我為前途問題思考而失眠，自從她離家（她的父親和兄弟遠從台北南下來理論一番，隨後一同離去的，我不願在此重述這一切不快的細節）後，我在想如她回來我要與她怎樣的生活（三個小孩留在家裡，她必定要回來），過去我與她有限度的和諧恐怕再難維持了，我的冷默是很顯然的態度，經過這一次毫無保留和謙讓的指責後，裂痕更為加深，我也表示不可能再對她的親人有親善的表現，任何人也做不到，尤其她的兄弟還想動粗更令我不能對他們表示好感。如果她決定不回來，事情的解決也許較為明快，離婚後我再來安排今後的生活。要是她回來，我精神的苦悶仍然存在，而且會加重，其痛苦將比以前更為深刻，在這樣的情形下，我勢必要設想離開去過個人的生活，但是否做得到有許多的條件限制，經濟問題是主要的考慮條件。昨夜我便為此事幻想了一個出處，如果有錢，我應該留下給她和小孩做生活之用，然後我開始去做環球的徒步旅行，以勞心勞力的方式來對抗我積久的悲痛。這是唯一仍可求生的解決辦法。固然懷著這種感想去做這樣的一件事一定是非常的可怕，有如重罪者流放的刑罰。在思考中，我曾展現某些浪漫的遐想，暫時排遣了這種流放的痛苦想像。可是我真的瞭解我自己嗎？出國的申請能夠順利辦到嗎？那主要的經濟來源要如何籌措呢？幾年後回來又如何呢？最後的問題根本不必加以考慮，因為出去後是否能安然無恙的回來，實在說不定。整夜反覆思索和追覓，終無定論，啊，生命啊，何時找到你的安寧呢？

八月十七日

想到這十幾年來的婚姻生活，有如烏雲覆蓋在頭頂，心地無法開朗起來，心事的沉重，責任的重擔，從沒有輕鬆的感覺，唯一能自持的就是靠精神力的奮發，使我免於傾倒。現在我要記述經由的過往，自嘆筆力不能至達，只能哀嘆命運的作祟罷了。十多年的創作無非就是心事和對世態的傾洩，從這一工作中排遣了一部份的憂鬱；由於有這一慰安的藉託，使我不敢奢望求名求利。創作雖是感情的抒發，但有理性的成份在；我生活在這紛擾和擺盪的世界，受到它不均衡的思想的影響；我生而為人受到自身感情的支配，我的痛苦是整個世界痛苦的一部份，我傾注精神於創作，但尊奉的是客觀的藝術形式。

因為想到自身在生活中掙扎，使我聯想到藝術的問題；像我這樣生活在痛苦中所從事的文學創作，很難再去想像幸福（舒適和幸運）中的人的藝術面貌；我不知道有誰不曾在他的不幸中沒有他的靈思的光芒，將他的思想之光安佈於藝術的形式裡？任何藝術家在平時同樣會嚮往他需求的幸福（幸福在此是一個曖昧的名詞，沒有人知道它是什麼樣子），可確定的幸福根本沒有，但創作本身似乎超越了幸福而彌補了另一端（現實）的痛苦。像這一切的體會完全是感覺的作用，而感覺受到意識的支配，而意識又是一種知識歷史。所以我絕對肯定藝術的創作價值，它是一種補償作用，它與痛苦的來源形成因果，沒有它，無人能感覺到所謂幸福。

有好幾個時辰，我坐在沙發休息聽音樂時，將某畫家的畫展請柬拿出來端注，對印在卡片上的兩幅畫尋思很久；一幅是美國西海岸原野，一幅是舊金山街景；不論是所畫何處，我對他的畫是十分熟知的，我的意思也指對他的內在精神而言。他的畫外表很美像生活一樣充滿了故事的內容；這二幅畫尤其像童話一般引人遐思。這一切有如介紹中所說的：繪畫就是他的生活日記。至於裡面說到他不停的蛻變創作的魅力則說錯了，因為關於技巧而言，他未曾創造過什麼。他的畫充滿窒息的恐怖情愫，詭奇有如步步驚魂，這一些都能從他的構圖和色彩中感悟出來。我看過他許多畫，也唯有這一類的創作可以代表他真正的性格。關於他的許多事實在不必敘述了，我和他有其共通點，那就是生活在痛苦的深淵中，他的智慧（如果有的話）隱躲在他那種神祕的溫和氣質中。

我的背膀和頸背的痠痛已經有一個星期多了，過去就一直感覺不舒服，好像沒有好過，最近的記憶是去游泳創傷的（懷疑運動的結果），然後是前天修剪籬樹（兩小時）又加重了，今晚不得不聽母親的話，到國術師那裡去揉推貼上膏藥。

八月十八日

晚餐時與母親對談我這十幾年來的婚姻生活的感想，關於我和她的許多內情向母親稟告，但這些事我並沒有在前幾天她的父親和兄弟前來責問時說出來，因此他們並不知情，只一味的指責我的不是。他們應該瞭解她，事實上並不，即使瞭解，居於敵對狀態，也對她多所袒護，而將錯誤歸給我。整個事情都沒有錯誤，我和她唯一的錯誤是當時沒有考慮到差異問題而結婚，這是現代的婚姻悲劇，在過去的時代亦不會，只是現代的女性觀念的抬頭，無法事事順從男人罷了。母親聽了我的陳述之後，問我為何在當時不說出來，反造成他們的誤解。我說我不忍那樣做，我對她十分同情，當時結婚就是居於這種衝動。關於她的身世，她似乎受創頗深，總是默默寡言，沉鬱而毫無歡樂的表情。這點事實我想是她童年和長大後與另一位男人的關係造成的，他們應該瞭解這是形成她的性格的主要因素。她和另個男人的關係，據她的一位堂姐說，她是受到那個男人的欺騙，當她知道他有家室時，就斷然與他絕交，這件事無疑對她打擊很大，她和我婚前的沉鬱狀況就是這樣形成的。照道理我應該照顧她，使她有幸福的生活，可是結婚後，環境迫使我流離顛沛，她的表現也不能使我滿意，反而常有刺傷我的地方；那時生活雖困苦，但我卻十分單純，因為我沒有固定職業，情緒也很苦悶，我也迫切需要安慰；我的前途很渺茫，需要助力和瞭解，那時她對我沒有信心，我們便有了隔膜和裂痕，且隨時日加深和嚴重，俗說冰凍三尺非一日之寒。

對這些回憶總使我悲痛，我知道今天已經面臨了需要改善或抉擇的時候了，因為再這樣持續下去，將來必然也無可挽救。當我隨著時日增長情感的生活時，她便形成更為極端的反對我，因為她的情感是固定而偏激的，與我想解脫束縛追求自由的精神形成了敵對。我和她都明白這種危機情勢，因此她對我監視和索查，有任何的蛛絲馬跡便使她無法忍受，她對我的攻擊都是由這些證據的發現而來的。我另方面不忍放開現在建立的家庭，我深愛三個孩子，我也對她頗表體貼，只要她能瞭解我寬廣的思想而不對我干擾，我們依然可以維持最起碼的完整生活。但她並不諒解一個創作者的另外的私情，她懷著恐懼和憤怒要將這一切打碎。

她已離家多天，未曾有消息，我靜待事情的演變，但我心裡充滿了悲觀。早晨我騎車來學校值班，背膀和頸部還是不舒服。中午我親自煮了一碗麵吃，並買了一瓶昂貴的茅台酒，喝了一點。午餐後我躺在休息室，天氣很悶熱，無法成眠，心緒一直盤繞著那些未能解決的事。約三點鐘，小麗突然立在我的面前，我問她為何來，她說騎車來看我；她為午後的高陽曬得滿臉紅光，頸部流著汗污。我拿汽水給她解渴，然後她陪我到竹林砍竹筍。學校正在修建圍牆，校長領著工人辛勤的工作，令人感動；據說縣府來校檢查時覺得環境太差，給校長申誡，知道這事使我也頗表不平。有一位老太婆（同事的母親）帶來一些接骨草給我，她和我母親過去很親善，母親在五月時手肘關節受傷，醫治未見良好效果，現在求助於古方法，要我來向她問討接骨草，她親自送來使我很感激，她約有七十歲了。生活的世界依然是老樣子，但我的心卻未能平靜。

八月十九日

昨日的黃昏回到家裡看到台北的姐夫給我的一封信，他勸我忍讓，要我上台北帶她回來；我心裡遲疑不決，他忠懇的告訴我完滿的家庭才有溫暖，人生已經度過大半，要以下一代為重，不要造成遺憾。他說的確是，可是我心裡盼望合理的解決，經過這一次的風波，我已經無法忍受過去受縛不自由的生活，她和我心中早已冷淡而無愛，要在同一屋裡事實上已不可能。我還有另一想法，就是她要回來可以，但要以照顧孩子為重，我便不反對，今後大家互表敬重，不能干涉私自的情感和思想，各盡應負的責任，養護孩子長大，如果她能明白想通這點，她自可隨時回來。不過，這樣的生活我不敢想像會釀成何種結果，我不敢相信她會和我和平共存。現在的問題根本不是忍讓或不忍讓的問題，事體已經顯露著不能相容的情況，忍讓不是圓滿解決的辦法，而是要有勇氣決定留捨才是辦法，已經不是對錯的問題，而是面對抉擇和承當的問題。我想我還不能冒然以悔思的姿態去接她，此時她是否已經想清楚，我一點都不知道，應該去讓她冷靜思考去留的問題，我心裡已經決定忍受她任何決定的後果，而我不必表現出向她低頭臣服的虛偽姿態。

早晨我出門後到電訊局打電話到台北，準備將我心裡所想決定的事告訴二姐，要她轉告姐夫，謝謝他給我信，但我目前因為家事和學校要值班的關係不可能北上，再說我不可能去接她回來，可以轉達給她，由她自己去做去留的決定，我準備承受一切的後果。電話沒有打通，那邊沒有人接電話，才八點鐘，都出門上班去了。我騎車奔往學校，等我下午五點下班回來時再打電話，或晚上直接和姐夫通話。

我沒有料想到這次的風波來得這樣突然，來得我心裡毫無預感，而且是發生在你來的信上，好在你不在台灣，不會波及到你身上，如果我不對你說，你便毫不知情了。我原不想告訴你，使你能順利地通過今年的學業，可是我已答應告訴你我生活的一切，除了將事實說出來外，我無法另編造一套偽裝的事實，要是那樣，我還有什麼可說的呢。或許你也應該負點責任，和我一樣嘗嘗這個痛苦。這雖對你甚不公平，而且發生的太早，因為我們並沒有同謀，除純粹的情感的默契外，沒有任何肯定要做的事。我不知道你獲悉實情後是否感到不安，把罪過委諸在自己的身上，這樣對你不是太嚴重了嗎？如果你有這樣的苦惱，那麼你將比誰都冤枉和難以自持了。你說你遇到我是很倒楣的事，恐怕被你自己說中了，以後請勿隨口說出不祥的話。我現在衷心的希望你不至於像我說的那麼嚴重（產生自責），你無需自責或產生罪惡感，你要負的責任應該很小，因為事情（我和她）總有一天要發生，其大部份的責任在我和她兩個人，譬如炸彈早已埋藏在地裡，因你的好奇和無知而踩在引爆的火點上，你是因此而受傷的。事實就是事實，不能把整個責任愚蠢地往自身充塞。如果你能明瞭和理性的辨明事實（我已經費了頗多的筆墨在前面道白出事實的情況），除了有點道義上的難過之外，不應自責太深，而有影響你努力於學業的精神。你能聽我的話，我會更愛你。

八月二十日

有關這三天延續下來的紛亂到底要怎樣來記述呢？越紛亂漫長的事物只能透過簡約的描述去概括因為表現的方式難以將細瑣的情節統統依照思想的回憶記錄下來，你只能經由想像來補充整個內容，而我只能給你一些簡要的提示而已。你總能想及紀德*在《地糧》裡呼叫的奈特奈藹，且由這個名字牽引出來的萬絲的情感罷？你是我心中盼望獲得而卻不能到達的愛，因為你純潔的青春如何來收拾和治癒我破碎離散的心呢？你和我的默契都是一種幻想，

*紀德（André Paul Guillaume Gide, 1869-1951），法國作家，一九四七年諾貝爾文學獎得主。

我們如何憑著「愛」通過重重關頭呢？想到這些不令人心灰意懶嗎？你的身處之地離我如此遙遠，我不能擁吻你獲得憩息和滋補，我在打擊和操勞中將逐漸地頹喪而衰敗；當你能夠趕來而將你青春的美貌真真實實地出現在我眼前時，我已無力站穩將雙臂展開來摟抱你了。不過，我仍希望，或許有可能，你如來到我面前，我會由虛弱中復元。我想事實會這樣發生的，如果你一切都齊備了，你的學業完成了，你又能時時在暗中為我默禱，我是不至於蒼黃枯衰的，我的信心會支持我的健康到你的降臨，那麼一切都會回到應有的秩序，生活又要開始，只要我們赤裸地貼緊，一切都完成了。但這豈不是非常貪婪的狂想？我在憂患之中有這樣的思想，用這樣的想像能夠躲避沉重的猛擊嗎？我能在愚癡中輕易地逃過厄困的命運嗎？我能用哀愁的語調對你呼叫就能消除和平息內心的不寧嗎？啊，我已對我的文學失掉了信心，因為沒有你，它也不能十足的安慰我。

首先我的大姐二十一日的黃昏遠從台北到達，她銜著一個使命在雨中進門來，然後是整夜和我討論家庭的事，她也勸我到台北帶她回鄉村來。總之，我的親人對於我瀕臨破裂的家庭無不抱著極度恐慌的心理，經過我力說整個歷史和分析我和她的個性差異，他們還是不能從他們的觀念中消除那點懼怕的疑慮。我徹底寫了一封長信，將保全家庭的一切條件清楚地列出來，希望她能以養育子女為重，讓我有一點隱私權來從事於志趣上的事，而我也保證對她和家庭都要進一步的關懷。寫完已快天亮了，我躺下來，心疲力竭，腦裡留著那思考後的紛亂，不能成眠，約七點鐘，我習慣起床的時間，我便起來刷洗，母親替我做了早飯。我冒雨到照像館將信函影印一份，再到車站買了一張車票。九點四十分，我將信函和車票交給大姐，希望她回台北時轉交給她，如果她看完同意我說的，我便前往迎接她。

午後，我搭公路車從鄉村出發，到台北時已經四點半，我趕到阿波羅畫廊時，酒會似乎已近尾聲，大部份的人都走了，某畫家還在那裡，正在整理手提箱的文件也要準備離去，我和他招呼後即單獨看看牆上的畫幅。我有點失望，事實上那些畫只能炫人耳目罷了，並不如我期望的那麼好。那兩張前述的畫根本表現得很平凡（是照像技術矇騙了我），應該是我自己想像的作祟；他不能專心作畫，我感到遺憾，就如我不能專事寫作一樣，我也自覺遺憾。當我的腳步移近休息室時，幾位女士坐在沙發談話，其中的一位驚奇地望著我，抬頭呼叫我，問我記得不記得她，我定睛看她時當然認出她，但一時叫不出名字；我的表現很滑稽，有些窘狀，原因是我的穿著很差，很鄉下氣，我沒有預想到會見到特殊人物。最後旁邊的一位女士就說出了她的名字，為我解圍。她要我坐在她的身邊，以後的情形只能用友愛來表示了。這是一個久遠的故事，是某畫家，他的妻子，還有這位女士，還有我，還有其他的男女，在六七年前在台北邂逅交往的事。然後湊合十幾個人在一家印尼菜的餐廳吃飯，我喝了不少紹興酒，因為我內心雜亂極了，需要喝酒來鎮定，其中一位從新加坡來的年輕生意人，還稱道我是高尚的紳士；之後，我和那位女士到中泰賓館的咖啡廳交談往事。

我心裡意外地感覺她（那位女士）會對我如此親切，原來她在美國普林頓大學修過課，據她說那裡對台灣文學的研究很熱門，有人選台灣的作家做他們論文的題目，因此對她請教起來，而她不得不到圖書館啃讀台灣作家的作品。再說某畫家的妻子帶他們的孩子現在旅居加州，和她住在一起，時常談到我，要這一次省親回來如見到我時，向我說他們去那裡的情況。當我要和她道晚安時，她給我她在加州和台北的地址，並說這一次回來最難忘的是能那麼巧遇見我，她說這一次交談加深她對我的印象，然後我就回二姐家去。

今早七點半，我打電話到暫居她二哥家的秋菊，問她昨天看了我的信函後有何感想，她要我過去談。我在八點半時到達那裡，我們又為老問題爭吵了一番，我心裡很厭煩，她堅持她的原先意見，不許我有另外的私情，我知道無法挽回便急著離開，因為她沒有想回鄉村的意思，我到車站正好趕上九時四十分的金馬號公路車。一路上我打從心裡感覺，我和她已難再一起生活了，因為對她而言，她是太委屈了，對我而言，我不能放棄我從事的志趣，無論如何也難再補救了。我急著回來還有另一原因，就是颱風茱迪將於午後登陸台灣。

八月二十三日

今天接到你十八日寄出的信，我在不寧之中，非常的痛苦，母親和我住在一起，幫我做家事照顧孩子。我感到困頓，倦乏，無心做任何事，年紀最小（七歲）的小保，和我下西洋棋，我都輸給他。你信中所疑問的許多問題目前也無法集中心力來回答你。我期望能夠趕快度過難關，恢復平靜。我內心矛盾著：我希望她能回來照顧孩子，減輕母親的重擔，但又怕她和我合不來，要不是她竊看你給我的信函，就不會發生這次不可收拾的風暴。我保證今後你給我的信函會保管得穩妥。我雖瞭解她的苦衷，但我對她好也無法補償她內心積壓的痛恨；總之，我和她的裂痕是極其複雜的，過去發生的事比現在尤為深重，現在要我與你完全斷絕，來成全家庭的圓滿也不可能，也太遲了，雖然我們可以理智地絕斷，也無法挽回我和她之間恩恩怨怨的種種混雜的情感。我非常悔恨並不深愛她而和她結婚，今天的苦痛都是我魯盲的熱情造成的結果；如果她決心要離開這個家庭，我只能單獨承當一切責任，我心裡也這樣打算著，百倍的辛勞我可以擔當，但與她面對的痛苦卻是我不能忍受的；以前我隱瞞不讓她知道的事，她竟然都知道，我現在想起來更不能忍受在她的監視下生活；我期盼能夠越早與她解決越好，恢復我性靈的自由是我內心迫切渴望的，我內心籠罩的就是這塊掩蓋我十幾年的烏雲。站在人類相濡的立場，我同情她，可是我無法完全犧牲內在自由性靈來遷就她，這是婚姻使人性邪惡，造成絕對佔有和敵對的觀念，無法經由智能履行善良的人類愛，只有約束和折磨，使人陷入於悲痛之境。

你看到我大發感觸是否受到驚嚇？你會覺得我十分可怕嗎？因為我要把倫理的一切摧毀。其實不是，就我私事而言，她瞭解我做為藝術家的個性和志趣，卻不能寬諒我由本性直接做出來的行為，她說她愛我，所以不能容納其他的人，所以她寧可離開，成全我。這就是婚姻的結果，應該打倒致使人性矛盾和掙扎的婚姻關係。倫理的存在應屬於兩個互相全然相愛的人，志趣和個性相近，有許多種互通情感的媒介，這樣才能形成和諧，才是美好的，好像住屋外的美麗圍牆，保障裡面的人的甜蜜愛情以免外洩；可是對永不能相愛的人而言，倫理上的婚約有如帶電的鐵絲網，它是醜惡的，對於想逃出去的人都有致命的可能。

現在我無能用另一份心對你表示內心的誠懇，也無法肯確表示我對你的愛慕，只要我個人的災難過去之後，心裡平靜下來時，我才能完全對你傾述內衷的情意，否則一切都歸屬於幻想。你能明瞭嗎？你能不受這事的騷擾嗎？你能忍耐和等候嗎？你能諒解我的憂患而保持初衷嗎？我不再對這事表示意見了，我已頹喪無能為力，只待命運的判決下來。

八月二十四日

今天度過了出奇平靜的一天，吃了藥後，肩膀和頸背的疲痛消失了大半，原來是神經的一種痛症，知道它的病源就容易對症下藥，而痊癒就容易了。凡事不是這樣嗎？我日常的工作恢復了，並且能夠安下一點心來給你寫信。

八月二十五日

第三封

你看到我二十七日寄去的信，讀到最後是否大感意外，覺得心驚肉跳呢？你是否聽我的勸告平靜下來？我再說一遍，所有發生在這裡的事雖與你有關但都不會連及到你；你的自責是不必要的，正如我所說的，要發生的事總會發生。我關心你會無法平靜下來，且影響你的學業；你一定要想通這件事；你正好是要發生這種事的年齡；即使心懼也要如常的進行你該做的工作。假如你想停止寫信給我，你就決定這樣做（但我不希望如此），我仍然會將我的事逐日記錄，你如不要我繼續寫信給你，我就停止，但我會繼續我的奮鬪，事情有轉機或告一段落，我會自動寫信給你；如果你害怕不想再與我往來，我也順從你的決定，但你起碼將你的感覺和決定坦白告訴我。你必須要以你最有利的立場考慮你的決定，除此之外，你不必考慮我的立場，你也不必對我說教，只要溫柔對我，因為你知道我做事唯一依憑的是我自己的良知，它是我做人處事的準則。

我說到我很痛苦，你會為這二個字而為我擔憂，你一定不忍我處在痛苦的情況，但我要說明痛苦是人類所不能免的，它與生俱來，尋求解脫或追求快樂變成人類生活和精神的重要課題，沒有痛苦的人根本沒有，就像完全快樂的人也沒有，我們做任何事都是為了忘懷或添補痛苦的情狀。我目前的痛苦是事情懸疑在那裡，沒有獲得解決的緣故。如果你也痛苦，亦是同樣情形。時間會帶往我們離開痛苦這件事，像一首悲歌，引人啜泣悲憫，當最後一個音結束，一切都成過去。雖然我主要的心懷是痛苦的，可是我依然生活的很好和安全，不會因為它的存在而淹沒整個生活中的細節，就像我們在憂患中仍能飲食和睡眠。我相信我們處在此種情況而有這等思考是極有用處的，使我們能平穩地生活在時空中，當我們視痛苦和快樂為兩件同等性質的東西時，就不會偏愛那一方了。

不過，有些早先對生活的計劃，因為發生了這件事而有了更改。前年十二月我在郵局投了七年十萬元的儲蓄人壽保險，每月繳一千零八十元，到這個月已經繳納了二十一個月，昨天我通知郵局終止這項契約。他們很表詫異，說領回的錢是要打折扣的，我表示沒有關係。你知道嗎？貧窮一直是我和她結婚以來感情的障礙的另一項因素，開始時是受她親人的歧視，我和她在前面幾年尤其內心都感暗淡。近兩年來靠薪水的微薄收入，幫助家計不少，雖有改觀，但因果早已形成。我要終止契約是想今後的經濟在生活的分配上恐怕不夠，儲存事實上影響目前的開支，況且自她離家，把這個月的生活費都帶走後，我就得借貸過日，領回的錢可以彌補這次的虧空。另一個心理因素是，這種長期的保險給人一種不自在的感覺，照理性說，所謂保險是不必要的，人之生命在存活時應操在自己手中，如果死亡，像伊壁鳩魯所說的，也就一無感覺了。

今天的天氣已放晴，我重回海邊享受自由奔放的黃昏；當我身在水中感覺非常舒服，風浪還是稍大，人也很少，卻很美好快樂。關於這海洋，近半個月來也十分的不名譽，奪走了幾個生命（其中有一位是經常來學校照像的照像師），它的模樣顯得惱怒而陰險，天氣和風景已不似往日開朗和可愛。我游了一會兒，潮水漸退，我走到岸上來，坐在沙灘上的一個紅色浮台上。我的背部朝著晚陽，坐著休息，乾燥後的皮膚留下結粒的白色鹽粉，有一刻我垂頭獨自陷入了沉思。後來我知覺到我是坐在新築的堤岸旁邊，近旁就是排列整齊的混凝土的星形石墩，堤道上有兩部挖土機停在那裡，這兩隻大怪獸通身紅色，有一部的尾部面對著我，使我能夠看到它名叫KATO，並有一排字這樣寫著：「危險，旋回內立入禁止」的字樣，較遠較小的一部則叫MS40。兩部靜止的機械都令人不覺好感，如果越想到它們極大的工作能和效力，就越感覺它的冷酷和醜惡的面貌，有如代表魔鬼的兵卒。後來我想到裸露的事，覺得此時的環境越來越對人加以限制，而毫無自由和自然的氣氛。整個黃昏的感想是悲涼的，童年在此隨處可探索尋覓的世界已經消失了，我很難想像有你在我身邊是否能安慰我的感傷，當我獨自一人時或許有堅強的自覺，如你在恐怕反而使我容易落淚。

八月二十八日

我在此時正在聽布魯赫*的〈蘇格蘭幻想曲〉，時間是晚上九點半了，剛才小麗和小保在我的旁邊，因為對卡式錄音匣上彩色的行星圖感到好奇，要知道那是什麼曲子，於是我放給他們聽霍爾斯特**的〈行星組曲〉，依照聽的順序給他們說明那是火星（戰爭的挑動者）金星（和平使者）水星（長翅膀的信差）木星（快樂使者）土星（老年的使者）天王星（魔術師）海王星（神祕主義者），小孩的聽覺十分敏感，尤其對音響所造成的恐怖感最易察覺，而對感傷平靜的東西則有莫名其妙的遲鈍。他們也喜歡節奏輕快的舞曲，但是無法專注聽太長的樂曲，卻因我一段一段的解說而挨到七個樂章完畢才走開。然後我才換上布魯赫的作品。

我接到台南弟弟的一封信，他就是一年前我到台南尋找的那位，後來我寫了幾首詩歌；半月前他曾來通霄，端午節前我曾給他寫信要他回來，他既未回信也沒回來；突然他在二個月後出現，其神色我察覺有異，我問他，他看我母親在家似乎不敢說出來，並匆匆地吃了晚飯就走了。今天他的來信說，他寫這封信十分困難，實在事不得已才寫，他又說我曾告訴他兄弟終歸是兄弟，原來他有一張三萬元的支票在下月三日到期，希望我能多少幫他調一點。我看了信後有些難過，由於是同胞，雖教養不同，但我知道他不能自拔的墮落，現在和他的養母二個人相依為命，自從去年我第一次見到他後，連這一次有三次的會面，每次都甚無

*布魯赫（Max Christian Friedrich Bruch, 1838-1920），德國浪漫派作曲家、指揮家。
**霍爾斯特（Gustav Theodore Holst, 1874-1934），英國作曲家。

言，而他所說的似乎只是自嘆自己未能像我一樣的自幼好學，以致今天只是一個幹活的木匠，與我之間形貌和態度的顯然差異。他一點都不明白我以前生活和經歷的艱苦，我無需這樣告訴他。我勉勵他不可在這樣的差異上去分別高下或貴賤……而為了安慰他而說出了「兄弟終歸是兄弟」的話。的確兄弟終歸是兄弟，不論他所為何事，應該事後再去查明糾正他，現在卻是我義不容辭的時候，因為我一向掛念他卻未曾幫助過他（他自稱木匠在包工上收入也不錯，而我也想不出有什麼可幫助他的地方，除了心理上的親情感覺），明天我將到郵局去詢問，那前天終止的儲蓄保險費是否已經核下來了，如有七成的錢可領回的話，約有一萬多元，就給他寄一萬元去，除了這個數目，我也不可能再多給了，今後也沒有餘錢可以幫助他了，想到這，我心裡非常酸痛，沒有想到過了四十年的貧困日子，今天依然貧窮而不能照顧自己的同胞兄弟，實在慚愧。依照西洋的生活方式，成年後的子女不但不能依賴父母，弟兄姐妹之間也沒有互給的義務；我們中國人事實上也是，但情感是我們中國人最為脆弱的部份，理智或理性是敵不過的。

八月二十九日

早晨我還躺在床上，母親自己料理好了事就趕往頭份去，她昨日對我說手臂沒有好（古老的土法也無效），需要再去請教原來的醫師，她又表示順道去台北。她也許會打電話給她，這件事我既不表贊同也不表不贊同，我只能靜待事情自然的演變。你離台灣前我曾告訴你有一篇詩作，前幾天在報紙副刊登出來了。第二天大學的一位教授來了一張便箋，要我給雜誌寫詩，他的話中有一句很奇怪，不，這樣你不會明白，還是全部告訴你。他說：「又想向你約稿，我們一直要，卻少登大作。這並不損你的文譽，而只是我們的損失。這次我們再試一次好嗎？希望兩♡能合在一起。」我指的是最末一句，尤其那個符號，是不是很奇怪的語句？六七年前（忘掉確實是多久以前），他和某教授在大學外文系，與文學院長三人創辦雜誌時，就曾連續聯名給我寄了二封限時信，要我一定參加他們的創刊座談會。我去了；他當面要我支持他們；由於是新刊物，我義不容辭寄給他們作品，其中包括詩劇和試寫的小說兩個長篇；他們壓了約近半年多，始終不能決議登或不登，最後把稿子退還給我；有趣的是「詩劇」，他和我做了一場遊戲，第一次他退了，不久又要我寄去，他再退，隔不久又要我寄，然後又退回來。他甚至答應編譯館為我的作品英譯，最後也辭掉，理由是不懂我的作品。所以這一次他由澳洲回來重當編輯，又想起我，才會寫這麼一封信來，如果換了你，你要如何答他呢？我的回信如下：「實在寫不出好稿給你們，非常抱歉！現在也沒有稿子（真情如此），偶爾給報社是為了較高的報酬，這對我莫無幫助，望能多多諒解。你們學院的人都甚無情義，像《現代文學》的ＥＴ．歐，在現文歷史中，除ＢＢ．白外，我供稿最多又無稿酬，卻遭她白眼，令人心冷。特此敘懷。祝好。」他們雖身為大學教授，其實都是勢利的角色，如今某教授名聲太壞已不得寵，他雖較謹慎但庸俗可鄙。雖然不必要得罪他們，但有事來總需說真話，得罪與否是次要的問題了。ＥＴ．歐，在回顧現文的文章裡，非常自得他們的成就，談到供稿的作者們，卻唯獨隻字不提我苦勞的貢獻，而在另外的選集中抱著懷疑我的態度，批評我孤傲，有如ＳＣ．施在背後的誹謗，他們這樣做，無非說明在鄉土文學叫響後所擺出來的政治靠攏和勢利眼的性格罷。在台灣文藝圈中，我最不欣賞他們卑賤的面貌，近代的中國文人大都依附政治勢力而享名存在，這也是他們的作品敗落無趣的所在。

中午簡單地與孩子吃過麵條後，我躺下來休息，卻思緒萬端，煩擾無法排除，於是起來把過去聽過的唱片翻出來，選了幾張Lobo的專輯唱片來聽。關於Lobo，你在台灣時是否曾聽說過，據說大專的學生思想敏銳的都喜歡他。他的歌不比一般的搖滾樂，也許可以和鮑比．迪倫和瓊．貝絲同屬一類，但沒有他們那麼極端，比較客觀，富於詩情而韻味更深遠；我喜歡的原因是他的歌詞和平，唱法中肯，境界高，有如詩人，有如浪者，又有如滄桑但心地善良的男人，所以也很平易近人。無疑他能打動我，我現在重聽一如往日般入迷。

這兩首〈The Albatross〉和〈I'm the only one〉比較簡單短小，由歌唱中容易瞭解，其他如：〈She didn't do magic〉，或〈Armstrong〉，或〈Me and you and a dog named BOO〉，或〈Goodbye is dust another word〉，就更為玄奧，但總叫人感動，我想你在那兒一定可以找到Lobo唱片，不妨在閒適時與朋友聽聽看。也許現在的人趕時髦早把他忘掉了。你在來信中有幾首詩詞，的確很動人，因為我不是正科生，所以未能如你深入去研究專人的東西。尤其詞大都寫情，往往牽動人的心坎。現代西洋的歌曲裡有些是感時憂天的作品，亦有異曲同工之妙，只要情懷同似亦皆能欣賞，不是這樣嗎？

黃昏時我帶小保到海邊（昨天下雨沒去），風不大，但浪潮卻有些險惡；人很少，小保在沙灘玩沙，我下去游泳；一會兒我就上岸，坐在救生艇上曬太陽，越來越覺得這可愛的海浴場已不如往昔了，回頭又看到那架靜止的KATO履帶挖土機倍覺掃興。今天是我單獨和孩子在家，卻過得很平靜，在這一整天中，我做了家事、練字、讀書，給弟弟匯錢去等工作。我心裡突然有個私願，卻不能現在說出來，也許有一天我能當你面告訴你，如果真有面對面的一天的話。

八月三十日

我原是盼望著能夠像那幾日那樣心無所繫地任憑自己所思所為；思想是自由的，行為上只需付出操勞之力而已。我的一切也正邁上這途徑去調整就這樣過了一整天（三十一日那天），直到黃昏準備做晚飯時，聽到屋外的孩子叫喊聲。她回來了，偕同一位她的朋友楊小姐，我走到客廳正迎著她們，我說：「我正在洗好米，有客人來，我再去加添些米好了。」一我沒有注意孩子是否雀躍，大概是，我隨之換了衣服騎車到海濱去。她回來得也很意外，我卻不能放棄到海邊排遣的喜好，我有意逃避到那裡，可以緩衝地思考思考。我想她回來就回來罷，這原是她的家，有她的孩子，她根本就不應該放棄走開的。我不表歡迎也不表示不歡迎，心裡只為我的一份自由擔心，因為一切又得恢復舊觀，可能更糟。

我賣力地游去，在風浪中浮沉，心裡掛慮著左手臂，卻也貪得浮游之樂。我後來才發現僅剩下自己一人在滿盆捲動的海洋中，我既恐懼又快樂，幾乎在這兩種心情的混合中要高呼大叫；我從海裡抬頭望著那些人踏著軟沙離去的背影，救生員也走了；後來我發現一個青年坐在石墩的凹處，隱在陽光的陰影裡，我看到他時很不高興，他朝著海裡的我投視，像是一個候守我的或是一個監視我的警衛，但他絕不是，可能是個心事重重的慵倦的客人。KATO

側著面顯得身長，挖斗扣觸著地面，彷彿要埋首於沙土中的鴕鳥。我登岸後慢跑離開浴場，到達那條分開沙丘的海溝；現在是漲潮時分，水流奔動有序，一波一波地追趕著；我看四周無人，浴場那邊距離我很遠，我欣然地解下泳褲，赤裸地在水邊行走。在光天化日下能完全解開束縛而自由行走是頗為美妙的事，我想到羅素的自述，在他年輕的時代和長他幾歲的愛人在海灣裸游的情趣，唯一的差別是，他陶醉在情慾的快樂中，而我卻彷彿回返到人類最初赤裸的原始時代那種輕逸和無為。在寬廣的沙灘面對著海洋而裸露，與在樹林中或浴室的赤裸的感覺大不相同。記得在十五年前，我曾在台北近郊的石牌山上的樹林裡裸遊，這一段經驗曾移入我的詩作裡，我病後回城偕同兩女士在陽明山郊遊的情節，我個自往深山裸奔和憩息，後為她們找到。我後來坐在淺水裡，曬著將落的太陽，歐洲有許多天體營的處所，使人羨慕他們回返自然的可愛行為，因獨處和群體的赤裸其意義又有分別。行為是思想的詮釋，良善無害的行為尤能代表純潔的思想，這與政治上的爭鬪或男女之間的吵嚷之間有如天堂與地獄之別了。為何人類不能和平呢？

九月二日

翌日午後，母親從台北回來，她事前不知她已經回來，到家後才知道，正如她老人家所希望的家庭又圓滿完整了。母親轉告我姐夫的話給我，要我今後事事謹慎守密。這種事實在不用任何人來勸告我，我自己知道該怎麼辦。我的心雖然稍微安寧，但這半月來的事端將帶給我極大的影響。我心裡明白：我的理性會對家庭像往常一樣的照顧，但我的個人感情卻更為鎖緊了。事情雖來的突然，結束的也似無痕褶，但一切都隱入於最深意識裡，造成將來可能的精神面貌。有如在台灣的生活，表面是少有更改的，那些日常工作和交往的方式無不相同，但人們的心裡卻不斷地在某些挫折和打擊中做著更變。我的生活方式很平凡，但我的心裡卻極為複雜，這是使我不得不藉創作來抒發的緣故。我幾乎將我心中醞釀的一切（在現實中不能實現的）透過藝術形式化為另一種生命。現在我的記述有些混亂，有如我的心一樣的紊雜。現在家庭的事就這樣安定下來，未來是否還會有什麼演變，還不能預測；事實上誰也不能保證甜美圓滿的生活會一直延續下去，有如巴勒維國王也有一天要逃離他的國度一樣；要不是她過份的敏感掀起這個事端，我們的感情還是隱密在我們所知的內心裡，在黑暗的泥土裡，暴風雨是否使它衝破表層而向上發芽，還是將它沖到污泥裡泡浸腫脹而腐亡呢？這是未知的，但我似乎已經決定了，除非你要將它否決。

我還是照樣在早晨的時間練字，黃昏去海濱，她回來後依然做她應做的工作，好像日子本來就是這樣的，連一點兒事也沒有發生過。今天大早我就到校來上班，新學期開始了，昨日已經將一切我們的信件和日記本放在袋子裡，早晨便帶來學校，今後我就會在學校給你寫信，並希望收到你的信。像現在一樣我總是利用少許的空餘時間坐下來書寫一點，過去我的寫作也是如此，總是一點一點的加積成篇。今天在學校相當的忙，校園像一片荒地，經過一整天的砍除和打掃，才恢復一點模樣，以後還要經過多天的修整才能恢復舊觀。我想到一件事，就是昨天由海濱回來時，遇見一條在柏油路面扭轉掙扎的蚯蚓，我騎著腳踏車繞過去，但我又不安的退回來，用一根小樹枝將牠撥到路旁有泥土的草叢去；牠為何在那裡實在很奇怪，也無法明白，顯然可能是盲目與無知，但牠等一下會被汽車的輪胎碾碎是很可能的，或是被一位愚嘲的小孩看見，將牠一腳踏碎也說不定。生命的無知總是有這等可悲的危險，人類亦然。

九月三日

抱怨天氣呢，還是自我檢討？天氣實在燥熱，到處聽到七熱八熱（舊曆）賭咒豔陽的狠毒之聲，學校的校工對我搖頭苦嘆他們身上在冒油，開學後整理環境全由他們兩人做著粗重的工作，校長尤其賣力，身上沾滿污汗，就像天底下有親民的耐苦皇帝，也有關閉自封享福的天皇。我也領學生除草修路了一整天，回到家後從冰箱裡拿出西瓜貪婪地猛吃，過一刻鐘後，我開始感到不舒服，皮膚生起畏寒的雞皮，頭痛喉嚨乾燥，全身漸漸失去了力量。我的憂悶心理加深了病痛的苦楚。我原不會這樣的，我的身體情況自覺不錯，原因可能是兩三天來睡眠不好，惡夢和突然驚醒，使我不斷自床裡起來在室內踱步，不斷地吸煙，有時想藉喝酒是否可以安寧下來休息，喝下酒後躺著依然有如含恨的夜鶯，所以第一天來學校的勞動便使我支撐不住了。

我每隔二小時吃一樽保濟丸，然後稍能忍耐地躺著；我一向單獨睡覺，把自己隱在黑漆中，不讓人察覺，而使別人痛苦；母親於昨日前往山區探訪親戚故舊不在，孩子遇到我有事便迴避到他們的房間去看電視，她忙於那煩雜可笑的工作。整夜我感覺不斷地流汗，到第二天清早便稍覺清醒，起床到浴室用熱水洗去身上的汗污。然後我聽到她說藥箱有一瓶美製的阿斯匹靈，那是六月胞妹由美國回台時帶來留下的，我吃了兩顆，再帶兩顆來學校。頭已不痛，喉嚨還有點吞痛。在學校似乎精神好多了，一面帶學生繼續昨天未完的工作，一面找時間回教室為你寫信，但時間最多不超過一小時。下班時全校師生都走了，我看太陽還很猛烈，只好留下來繼續書寫，直到五點半，我收拾好，才騎車上路回家。今天我還在繼續吃阿斯匹靈，它恢復了我的精神，使我很感激。依照我現在的想法：健康是第一，智慧是第二，愛情是第三，財富是第四。最末一項似乎對我而言最沒希望。要是我沒有家庭的負擔和責任，我的思想會比現在更為隨遇而安。上次我跟你談到在台北阿波羅畫廊巧遇的那位女子，她和我在中泰咖啡室聊談時對我說，認識我較深的人都認為我是真正「喜比」精神的人，假如喜比不被誤解的話，我倒可以承認呢。但她又補充說，我有俠義精神，又完全是古典主義的人。她那麼說我真有點受寵若驚了，是與不是，我不便承認和否認，只當作意見或評論來聽。你想你認為我如何？

今天校長私下通知我，我可能會調職到市區的國民小學去，因為本校今年減一班，多出一位教師，那邊有兩個差額的職位，問我意見如何？如果贊成就寫一份申調書（他認為這是好機會）。我想市區對我上下班比較方便，不必再長年受風雨或大太陽的折磨，工作的比較，輕重還未能瞭解，也不能預料，但恐怕會失去當導師的機會（因為已經開學），也就是說少拿導師費三百五十元。我在此已滿八年，心理上已很厭煩這裡的環境，所以我寫了一張申請書遞給他，他說成不成還看縣府教育局的決定。其實調也好，不調也好，這只是個活命的工作，試試看罷。本來預計今天把這幾天的日記抄好寄給你，因為補記了這兩天的，時間上沒法趕完，我想明後天整理好再寄，或者有調職的消息一併告訴你，但如沒有給你另外的地址，還是照常寄來原址。

九月五日

在學校心境是庸碌的，工作零碎而雜亂，尤其當導師，瑣碎的事很多，其結果是只有操勞而沒有思想。平凡的人生大致如此，時間是唯一判明的真理，人從出生到老死，生命就這樣地度過，顯示毫不留情的樣子。這是寂寞的人生的定義，像不斷往山上推動巨石的西斯弗斯的苦境。唯一可以從這樣的宿命衍生而自覺不寂寞的就是思想的擴展，將痛苦的人生修飾和美化，並從愛欲中去對抗命運，使短暫的時光充滿宏偉的色彩，體會生命沒有白費。只要我們能產生對抗命運的意志，便能陶醉於人生的價值。話雖這麼說，認為思想可以改變生命應行的軌道，推衍出價值觀念，但恐怕一切的作為還是難逃那既定的掌握，因為肉體是一個不可更變的既定事實，肉體的形象就如它顯現的樣式一樣早經安排被塑造而成的。我們在精神方面的幻想和崇奉至終將是虛無一片。精神和肉體在才是真正的主宰，實在難以判定和分野，斯賓諾莎相信上帝的存在，仍安命於他平凡無華的生活，在這裡顯示出肉體的保全意義，以及萬物皆蒙神恩的道理，它的短暫寓涵著永恆的無形存在。智慧（或體悟）是唯一認知的成全工具，它和我們的生命一起形成，一起到來。我常在勞累中冥思，或在無所作為中思想，使我對命運的抗辯和既存的命運本身求得和諧和安寧。在這樣的時刻，我感覺自心田的內裡像甘泉埋藏的地底湧出細緻的滋液，從胃部或肺部湧到喉頭一點潤水；這時是生命唯一的清醒，從外在和內在綜合認識生命的存在。當在這樣的一刻，我會靜靜地看著你（要是你真在我面前），如果你是我的愛人，此刻是唯一的所愛，我就極容易將我的願望和欲念移入於你的身體，我會等待你的召喚的訊號，並且瞭解你的輕微顫動，隨時與你結合成一體；或者，你不是我的愛人，不是我此刻所愛，你由於察覺這點事實而掉頭走開，我將靜靜看著你走，而依然保全著自我於無動之中；因為從認知裡判定的我們都不得違抗，只能讓這世界保留原狀。世界應該絲毫沒有感情不確的因素；這世界有如午後牧童在休息中的幻夢，醒來時他仍然是靜默的牧童，夢與真實的兩種世界交替在他的體認之中，合成為一體的自我。

我漸漸覺得我在這裡的生活有不自然的情態，已經衝破我最初回鄉時的想法。我在這裡只是要做為一個平庸的生活者而已，一個可以不被看得起或有少許尊敬的謀生教師罷了；但現在似乎不是這樣了，郵局人員都知道我是誰，同事們都知道我是有額外收入的作家，教育局派來督學的人員也知道我在報上發表作品（昨天來校遇到我），鎮上有些子弟在國外或國內大學任教而聽說知悉者，以異樣眼光看我在街上走過，還有一批一批想探知真情的剛長成的青年學子，另有一些誤解得離譜的鄰居，以為我在寫武俠小說，竟有人當著我的面問我。當一個過慣孤獨且沒沒無聞的生活者，遇到這種情態，你以為會如何表現？我所感覺的是窘迫和不安全，一點也沒有榮耀的感覺，並且不知要如何去回答問及有關我事者。我無法擺出一種自認中肯的態度，因為每一個問及者的心態都不一樣，無法明白他們的意圖，或揣摩他們心中對我的想法。最為難以對付的是抱好奇的人，他們的模樣是半閉著眼睛審視（我），他們從聽聞中知道（我），但他們不知（我）寫的是什麼，他們自認聰明的下判斷，這種無知與好奇等於在考驗著（我）。只有現代的知識青年還能對我表示出敬意，其餘都像是一種打擾和侵犯。總之，我在單純生活中所害怕的，現在恐怕都要朝著我迎面撲來。

調職的事還沒有消息，只有紛紛的傳言著有可能。我現在想到如果調職到市區，如我上面所說的情況將更為嚴重，因為所謂作家，到底有多少人能真正辨別清楚而給予個別應有的敬意呢？就像我們沒有親臨與泥水匠為伍，而對所有的泥水匠只有抱著同一的觀念；更像一般人對博士的尊敬和景仰，但瞭解的人是非常痛惡那些窩囊博士的。還有在民間對新聞記者的看法是：有如食人惡魔差來的混蛋兵卒。我沒有蓄意在生活中表現特殊，不過希望，當有些在自我範圍內我行我素時，人們應該尊重個別生命思想的獨立和自由的權利。這是今天我們東方的世界的廣眾猶在為此哀號叫嚷的現象，也因為無此權利而有無窮盡的悲慘和苦痛。

九月七日

今天是星期六，來學校後未聽到校長有關於我調職事的報告，這表示縣教育局人事室還未下達命令的公文，只能等下星期了；現在最好忘掉這件事，何時來或會不會來，就任它去罷。我現在的記錄是在早晨學生寫作業的時間抽空來寫的；今天還未過去，所記的是昨日回家時的一段思想，下一次記述的時間可能要到下星期一來校後的上午或下午，你知道，星期日不上班，我不能在家寫。

午後四點半騎車回家的這段三公里路程是非常炎熱的，我只穿著汗衫，外衣脫下放在車子的掛籠子裡，面孔是曝曬著西斜火焚的太陽；早晨來校比較涼快些，頸背仍不免有點汗濕，而午後回家就有如被焚燒而倉促奔命的可憐動物了。一路上我心想今天比較風平，應該到海濱去沐浴，自開學來已有五天不見那熟悉的海洋了；我近來對它有些怨言，說它不如往日，但我仍舊非常懷念它，因為在那廣大的沙灘和海洋，是唯一容我自由奔跑和洗塵而獲得清爽的地方；它是我的心中想念，實地腳踏的聖地，使我束縛的卑賤之軀回返赤裸的生命自然；有如男人對女人的眷戀，因為在那溫柔撫慰之處可供安枕棲息；這是孤獨和寂寞的人自封而擁有的國度，在那裡獲得自由和康復。在生活的世界裡，我與販夫走卒無異，但我的生命和精神寓居於未被察覺看出的神祕之地，那地方有人走過，卻沒感知它對某人的特別寓涵作用；土地和海洋有如造它的神，是我的上帝也是大家的上帝，但同樣的一位造物者，祂對我與對他人卻意義不同。我的眼睛潤濕了，想到這從童年就任我閒遊探覓的海濱之地，還有那現在因堆滿垃圾污穢而不能靠近的沙河，我更傷心；就像你在遙遠相隔重洋的國家，我愛而不能伸手觸及到你；古代的人並非不自由是無力前往，而現代的人有了工具代步卻失掉了自由。那自然之地我卻因為生活的奔勞不能隨意隨時在那裡倘徉尋夢，事實上它被可惡地限制只許在白天而不能在夜晚來臨；有如我只能和你偷偷地以片紙來往敘情，因為進一步則法律所不容許。它是我的聖地，使我回返赤裸的生命自然，有如你是我渴慕嚮往擁抱的愛人。

九月八日

潮汐的升落完全是物理的作用，就我們的常識所知那是受月球圓缺的影響，初一和十五（舊曆）在正午時是滿潮，然後每天依照順序延後約四十分鐘，而每月的初三和十八這兩天是大潮，幾乎滿漲到植有木麻黃樹林的沙丘頂面；但大漲必大落，由這證明受日月的牽拉作用。我到海濱時正是退潮到最低點的時候，越過沙丘，便看到遼闊的沙灘像突出的赤裸胸脯，要走很長的一段才到達海邊。人不多，海水混濁，我僅游了一刻多鐘便感索然無味。我上岸後朝南面散步，沿著水邊離開人群。當我轉身往回走時，原先在沙灘和水裡的人都紛紛提著行囊離開了。我這時看到KATO在石堤下的海灘發出嘖嘖的聲音，那隻怪手不斷地搬動巨大的石塊，使石塊排列成一道斜堤，在頂端有一對男女手拿鐵棒吹哨指揮它工作。另一位穿長褲的女人提著一隻冰桶自遠處漸漸走近他們。我來到KATO工作的附近，坐在它排好過的石塊上，看著裡面的一位年輕男人在駕駛室手腳忙亂地扳動操縱桿的情形。我曾在工兵營裡學過十週的平路機駕駛和操作的訓練，這種重機械的工作情形大致相同，不過，我想現在早已忘掉要怎樣去操縱它了。事實上我走近來是為了觀察工作中的男女，我發現他們可能是兩對夫婦所組成的包工（承包工程，依工程大小議價成交），他們都十分年輕，兩個女人都具有男性的堅毅容貌。他們在這裡的工作完畢後，可能移到別處去照樣工作，一年到頭為工作而遷移居住。我想從他們的面貌特徵和身體造形去揣測他們如此工作和生活的況味，因為萬物的特徵全由他的生活經歷而形成的，就像我們從容貌去辨別一個人的精神內涵。KATO的顫抖同樣地震動周圍的土地，尤其用力移動巨石時，我都能感到明顯的地動。他們的艱辛和男女一起工作的模樣頗使我慕往，他們所組成的是一個包括辛勞和愛慾混合的極小團體，有如自然界中的一個小族類。後來我離開去躺在石墩的陰影下歇息，觀看海岸的風景，思考在文學中如何來描述眼前這一片景物；在我現在的視界裡，除了天空和面前廣延的沙灘外，其他如遠山、樹林和海洋在空間中所佔的位置都偏倚到兩旁和遠方，沒有人能瞭解這種歪斜不平均的風景意義，奇狀和不整的景物形象很像一齣古怪懸疑的戲劇舞台。這時有一位中老年人推著腳踏車和車後竹籃裡的兩隻長毛狗來到我眼前的舞台，往水潭的地方用力推過去，當他抱下狗隻時，狗發出叫聲。然後是一群七位的男女青年，談談笑笑地來到，他們的年齡使人羨慕，他們顯得輕鬆愉快，他們之中有幾個男女可能成為眷屬。突然一位紅衫青年（像是工人）騎摩托車駕臨，他是一個瘦小結實的男人，一派自我意識很強的表演神態，他張開雙唇用齒縫嘶嘶地（與一般吹口哨的聲音不同）吹出迪斯可舞曲的旋律；他的動作雖滑稽但熟練，停車後像多疑般把車鎖住，帶著一條紅色泳褲奔向換衣場，途中看見一隻沙馬蟹鑽進洞裡，他頗為惡意地伸腳把牠挖出來，然後半跑半舞地跳進換衣場的圍布裡面；一會兒他以同樣輕盈的步態跑出來回到車旁，跨坐在車上後打開鎖，脫掉紅衫，把衣物放在雙腿間的油箱上面，發動馬達，快速地有如拋物般在沙灘劃過，駛向水邊去。看完了這一幕生動有趣的黃昏景象，我便起身騎上自己的腳踏車回家了。

昨日（星期六）我留守在家，她帶小保到鄰鎮去探訪親戚朋友。我做了午飯和晚餐，還看一點書《雪萊評傳》，覺得現代的中國學者的論著，除了明瞭故事外，沒有更多可觀覽學習之處，由這點可察鑑中國現代的文化明顯地在世界淪為次等的可嘆地位。晚上則看了一部耐人尋味的電視電影《牛仔淚》，由保羅紐曼和李馬文主演，慶幸地不是英雄故事，是描述現代從事牛仔工作的人的被剝削和在外地被當地政府人們欺侮的辛酸事實。像這種人沒有甜蜜愛情和婚姻，沒有足夠的錢生活，但面對著空漠的前途卻必須懷著一絲還可能活命的希望而觀望著未來，且繼續前進。

凌晨三點（醒來看到時間）我因一場疑惑的夢而醒來，這夢有你整個清晰的全像，和活潑的走動，我和你和父親（逝世已二十七年了）生活在一個灰暗的屋子裡，我心裡非常憂懼你和父親單獨在一間關閉的房間裡，而我卻在門外。醒來後我一直躺著思索，企圖瞭解夢的內容，後來我尋索到我童年的往事，原來你替代我的母親出現在這夢境裡。那時我對父親和母親晚上的親熱持著很深的敵意；我原對父親很敬愛，從小和他一起睡，但有一天晚上我聽到他呼叫母親的聲音時醒來（我不敢動顫和張眼），母親由另一個床過來和他在一起，起先他們細聲交談（也似爭吵），最後他們貼合在一起。自此，我懷恨父親，而處處維護母親，如你讀過我的作品，一定可以瞭解我那時的真實情感。我明白這夢是由潛意識而來的，當現實與過去交流時，你的影像鮮明地出現是很自然的。

九月十日

昨日我到校時一位神色慌張的女同事問我調職的事是否提出了申請書，我說是不錯，有何指教。她隨即表示她也要申請調職到市區的國校。我說為什麼？她似乎滿有自信的說只要校長同意就可以了。我說校長只能同意一個人，不能同意第二個人，因為本校只能調出編制上多餘的一位。她表示不是要和我競爭，聽說教育局方面不擬定派出，所以她要校長同意和那邊的校長雙方同意就可。她進校長室去，我在辦公室聽到校長對她大聲喊著說，太遲了。她回到辦公室座位時我問她為什麼明知我已提出申請書還要這樣做？她說有人要她如此做。

是誰？我問她；她堅不回答。約十點多鐘郵差來時到我面前說他聽到我要調職到鎮上，我說還不一定，派令未下達。顯然消息在鎮上傳開了，於是我想到這是件微妙的事，那位女同事不回答是誰要她申請，這就表示是那邊的校長極力要她去，而對我要去表示拒絕。原來這件調職的事學校原擬定另一位女同事調出去，但她過去因為車禍精神不好，好幾年神經不正常，她的表叔（在本校當教導）替她承當一切責任而保留了職位，現在健康稍微恢復正常，教導表示依其家長意思還是留在本校由他監護，所以才另外徵求我的意願，給我這個機會提出專案申請。我猜想那邊的校長大概嫌我古怪，因此不表歡迎。事情看起來是極明顯的了，因此調職的事恐怕在人事方面各方都陷入了僵局；教育局的人受人情包圍，校長已經提出我的申請書，不能再重複答應第二個人，市區的校長表明了態度，現在問題關鍵在我是否要放棄或堅持。前幾天我已表示我的看法，調去鎮上並沒獲得什麼特別好處如果大家對我個人有偏見，顯然於我並不好受，校長不歡迎，我去何用呢？我本持能去或不能去都無所謂的態度，但問題看來他們的做法顯露了勢利的面貌，我就甚厭惡這種作風；一個教師只要按部就班工作，其他都是單純的，我並不需要看校長的面做事。現在我保持沉默，不明白表示退讓或堅持，看看未來發展如何。

有關現在市區的校長，是一位資深受過表揚的女性教育人員，她未婚，身體瘦削，外表給人一種謙讓多禮的印象，做事講關係，喜愛權術，據說該校過去和她同事的人表示，她掌握一所規模如此宏大的學校缺乏應有的果斷，處處只以女人家的看法，有些嘮叨。這些批評是否正確我並不重視，我要特別提她，是一件影響我一生的往事，她是這事的關係人物。當她曾是我讀小學的教師時，她帶我們到新竹去參加中學入學考試，大多數同學那天清早都穿得漂亮整潔，在火車站集合時她發現唯獨我赤腳沒穿鞋子，她大表詫異，拉我到一旁問我，我坦直地說沒有鞋子穿，她略知我家的情況，因此安慰我說，到新竹她要買雙鞋子送給我。本來我赤腳慣了並無所謂，但經她一提，我頓感羞恥，在火車上我一直想著這件事而偷偷地面朝窗外流淚。我們經過安排投宿在新竹市區的一家旅館，那天晚上我自卑得不敢和同學一起睡，只躲在角落裡面向牆壁暗暗飲泣。二天的考試我完全受這事憂擾，因為在我小小的心靈裡一直在盼望期待她對我承諾的關愛，可是她始終未再提起，漠不關心的忘忽了。回家後我開始陷入孤獨憂悶的心態，決定不讀中學（那一次全體應考的同學都沒考上），後來父母經人勸說，催我再去報考大甲中學而終於考上入學就讀。奇怪的是，調職事之前我突然重憶起這件童年刺心的往事，欲想鼓起勇氣親自去拜訪她（她已年老了），告訴她這件二十七年前（當年父親逝世）的事情，要求她買一雙孩童穿的鞋子給我彌補和紀念，使我從此永遠脫卸自感難以補償的心理鬱結。但我想，她或許記不得這件事了，如果我果敢地前去，必定在我道出後使她感到抱歉和羞恥，要是讓別人知道，她以一個教育家的身份豈不感到難堪呢。所以我打消了這種危險的行為。現在要不是調職的事，她也是關係人物，我是不會聯想告訴你這件遺憾終身的往事；事實上想起它，有如重回那天的清晨，我心裡難過極了。

昨夜她問我是否我永遠需要我曾說過的心靈追求的異性目標（你大概在閱讀拙作中記得，我說過追求理想戀人的事，如果這世界沒有，我亦要將這追求轉移去表現形上的思想），我回答說是的。我這一生唯一具有意義的事就是完成自我。我對她坦白說，我在外面做事當教師是十分痛苦不得已的事，因為那只是為謀生照顧家庭，而非我的職志和理想，所以我顯露的一切都沒有人能瞭解（反而誤解），家長批評我，學校討厭我（聯想到調職的事），沒有知己朋友，反受到誹謗，文藝界雙方（在朝與在野）視我為異類排斥我，是一個真正活在現世的疏離者，如果你（指她）再給我吵鬧打擾，不給我精神的自由，我顯然是個內憂外患重重的痛苦者。的確我滿心的憂煩和痛苦，只想逃避到另一個自我存在的世界去。我希望你（指她）體諒和瞭解我的苦衷，而不要再用偏狹的情感束縛我，使我目前努力建立和維持的稍能容居的家庭分奔離散，加增我的苦痛。我再告訴她，如我不愛這個家，我不會在千辛萬苦中親自動手將它維持安逸，用理性去克制使我能承當人世的責任和義務，否則自可憑情緒放開瀟然離去。我希望她能看透生活的世界和生命的意義，使自己安於滿足和單純（將來年老我勢必將過更為簡單的生活），建立對家庭子女的責任感，不可因情感的挫折和敗傷而放棄這些任務；而我的精神理想那是我的另一個生命世界，不屬這塵世，也不屬於她，也不專屬於任何人，只有屬於我自己。她傷心地表示只要我付出生活費，她不再管我一切的事。我聽後反覺憂傷，遺憾她與我之間的差異，而不能慰足我精神的需求；她以一個平凡的女子做為我的妻是太可憐了。

九月十一日

調職的事經早會校長的報告，縣府教育局要以積分高低比較做決定，讓有意願的教師重新申調，這樣看來我是無望了。這樣也好，我已沒有興趣去鎮上的學校，可以不必為這事再煩心了，還是定下心留在原處。所以請你寄來的信函依照舊址付郵；我也決定今天下午將這十幾日來的日記寄去給你。另有一事，前二次我付郵時是加用「快遞」，我不知道它是否早一二天到達，請你核對一下郵戳日期，將實際情形告訴我，以便決定今後是否繼續用快遞；如果沒有早到，多花郵費實在沒必要，要是確實能早到，多加的郵費是值得的。以後我可能半個月或二十天付郵一次。

回想這四十多天來的日記，對我竟產生了一個啟示，我也在這段期間完全放開過去的習慣不再思考創作形式的問題，反而以自由的日記方式直接闡述我心中的理念（往日我全無日記生活的習慣，現在算是首次嘗試）。我認為這是認識你之後，所自然發展的有用的表現形式。我曾告訴你，準備繼續寫一年，直到你的學業結束為止；那時你會面臨另一生活的抉擇，你是否回來和我相會，或繼續另一階段的學業，總會在那時決定，我也預計在那時將日記告一段落。因為已經有了開始，我希望我們都以誠摯的真情往前努力。

九月十二日

第四封

現在我尤其盼望昨日寄出的信能早一刻到達你的手裡，因為距離前一封有半月之久，那時你可能為了我信中吐露的消息而驚嚇，可能每日都為了事情的發生而感到不安，心裡本是自然伸出的情感像是受到了警告而突然縮住，好像夢醒的人對夢中情景的怔愣，疑惑自己到底做了何事，平順的日子突然加添不快的因素，從此拂也拂不去沾黏的苦惱。那麼我想這個後到的信函是否會給你一份希望呢？希望什麼？我不便揣測，你自然會告訴我你的真實感受，我不會愚傻地模擬你的願望，然後偽撰信函中的情節，或為了我個人自私的目的，設置了圈套。像一個預先設計結局的小說作者，有意安排那容易迷人的陷阱。在我的信念中這一切都是徒勞枉然，在我的創作或在我的生活裡，沒有這些炫奇惑目的東西，除了真情實事，什麼也沒有加添進去，因此我的信是否會帶去給你符合的願望，我就不知道了。而且，親愛的，你我都生活在個自的時空，同樣，除了真情實事外，沒有互相約束而都擁有自屬的自由意志，隨時都可以決定自己要做的行為，甚至隨時都可以否定前一刻的承諾，如果你願意承認我們是在相愛，那麼你是在最自由的環境裡，你是在對神表明這份心願，而不是對任何人。因為，我現在想起來，也是早先就有的感觸，我現在要把它說出來。我們之間交往的信函，像是太空中星星之間星光對星光的相互映射，接收到的是千百年前的投遞之光。當你接到我的信息時，我已比那信息往前走了四五天了，你的情形亦然，我們永遠無法知道對方的現狀如何，除了文字上所記述的可供想像的形象之外，真實現況中所顯的形態都一無所悉。我們是這樣的滑稽，親愛的，我要呼叫你一千遍，就是叫你一萬遍，仍不能勝於當面輕輕在臉頰的一吻（我心中永遠清晰地記憶我們在台北火車站告別時互相吻頰的印象，我被你吻到的那一小塊地方只要我想起來就像特別的敏感，幾乎要活潑地個別凸跳出來）；我說滑稽是我們像是愚鈍地做出任何人都不可能想去做的事，好比舞台上的兩位扭打的小丑，你捶打我的腳，我需要想一想，然後才感覺疼痛而跳躍呼叫；或我告訴你一件本可能好笑的事，卻讓你嗚嗚地哭出來。就是這樣的不可思議，只可供人娛樂，卻不能惠及自己。任何人知道我們的事都會搖頭表示不可能。是不是這樣？我們這兩個天真浪漫而又充滿善心的人，卻做出互相折磨的傻事。不是嗎？我們除了對自己信仰的神明（理念）承諾外，我們沒有對任何個人做什麼可行的承諾；我們是為愛自己而不對別人表示任何愛意，我們只有思想之光，沒有任何的現實實值。將來也唯靠神靈的安排（堅靠的理念）是否會見相親，或者各奔前路成為陌生人。現在是我另一封信函（第四封）的開場白，像一本書的序言，不論我的語言如何零碎不連貫，但全書的意旨都涵蘊其中，我重新對你表示愛意，好像另一時間的星光，憑著它逐一而不斷地放射構成存在的事實，好在我們堅信的思念不會不承認它的不真實存在，憑著這些編織著我們兩個人的故事，不論內容是悲傷或喜樂，我們只關心我們內心真摯的希望，彷彿聖．保羅執手不放的信念，只為期待那現在眼所不見而卻必定在將來會蒞臨的物事。

我在昨天下午四點鐘寄完給你的信後，回到家休息片刻，準備到海濱去。當你接到信時一定先會被信封上貼滿的郵票迷惑了一陣。我要解釋一下，不是出於故意，原因是我看到郵局公佈欄今天發行新郵票，四張一套只值二十五元，我問郵務員總共的郵資可以買幾套，他說四套有餘，因此我便將所有的郵票全部貼上，完全把信封上的空間都佔滿了，只露出你和我的姓名和地址，有如我們在古器物的堆放中露出兩個人的臉孔，這樣做雖很滑稽，但可以給你一個深刻印象，博得你的一笑，也可留為紀念。我到達海濱時正好漲滿潮，波浪很大，卻連一個人也沒有，我下水游泳後才陸續來了一些人。不久，我便離開浴場，奔往我的聖地。以下的詩句是我記述我單獨在隱密的處所時的真實情思：

當我一絲不掛的身軀仰天躺下
在幼小的木麻黃樹林的海濱之地
天空即刻響出驚歎的嘲笑
那是不知名的小鳥不期然地飛過樹梢

連牠都不知道此地是我的聖林
一個孤獨寂寞者擁有的自由之地
雖然時有遊歷的腳步在外圍傳過
有那劃海的船隻出沒，但無妨；

因為我在此奉獻心裡的愛思
表露我渴慕返回自然的意志
在經歷歲月的折磨困頓之後
在此解脫束縛使天真呈露

我高歌呼唱心中繫念的愛人芳名

聲波如浪環環越過萬里重洋
我的愛人是純潔善良的處女
她牢記我的形象知我滄桑

潮汐有如撥弦聲聲哀切數落
此時低垂的夜幕將重重染墨
而她在另一國度甦醒自晨光中
而浪音重疊不輟寂寂訴說是誰

在這幼小的木麻黃的海濱之地
聖寵是否降臨充滿我心？
不知名的小鳥折回叫出美讚
一朵黃昏的彩雲凝成她的真相

九月十三日

我同時接到你的兩封信，有一封是你在布城九月四日投遞的，另一封是六日付郵的，我依照日期的先後拆開閱讀。我專注地披覽你精闢的議論，感覺到你似乎挺直著脊背，嚴肅地對我責罵；你內心憑著生命的存在真理想要袒護我的作為，卻又以社會道德和責任的成規予我無情的判決。我在你的面前發出顫慄，就如在現實中我常受人的指責，得不到一點同情和庇護。所謂常理者，是使人痛惡的假冒偽善的表面事實，它劃定時空的界限，就發生的事實做為判別依據；但真正的本源並沒有人去追究，真正魁首是那躲在背後，埋在意識裡的本質和心靈。是這種本質和心靈受到環境的影響後，使人成為藝術家，成為政治野心家，成為殺人者或聖人，成為凡夫和賤女。當我們想要瞭解自己或別人時，最重要的就是經由表面的行為的演繹而認識到本質和心靈。我們都讀過卡繆的《異鄉人》這部一位現代人的悲劇故事，前半段的曖昧情節，它的陰霾氣氛正適於在後半部有清晰的哲理的演述。它說明了本質和心靈的存在（當它啟發作用時它的理由何在），今天我為我自己解決的重要課題也是如此。有一度我對我自己提出「不完整的本質」來做為一切行為的理由，以為一切行為都是本質和心靈的片面綻放和發作，它不包括全知，但我們感知它完整的存在。這些事情其實不必我再來重述，你的知識已經足夠瞭解在我身上發生的事情，我想說的是，我非常喜悅你信中想到要發論的部份，讓我知道你潛藏而會使我顫抖的力量。我們並不太需要直接去抒發情感，說出一般戀愛中人的夢囈，卻可以在理智地討論問題時感覺到那份相愛傾慕、甚至渴慾的情愫。大致上你在議論後便會溫柔的呈露你真正的心聲，使我在驚怕的虛弱後得到慰藉，好似小孩受到母親的責打後又受到她的摟抱和愛撫。

第二封信是第一封的延續，合起來是完整的一封，我在閱讀中一直在內心稱讚你（雖然你常中斷插進那些不必要的自謙或自我批評）。從昨日看完信後到今晨，包括我在黃昏時單獨去海濱，我都在想你信中的話，你幾乎告訴了我許多無比豐盛的問題，我一時間不能馬上有條理的分出來。我要回答你的話，我想不要依其順序，我要以自然的方式想到寫到。先說這種日記的方式是小說形式的追求者最後解脫的堡壘，無比的自由和奔放，正合乎我的不羈性格。總之，我看完你的信後，使我放心你並不為那事感到過份的困擾和自責，你堅毅地保持著信念，這種愛意尤使我對你刮目相看，因為你其實具備著奇女子的所有秉性和節操，我從你處獲得從未有過的安全感。那件事現在已安定下來，將來也會有好的發展，只要雙方能理性相對，就會有好的解決辦法，我為我個人想掙脫俗世束縛去追求本質和心靈的自由，我相信將來也會如願以償。有你在，我會心滿意足，現在還有什麼比愛你更重要呢？

我感謝你照顧我的方式，注意我的健康，我的知識水準，更注意必須要有合理的情感。我每日所關注的也是這些，有你的叮嚀，更為我注重；你知悉我的缺陷，你懷著愛意哺育著我，我能不感慶幸遇到你和感激你嗎？像余氏的理論，其發表的論文我當天就看到，並注意他所說所例舉的。他的理論表面看完備不漏，具有參考和學習的價值，但同樣以語文為工具者，不難看出那些條例的疏漏，因其約束和規範很可能導入呆板的公式，誠可做為來往公文的典範，對熟知事物的交談有用，未必對全心探索的創作適合，要是他能有一份「語言是心思的模擬」做為前提，就不會為人誤解和反對（自來余氏的論文常露霸道而無內在的精密，有如其詩作外表烜赫，內在的心靈含混籠統；也就是說做為詩人，其學養奇優，但詩心並不自然和精道）；心思是辨別個別事物的探針，瞭解和分別時空的權衡，語言是最後呈現的代表符號，其組成和造句都必須依據心思的判斷，顯露個別事物和時空的特性和景況，必要以細緻和完整為理想，如憑著意思相似而移入代號，只求語文本身的條理和格式，就猶如在庭院觀賞的假山景物一般，雖然讓人目睹無疵的佈置，和一番約簡的條整而有賞心悅目的功效，但與自然（可能蕪雜）相比，也就喪失到文學探索真理的主旨了。有如現代的諸種新批評，大都是工具和程式的應用，只求即奏功效的目的，因此探討創作之本源的心靈問題時，就無不顯示其斷章取義之疏忽和裁害了。像今日之哲學，日漸走離而式微，忘掉原先目睹與親臨的真相，在頭暈目眩中指著地面自己的影子為上帝一般。我衷心盼望將來哲學與神學能夠由這分歧的徑道再度會合成為一條主流，人類也唯有在謙卑中才能受到恩寵。

九月十五日

親愛的，我真的不能確定你是否愛我如恆，但我現在的確想愛的只有你，唯一能愛的也只有你，我因愛你而想像我們的前景，許多計劃都和你連在一起，無論我在那裡和做出什麼，我都想到你，恨不得我們現在已經在一起了。想到我現在不能當著你的面和你說話，我們相隔這麼遠；想到你是這麼年輕，這麼潔身自愛，我和你有許多的差別；想到這世界這麼大，這麼易於變幻；想到一切可能想到的任何事，我便因愛你而痛苦。我真的對於想到的一切不能確定它不改變，不止是我的經歷這樣警告我，我想你看到的世象亦是如此，怎麼不使我憂慮而害怕呢？我可以想像你是抱定著不變的愛意，你的秉性相信單純事物的優美，你會說愛我就是愛我，決不二意；我也是一樣，毫無選擇，相信你就是我要愛的人，我更相信有你我會獲得生活的美好，生命的滿足。如果話這麼說，事實也的確如此，這種毫不考慮其他因素的果斷，豈不美事何足煩心呢？凡是戀愛的人誰不說出山盟海誓的話呢？但真的凡事永不改變嗎？所以我因每天隨情緒的起落所表露的心思，便會如你所說的「為什麼你會一下說很愛我，下一天就變成懷疑我對你的情感，再下一天就變成不確定你自己對我的情感」了。其實這豈不證明我因愛你，將我一顆隨日月反覆洗淘的心呈現在你面前嗎？我每天要告訴你的不是那起伏不定的真實思想嗎？你要知道的不是這些可靠的資料，難道你只要一張「我愛你」就可確定不移的契約書嗎？愛情如果像商業的契約一樣的可憑，每對男女都可以即刻走到法院公證結婚，事實上也可能第二天又回到法院訴請離婚。我們應該要慶幸有這相隔的距離和時間來進行試探對方和自己，所嘗到的痛苦也並非不值得。疑問可使思想縝密，討論可加深瞭解，探試可以鞏固情感基礎，誠實的表白可以讓對方選擇和信任；與其說我們現在是互表愛意，不如說是探討愛情，不經過奮勉和辛勤，何能知道愛有多深呢？關於那篇〈愛情〉的小文，我說出我個人的體悟和認知的看法，是自然的普遍真理，你疑問我和你之間有不同的看法嗎？那麼你個人的看法又是如何呢？如果你是指就我和你兩人的愛情而言，到底會不會應合我所說的，那就不一定了；我說的是全體的，不是個別的；我們兩人的愛是專屬於我們兩個人能瞭解的，對別人而言是一層封守的祕密，別人要說什麼，都可以和我們的親身感受不同，如同我們也不確定明瞭別人的事一樣。我最主要的為文的涵義，也不能肯定用語句界定愛情的真義，只能做到譬喻；但愛情卻有原則，要認真地坦誠地注入真實情感，隨著自然安排的命運以不違抗的態度去完成使命，只關心是否去愛，而不計較後果的得失，只要現在去愛，就是永恆。

現在我有點力不從心，還在宿醉的疲乏中，上午只能提起精神教一節課，便讓學生去寫作業，我提起筆來感到無氣力，寫下的語句並不太選擇語法，腦子的作用只能隨想到就成了，回答你的問題並不重作考慮，是那天看信後留在心裡頭的印象，把印象的反應演繹成現在的文字。我為何會如此自我摧殘、自我折磨、自我戕害呢？親愛的，可能是我心靈飢渴的緣故罷。昨天（星期日）十二時我趕到台北的明星咖啡店（我們在台北的第一次見面）三樓，去參加現代文學作者們的聚餐會，我原想去看更多的人卻只見到年輕的一輩；只有白教授給人的印象是熱切的，久以前就聽過人家說他是小白臉，依我看來這小白臉三個字是不好聽，意思也不好的形容，我應該形容他熱情洋溢，天資柔美的男人，當場就有許多不相干的女孩子（大學生？）對他表示傾慕，要搶拍他的照片。午餐並不供應酒。有人這樣說：白教授這一次到香港，左右兩派的人都對他大為瘋迷，這情形依我的看法是顯然而不待言的。他展佈的熱誠笑容頗得人緣，堪稱笑容可掬，儀表出眾，使人傾心。突然楊老先生來了，大家自屬意外，但都對他的那份孤軍奮鬪的精神感到敬佩，我在十多年前曾在他的台中東海花園與他相處幾星期，這次是我離開後第一次見到他，他依然如故，是個讓人可嘆的固執老人，時代不同了，他仍然沒有改變態度。他是台灣文壇的老前輩，意識很尖銳，我承認與他不能在精神上互通，見解不相同，我曾聽過他批評我的作品是貴族的東西，不是他們要倡導的鄉土寫實，由這一點可見他不瞭解我，只是他意識上的固執之見罷了。談到寫作的觀點和表現，我和ＨＳ（也在場）先生較能默契，我非常喜愛他翻譯的西洋名著，如福格納的短篇小說選。那些年輕的一輩，這一次的聯合報小說獎有多人獲選，他們顯得高興而有自信。後來我和一位老朋友梁君到他的寓所，他有一瓶貴州茅台酒，我便在那裡陶醉了起來。回到家已凌晨約近二點，天氣悶熱加上酒醉，洗完澡後，竟然腦中醒著不能睡眠，然後在七點半到校時才漸感虛弱。我越放浪就會越渴望你，好像我是因為沒有你在而才去放浪的，這是天下男人的第一等理由。你罵我是罪魁，我應叫你禍水，你就快要把我淹沒了。

九月十七日

自從通信以來，你有許多我應該即刻回答的問題，都因為我忙於記述個人在此的生活感受而忽略了；有些問題我存在心裡頭，必須等候我瞭解清楚而有感觸時再說出來；因此我只能隨著每日即興的思潮來臨時才能動筆。我不能想像你是否能適應於我的此等習性。我準備暫時放棄創作追求極端難以寧靜的心態。我很感激你的出現解脫了我創作的困厄。我現在愛你，將你置於真實與夢想之間，我想你不會對此感到不平和生氣罷；假如你掌握到我的特性，你便會欣然接受我對你的看法和期望，因為我將視你為「美」的真實與「美」的理念而對你傾述我滿腔的熱情，我生命的力要為你一步一步的抒發出去。當你說：「這種追求，不到你感覺安定及滿足時，你不會停止。」你實在說得對，把我看得很清楚了。對於人性你比我懂得更深入。你又說：「你不應該衝動著因為社會或本身需要而結婚……。」你認為我的婚姻是為著你說的社會和本身這兩件事而為的，憑這一說，你又把我看得模糊了。因社會或本身需要我想並不盡然，我想不太像似為此而種下種子，也為此必須承擔。如果完全是為社會或本身的單純目的，其欣然承擔它的種子是無庸置問的，也不會發生任何歧途，像老一輩的觀念一樣，人在社會的規範和人的單純需欲下為生，那種境況是平靜無事的，也就是人完全被視為「物」的話，理想的人類社會早就實現了，永不會再有什麼變動了。但是人不是單為物是你所明白的，男女的結合不可能完全在一個相同的理由和目的之下形成，相愛和結婚有個別的精神面貌，有如我和她的結合實在是一個內心事實的長長的故事，像我過去和H之間亦然，問題是我高高在上的扮演著一個自許或被期望的角色的無法長期維持和她的完全認可與接受。我和她結合只是受到當時的感動所支配，卻不明白那時的精神只是片刻的，好像一個演員誤以為在舞台的扮演是真實的，事後也相信現實一定也要那樣做，其實是做不到的。如果我們有一次在街頭攙扶一位老太婆走過馬路，由於做了一次，就必須注定永遠服侍於她，這是多麼不可能和荒謬的事。我不知道你是否明白我要說的意思，我舉例是因為我現在不能明確地說出那種精神是什麼，或判定它好或壞；如果那被扶持過一次的人不能認識到當時對她的扶助是那人內心喚起的偶發精神，而以為像她那樣的人事後有權要求只限定那人專門特別對她服務，這那裡是社會規範呢？兩個男女在某時某地因為某種精神的契合而相愛，如果不把相愛的事實視為可怕的偽騙，或許有助於這種精神的維持和擴展，像一個優美的樂句產生自心胸（所謂樂想動機，貝多芬最具代表），經過認可和經營展現成一個起伏有致的動人大樂章，如此和諧持久的婚姻不是不可能。但像這種愛情人間少有，卻是藝術家理念的宗旨。否則，在所謂的社會規範的強制下，誰都會懊悔，誰都會在互罵中指責對方的虛偽，把那種精神貶為醜惡，把崇高的精神指為個人私欲的藉口。博愛的精神在現世不能發揚和崇尚，實是被嚴重的誤解和屈辱所致。在所謂的社會規範的壓蓋下，男女之間的愛，變成都是強硬要求來的，而非自願的給予，所以在硬性的索求下便有恨和報復，結果必造成分離；而自願的給予，不但能自覺滿足和獨立，還能意外的獲得對等的回報，這愛必能長遠。所以理念的一致是相愛和結合的基礎，愛情摻揉了自私，必定造成顛簸和禍害。一般俗下說愛情是自私的，只是想把自私視為一種人性真理而去強索愛情名下的利益，我不認為這樣會如他們所信奉的而必然獲得果報，他們最後都會因得不到而氣得跳起來詛咒愛情。

在現世人類的社會中想要新誕生下來的孩子在父母的維護下有正確或合理的成長都是不可能的，到底將來的人類存在是遵從自然，還是設計出一套理想呢？兩種極端都不能健全，只有將這兩極端調合才是最明智的。至於現存的孩子們，我們只能給予祝福外，一無辦法，只期望他們能早日認識命運，將前途掌握在自己的手中，罪怪誰或誰都不理智，只會生出更大的混亂。我們現在唯一可以付出的是教育他們，像你我一樣經由教育認知的方法尋求自我存活的途徑，除此之外，別無補償的他法可尋。我和她不再相愛（有如H表示不再維賴我的精神支持，我便欣然退走，其他都是微末不足道之事），雖會給孩子們至深的影響，但只要我和她都能將自己的責任付出，使他們在護衛和保障之下成長，有一天他們能經由我留下的軌跡找到瞭解和內心的恕放。想到這，我希望現在能一躍過去十年，孩子們都長成獨立，而我在這人世終於也有放下承當獲得喘息和回返自由的一天。事情是十分明顯的，並不是你個人的感情而破壞別人的家庭，是如你所說的：「因為你們彼此的感情不穩固，你們自己必須檢討。」這一切都只是我和她的事罷了。

你這一次的來信比前幾次的更能使我產生直接的感動，你的語句簡明，直接陳述了要說的要旨，而沒有煩帶多餘的解釋，這一點恐怕使我要改進我給你的信的寫法。唯一我與你不同之處，是當我說出一件事物時，常在我的腦中產生各種樣式的聯想，我的思緒總是要去觸探許多角度，也這樣地被我認為才是說清楚了它。有時我指的現實，在我說出它時會自然地搖醒一個我內心本要闡明的理念，因此便將我所信奉的真理牽拉了出來，變得喧賓奪主了。

在你的信中我沒有發現使我憂慮的事，反而我見到你赤裸的表露，你將你的最實在的情感具體地呈示出它的圖像和意義，這一點能不讓我感奮萬分嗎？我要呼叫你最親愛的，直到力竭為止。在我們互往的信函中最好是想到什麼寫出什麼，不要讓它遺落，我們應該不怕蕪雜，而最怕那種不能信實的公式。在我結束今天的記錄之前，讓我再說一句我愛你。

九月十八日

我欣然接受你說的「愛」字，因為你必須在心裡經過許多微妙的掙扎和思慮，最後才能脫口說出這個字；假如你說過去從未有，那麼在說出愛時會覺得害羞是很自然的事情。當你說出後，我怕你把它收回去。我必然要接受，無論有如何困難的事阻擾，我也要設法留住你給我的「愛」。你知道我過去有多次與女人戀愛的經驗，包括我的婚姻，沒有一次是成功和美好的，這種情形使我感到慘然辛酸，說明我的生命愛慾沒有獲得滿足（你亦在信中說到我不滿足的內心衝動）。我無需隱瞞我內心的需要，由於我的運氣很不好（我的個性無法承受女性的冷默不睬，所以都不敢進取），在四十年的生命中從未遇到一個純潔如你的女性，也由於過去的創痛，我更不敢主動追求，只盼望能自然地碰到，自然的吸引和攝合，雖然年華已過，內心的愛欲是永不改換的。如果我的運氣要壞到七十歲，當那時有一位少女自然地投向我，我將毫不遲疑地與她戀愛，這是一種生命秉賦，並不覺得羞愧或難當。例如你的信念是和我相同的，這一次就是一個難逢的機會，也使我稍知你的觀感後，我就催迫自己要去見你，從中想去愛你。我常在這些日子裡回想我們相處的那幾次短暫的時光，它使我幻覺和認可是我的愛戀的永恆，你貞潔的信念使我像騎士般尊重你。一個處女生命的驚慌和哀求使我憐惜。我對你的愛，絲毫不敢心存自私的念頭。我可以表示出我的願望，說出我的幻想，但我不能以此強求於你；只要有一天你認清而決定了，才算是定論；只要有一天，你來是想和我共同結成一體，才算實現和完成。

你說我們的事如何兩全，你要我去做決定，我認為決定是困難的，現在也沒有兩全的辦法。因為你不在這裡，你的學業還未完成，你和我都同樣是不自由之身，我現在就是決定什麼，都不可能實現。我認為現在我們所保持的關係，漸漸會逐步邁向成熟，自然有助於把一切事情演變到勢所必然的結果。那時自然會有可行的辦法，也才是決定的時候，你說是不是這樣？我不想太早決定留捨的問題，我們的通信也很順遂美好，我們只在過程中才走了幾步，我並不急躁地有太早可見的結果；我們越走得遠，越能接近符合我們理想的景致。現在我說一句我愛你，那是膚淺而不能算是什麼，但當有一天我對你已說出億萬句時，會深刻進入你我的內心，在我們的體內裡會充滿感覺和感動，已經是重新組成的生命肌膚。

郵差在我結束最後一句話時突然進來遞給我一封你的信。郵戳的日期不明顯，這封信大概是十五日寄出的，我看你信函內最末的記錄是十四日。那麼你寄出時一定還未收到我十二日寄去的信，現在大概收到了。我開始展讀時就意外地欣賞到一段極為優美的散文，寫著臨近午夜時在圓滿的月光下從圖書館散步回家的感觸；好極了，你現在還能再說你笨拙嗎？你是功課太多無暇去寫作罷。往下我就看到你談到功課的真實情形，一個習慣於大學生活和培養的閱讀能力下，也許並不覺得繁重，但以我的情形，可真要承受不住了。說起來我讀書實在太少了，以現況來說，一年讀不到十本專著（雜誌報章不算），前年我重讀《卡拉馬佐夫兄弟》，竟花了將近一學期在校找空的時間，當我重讀《戰爭與和平》時亦然，許多書我都在重讀，如《白鯨記》，但我的心情與你不同，我是輕輕鬆鬆地讀，一面思想，毫無壓力。我一向讀的慢但思想的快，譬如我看〈馬太福音〉，還企圖去唸那中世紀的英文的音節以自娛，一天只定一章，包括筆記，結果一個月的時間竟完成了那本可笑而幼稚的書，事後想起來亦覺得自慰。在鄉村這六七年間，我系統地看了三十七本威爾．杜蘭*的文明史，在認識你之前剛結束；大部份應自修的小說名著都在這之前（台北時光）看到的，現在則隨時有隨時讀，不那麼認真。三年前罷，我重讀《簡愛》，因為想和電影重做比較，但另一本《傲慢與偏見》則一直不敢再翻來看；有時想重看一本書是需要下勇氣或內心的催迫。早年（當兵時期）我讀書較為認真，主要是年輕力壯，加上苦悶的求知慾使然，那時影響我最深的一本書是蒙田的文選，至今我在散文的表達方面依然對他十分懷念。總之，談讀書我不敢和你們大學生去比，但寫作和思想則比較自如。

九月二十一日

---

*威爾．杜蘭（William James Durant, 1913-1981），美國作家、歷史學家和哲學家。

昨天我沒有繼續寫，是時間不夠，也說了太多，應該暫停。近幾日下班後。我總和一位精於棋藝的校工何先生下一二盤象棋才回家，昨天只下了一盤，回家後急急地奔向海濱。這幾日和你交談了我們的問題，使我省略了在海濱的自娛之事；事實上我過去對海濱的情趣描述的極多，現在情形大致相似；想略為一提的是，海浴場已經沒有遊客的人跡（除了在海堤工作的幾個工人外），整個海灘在我到達時都像是為我單獨一人存在的，我一個人下水，四處奔跑，自得其樂。我自忖今年的海浴日子已經不多了，進入十月海浴場的營業結束，就要交回海防部隊管理封鎖了，我心理上特別珍惜最後的這幾天自由的漫步和排遣。當我一個人獨處在廣大的海灘時，就好像中世紀時代法國的一個孤芳自賞的伯爵，除了整日和他的愛馬奔馳荒野外，既不慕名利，也不追求虛華的生活，也不接近傾慕他的女性。這部片子是法國羅傑．華丁導演，由珍．芳達和一位我不知名的男角主演，那男角的模樣和性格幾乎與我相似，我以為是遇見前世的我，使我感悟他的舉動和內在精神的祕密。珍芳達是他鄰近富有的采邑的女伯爵，因邂逅他而愛上他；但他對她極為冷淡（並沒有第三者介入），使她妒火湧起而企圖焚燒馬房，他為救愛馬而燒死；她為了懺悔而一反過去驕淫的生活，自守在宮中為他編織一張氈圖，但神祕的火把它燒毀了；有天她無法消逝心中的懺罪，在郊野遇到了那匹馬（牠的主人放走牠奔出火窟）對她走來，她撫摸牠，想念他，騎上那馬消失在野草燃燒的煙霧中。我從未見過那麼扣動我心的電影和故事；這部影片是和另外二位風格不同導演不同的短片合成的，有如三個短篇小說合成的一本書。這大概是十年前的事，不知你後來看過否？在我的意識中，常將法詩人梵樂希*的水仙詞中的納爾西梭（Narcissae），那孤落寡言的伯爵和現在的我連成一體。假如你能揣摩我寫〈隱遁的小角色〉的動機，那時我已冥冥中自知我的形態已經存在了，後來看到那電影和讀梵樂希，更證明宇宙本已存在著這一種精靈。生命的自知莫不以此為最大驚愕、傷感和滿足。

你談到的電影中，我只看過《廣島之戀》，對它的藝術大為讚賞；另二個日本片，我從過去對日本的瞭解印象中知道他們的手法和主題，如《怪談》和《羅生門》等。尤金．奧尼爾**的戲劇我沒有深研，但我喜愛他和希臘神話的傳統有承續和擴延的表現，以詮釋人類心理的祕密。昨夜我花二小時閱讀〈路得福音〉，除了耶穌幼年的事外，我沒有其他的大發現，當然在文學上而言，路得與馬太、馬可是不同的。〈使徒行傳〉我心裡早有準備要加以探索一番，經過你一提，我興趣大增，決定擇好一個時間一步一步細讀。你說的那句研究所神父的話——不要犧牲你的肉體去滿足你的心靈——剛看到時像是受到一個啟示而驚喜，也像是受到一個大警惕和打擊；我在閱完〈路得福音〉後，經過另一段思考，則又覺得它曖昧和含糊，問題在「犧牲」「滿足」的意義限度上。和「肉體」與「心靈」的解釋瞭解上，不能有哲學上肯確的定義。因此這類格言似乎受用無邊，也像是一無用處，現代人的精神可能大反其道，姑且說為——不必要犧牲你的肉體且能滿足你的心靈，如果不是，何足知悟心靈之存在呢？因為滄桑的代價是生命的認知和開悟。我不知道你的解釋如何？我是否可以請你

*梵樂希（Paul Valéry, 1871-1945），法國詩人。
**尤金．奧尼爾（Eugene O'Neill, 1888-1953），美國劇作家。

發表你的見解？

你說你隔了六天不與我交談，你說我明白，也會如此做，我不甚明白。除了事忙的理由外，我就不能懂得你那不宣的祕密了。不過，親愛的，你不要誤解我，以為我們通信交往的方式是我一個人主張制定的。我完全是我自己要這樣做的，我並不限定你必須依照我的方式逐日去記錄；無話可說就不要寫是自然的，我也是同樣；我可能也會停頓幾日，但我認為寫或停頓都應在自然的情形下，而不是旨在隱瞞某些事，事實上我們不可能任何鉅細的事都記下，只能記下對我們有益的。我倒高興你多讀書，把功課做好，而少寫信；無論如何，你要忠實於自己甚於忠實於我。我是為了日記替代其他寫作的表現而多寫，你根本不能照樣去做。我請你必須要有所分辨，並且表現你自己的情感方式，而不是事事遷就我，這樣你會感到無聊和疲倦，最後也可能導致否決一切。我目前和她相安無事是當然的，我也以寬納的心胸處理生活中的事，不必為我操心；我有多大的感情也就有多大的理性追及它，這一切都在我的良知顯現之下成為秩序。我愛你，是為了我孤獨的靈魂，不為了什麼，你明白嗎？我追尋我的理想，不單是俗世的慾情，而是指望更高的境界。親愛的，你不盼望我就是這樣嗎？我攀登天庭的雲梯很久了，我的孤魂不能忍受回降地層。好吧，總說不完這類的話，我不再說了，會使你覺得我神經而煩厭了你。我要匆匆結束了，鈴聲已響，學生在蠢動，一會兒教室就要瀰漫打掃的灰塵。

九月二十二日

經過了一個星期天，我來學校打開抽屜拿起筆記本時就格外的高興，彷彿打開抽屜就能面對你和你說話，要說的話很可能都在昨日想到，或面對你時自然要說的事，譬如我要向你問好，如同你在晚上就寢時向我道晚安。我覺得這很有趣，我的心仍像小孩子時一樣天真，不覺得不現實的事有什麼不對或不好或可笑。（小孩玩玩具，玩具在他的思維裡有特定的意義；又如數學中的代表符號，它代表宇宙事物真實的存在。）我倒覺得現實的事是帶來苦惱和痛苦的原因，而惟有用這不現實的作法來逃避；不，不能說是逃避，而是純粹。（我們在數學的演算裡去求取真理時，其快樂是現實事物的獲得無可比擬的。）許多人批評我是逃避現實的作家，自戀狂者，我自樂於我個人的想法和表現有什麼不可呢？那些批評都不能構成對我的威脅，只說明他們是什麼傢伙而事實上並不瞭解我。我不想讓人完全的瞭解，雖然我的文字語句如此清晰條理，但他們不知那裡面所說的到底包含著何事；因為讓人完全瞭解在現勢上便易於被人利用，有如三十年代那些激奮的作家，個個都是政治和他們的名利心所驅迫的利用者，是十分可憐的。英國二十世紀初有位畫家兼詩人布拉克，黎巴嫩的《先知》作者紀伯倫，我很喜歡他們，原因是他們也具有神祕性質，可以用心靈交通。其實並非不讓別人瞭解，只是他們用了心靈以外的膚淺理性去解釋而不能做到完全的溝通。我們來談盧梭，這位我喜愛的人，他也是純粹的人，但他將他的想像現實化起來，雖使他成名，卻帶來無比的痛苦，受到那時理性主義時代的人的排斥和誹謗；他的作品現在看起來都膚淺了，但他的人格永遠使人懷想，因為他是個思想毫無惡意的人，他太坦誠而使人懷疑他的人格，他把他的肺腑掏出來，而人們還疑問他有所隱藏。一個像他那樣為時代所誤解的人是非常不幸和痛苦的。我從小就受到生活環境的磨難，受到同學的猜忌，受師長的愚弄和誣衊而充滿痛苦，現在我知道如何保護和藏匿自己。大多像盧梭和我這樣的人，經歷過一大段生活的掙扎後，唯一願望的只是逃避現實和自求平靜，其他就沒有任何奢望了。在古今自傳性的著作中，我最愛盧梭的《懺悔錄》。我和他的不同之處在於他晚年完全是逃避迫害和病痛的折磨，而我並不恐懼這些（我並不如他有名），所以還能編織夢想讓自己容納其內，還能瞧見理想的愛人，呈現不息的生命力。卡夫卡我並不怎樣喜愛，只是敬佩他的騎士精神，他和唐・吉訶德的塞萬提斯應是同等價值的人，惟他們的處世一個是嚴肅的德國派，猶太人對上帝的使命感，一個是西班牙的浪漫精神，對心哲學的著迷嚮往；結果，塞萬提斯以殘缺的悲劇精神而終，而卡夫卡以憤世而自滅。前者是肉體的歷練場後者是精神的自虐者。我雖貧乏，但都能有他們的一點點心跡存在。

早幾天我收到一張酒會的請柬，是一位從商的北師同學邀請我在星期日（二十三日）到頭份去；我不但沒有去，反而將自己完全關在屋子裡，連門檻都沒有跨出一步。整個早晨我都在練草書，下午午睡後想到浴場去，但昨日黃昏的運動使我有點疲累，突然想到應該多花點時間看〈使徒行傳〉，此時不看欲待何時呢？我也答應你要認真看，於是把箚記紙拿出來筆記；就這樣從第一章細覽到第八章，這個筆記是一種可以讓我全部讀完後保有清晰的印象，從中或可發現撰寫論文的準備工作。晚上我看了一部電視影片做消遣，一天便這樣過去了。

早晨匆匆瀏覽到報紙有一篇訪問台灣基督長老會的牧師談到他們在二年前發表的人權宣言的事，到學校後一直想看這篇整頁的獨家報導，卻那麼巧《聯合報》沒送來，後來郵差來了，我才由一位學生手中借來閱讀，看完充滿了感想。你在那邊或許也看到了吧？他們（牧師和記者）並沒有談得攏；只是因牧師們又發表了人權宣言二週年紀念獻言而再舊事重提老內容罷了。牧師的骨子裡很硬，卻躲在他們的神的保護下；記者惡狠狠地想把他們拉出來，但作法笨拙，自己先擺出主觀明顯的成見（官方的），對方只得避重就輕，一直躲在神學的衣裳裡不肯就範，一旦解開那件裡衣，赤裸地現出來，就可能有好戲在後面了。整體來說，那句使台灣成為「新而獨立國家」這句話已經夠明顯了，還用再說嗎？另一個問題是，他們是否和台獨同一性質呢？則不易辨別，似是而非，因為他們一直否認，也說過去的報紙誤解了他們。這事我在鄉下無法從外界獲得進一步的消息，只有靜待發展，也許明天可見到另外的人發言。

我想到你信中的一句極重要的話，你說「讓我們成為不同於朋友的朋友……」以下的話很具體說明這句話的實質成份是什麼，我不列出，你一定牢記在心中。我想問你，這是指現在或未來而言？你的感想是和我很相似的（不相似才怪），關於我們的關係，你一定費了不少心思去尋求一條合理可行的途徑（尤其在那事件之後），使我們避免就此絕斷。但親愛的，你的苦心就猶如我對現世的失望一樣，我不是不敢有果斷的決定（你猜這決定是什麼？）只是不忍你痛苦；當你說出做女性以來第一次的「愛」字時，對象是我，的確是太不幸了（你的話是用倒楣），你應該像一般女人一樣有幻想和做美夢，踏入實景的機會，不應就此直接陷入困境，這對你太不公平了。你知道，你也應有認識，現在對你而言，你要決定什麼，要做什麼，你都有權利去做，我只有尊重你，不是束縛你；我熾熱愛你的心是我個人的祕密（只有你知道的祕密），如有不良後果，是我個人自嘗的傷，你退去或你奔向我來，我的外表都會顯露極為冷靜。對於名份而言，請你查鑑我的心靈，你何止是朋友，不同於朋友的朋友，愛人，甚或什麼，你不但是我的朋友、愛人、妹妹，甚至是我生命的母親形象都是，誇大的說，你應是引領我步上天庭殿宇的安琪兒。如我在攀爬中墜落，那是我個人能力的事；如我登上天庭的殿宇，那是受你的提升。你對我何其重要，但這是我的夢。因此有時我會突感灰心地想說：再見吧！請珍重了；但我不敢說出來，因為我心猶存著一絲希望。你是不是也如此感想？不，你敢情就與我不一樣。總之，一切都是我在自言自語，事實上並不如此，我純然只是在做白日夢罷了。此時，我要淚流下來，但我的悲憤情緒把它阻住了，不讓它無故地溢出眼眶；我自忖我有廣涵的容量，這只是一點點痛苦而已，我還可以容納更多，這世界沒有我不能寬納的苦楚，我不會像你身感一點疲乏，工作過度露出稍許的倦容，就覺得滿天灰暗，以為這世界已經遺棄了我。

九月二十四日

正如我所料，今天的《聯合報》出現了討論的場面，但大都是批判台獨的不對，只有一位以分析的立場同情台獨的人物心理。許多人以為政治是複雜的事，這應指真正的民主政治而言才是；我看在東方都是極為簡單，其目的是個人的利益為主，因為他們說為了政治利益，權位的分配，這就極為明顯了，所謂政治是管理眾人的事，就變成了個人利益的事了。另外一種抱大志的人，也是極為單純，他們是為理想而奮鬪，如印度的甘地；在中國就難能出現這種了不起的政治人物。所以中國人談政治說為複雜，是想隱瞞其私心而已，只有人與人之間所懷的鬼胎。如今報上談政治的事已使我厭煩了，因為真話沒有說出來。

昨天我的記錄寫到最後似乎失去了控制，是在鬧情緒了，我心裡難過，就常常如此。回家亦感煩悶，想去海濱卻遲不踏出門，然後看天很快暗下來（昨天午後就沒有陽光），於是我倒酒喝；飯後振作起來練了三張草書，約一時半，覺得一無是處，沒有心得；隨繼翻開《聖經》做未完的工作，只看了第九第十兩章，筆記之後已十一點多了，再也支撐不住；關燈躺在床上，讓倦乏和煩思對我的身體和精神擠壓，直到失去了知覺。

親愛的，原諒我昨天在鬧情緒，說了一些激動的話刺傷你，也刺痛自己，我不想把它塗掉，讓它保存。我寫給你的，不論說的對不對，寫的好不好，想的是否理性，都不想事後修改，原樣保存。但現在我們放開它，不談感情的問題，許多不可能在書函中說明白的事，在我們將來的見面時必能迎刃而解；現在是因為寂寞和空虛把我弄走了秩序，只要你在我的身邊，我必定溫柔待你，也會自覺精神百倍，做你贊同的事。我現在要和你談 Saul（掃羅）的事，說出昨夜在那一小時清醒的時光的感觸。我打開過去的美軍電台（現在名稱不同，頻率相同），赫然播出《出埃及記》的主題曲，說真的，它十分配合我正要讀的〈使徒行傳〉，其巧合曾使我心裡大吃一驚，這是千真萬確的事，不是我故意在此加入杜撰。那時的以色列先知的工作既偉大又悲壯，在前面司提反的答辯道出了他們民族流蕩痛苦的史實，然後痛責以色列現在的人的自私和無知而忘懷先知摩西的使命，以致他遭致石頭打死。愚盲而自大的羣眾只要有人去說他們不好，他們就聯合變為一隻激動的野獸，將那說真話的人撕裂犧牲。

掃羅原本是一個在那種情勢下喪心病狂的人，他在途中悔改可以看出他的敏感和良知，最後回復心智的清澈，感知理想和使命勝於現實的情勢，所以經文中形容他為揀選的器皿（這兩個字用得天衣無縫）。以上二個例子是《聖經》中〈使徒行傳〉最令人鼓舞和振奮之處，尤其是司提反，經上說他面如天使（也是最佳形容）。但我們現在讀經都不可受這類感人的事所迷妄；因為那時候做的事是人類在歷史中奮鬥的一個過程，今日的使命不能和那時同日而語，如今還抱著當時的情懷，依其方法行事，已經不切實務了。那時民族國家的觀念是正確的，在霸權和奴隸的橫掃之下，非求得民族國家之間的權利和平等不可。孫中山先生創導革命，中華民國成立，求得世界以自由民主平等待我之民族共同奮鬥，亦是正確，然後世界其他弱小民族的獨立亦同等感人。這個人類的歷史理想便告了一段落。往後的歷史則是現代的有識之士所提倡的「愛」和「和平」，必須把國與國之間的侵奪清除，進行人類愛的時候了；今天我們如以人類自居，其使命便是如此，而內戰或政治的利益等事，都是無知和野蠻了。現在所謂愛國都是一個最起碼的基礎，不需要再強調，強調則把人看低，也說出自己等於偽詐（無知才對），和全世界的人民和平共存，進而與任何等人相愛交往才是必要的課題。如果上帝將聖靈如在《聖經》中給使徒的一樣給我們，那麼這個使命是一項新的任務。道是同條的，段落不一樣罷了。基督教之使我崇敬是因為在耶穌的理念中，這條途徑極為明顯，我想〈使徒行傳〉後面的部份必擴及外邦人，在耶穌之後的使徒，是分期完成任務的，我們也分得這一份職責，而且必然要去實現。所以在這條人類愛的使命下，私人間的戀情真是微末不足道，爭吵更不應該，為何我們要為此苦惱呢？過去我寫作品時就懷有此思想，現在你叫我讀〈使徒行傳〉更加增我的信念，今日中國的社會政治問題都是中國人墮落和可恥之處，重蹈過去以色列人愚盲的道路，是受上帝懲罰的明證，明智的人只有承受和悔改，靜默地讓歷史的流程過去，還有什麼話可說的呢。

九月二十五日

昨日下班後，我意外地在劣勢的危急中把那對弈者打敗了，他一直掌握在優勢中專志攻擊我，沒想到我的黑馬脫出重圍，躍前二步，他已經來不及救了；原先我的一個卒子立於對方的王師之旁，他沒有早先清除它是個疏忽，結果脫躍的馬旁側一捋，王師便束手就縛了。我心中想念你，無心與他再戰，讓與旁觀大笑的校長與他對棋，回到教室繼續與你寫信。約五點半，我收拾好準備回家，轉到辦公室去，看到他們還在鏖戰不休，最後我看出他們會以和棋終了，就走開了。

晚上我繼續了〈使徒行傳〉的閱讀和筆記，完成了四章（到第十四章）就罷手。然後我把昨前兩天的報紙有關牧師的話和台獨問題的報導剪下重看，我想到他們說的話雖佈滿理由，卻毫無智慧之言，既然大家都表示目標相同，為何都拿不出辦法呢？所謂自由民主應完全訴諸於全民的表決而實行民意，今天的民意在那裡？搞政治的人就是捉住沉默的大眾這個弱點，大眾傳播被壟斷和獨佔，因此僭越了人民的權力，大放厥詞，厚顏地掛出人民的喉舌的牌額。我心裡暗暗地詛咒這悲慘何時完結，何時能做為一個與別民族同關愛的人類呢？我曾觀覽大預言家諾斯特拉得馬斯預言：從阿流申到印度在二十世紀末將有大飢荒大災難和戰禍，而他預言的大聖者何時出現呢？

我結束今天的記錄就準備給你寄去，這是我投出去的星光，預計你在本月的最後一天或下月的第一天可以收到，而你的光影何時到達呢？

九月二十六日

第五封

昨日我把信函封口付郵的一刻，簽名寫上日期時間是二十六日下午四時半，貼上一百四十元的郵票交給郵務人員，走出郵局後又轉回來詢問，因為我忘了貼上航空郵遞的標紙（回想前一封信好像也如此），她抬頭用極大的眼睛看我，然後說替我貼上了，我道謝後再走出郵局。櫃台後面的這位女性郵務員，蒼白矮小，表情冷漠，帶著一股難以揣摸出真由的懨懨神情，但做事卻極為正經，不會使人感到討厭，只是她那沉靜的表情有點深奧，猜不出是私事或工作的關係使然，我抱著好奇疑問著。我是第四次寄上給你的信，這次我注視她時，發現她臉上的白粉更增加那冰冷凝重而神祕的神情。她應該只有二十出頭的年紀，好像是新婚而遭致臉色蒼白，我這樣想也許有點邪門；總之，她沒有年輕女子無憂無慮的清爽氣氛，內心似乎存放著某些事物而顯得有點倦煩的樣子；譬如上次我要求貼上新發行的當日紀念郵票，她只是停頓一下冷靜地望著我，我想她大概會說出話來批評或勸告我，但她把她的感想忍住了，也沒有笑，這種柔順的態度使我有點意外，要是在家庭或面對相處習慣的人，一定會發出脾氣來。她有點使人憐愛和探詢內蘊的樣子，可是我這樣想不一定正確，可能只是我的過份敏感。她說話平板低微，沒有一般女孩子響亮的特色，聽不出她有感情，也分不出屬於何種性質，與我熟識的其他郵務人員有很大的分野；因為這個郵局的其他人員雖與我沒有特別交情，但他們大都知道我是誰，對我頗親善，我看他們也沒有任何特別的異樣，好像都很稱職，就是我們以為的想當然的郵局工作人員，工作爽快，充滿活力，有笑容，也明朗地對客人指點說話。她和身旁那位專管郵匯的小姐就大異其趣，她個子高大，臉上常露出緋紅的羞笑，說話快速，在工作表現上很認真和熟練，與同事有說有笑，對答非常和諧，不拒幽默。但我這樣說並不是認為這一位不適於此種工作或不像郵局人員。她也不顯出憂鬱，完全沒有，只是看起來不太動聲色。我幾乎找不到確切的形容來描述她的模樣，或將她歸屬於某種易於明白的性質，她就是那麼令人費解罷了。總之，她也沒有可讓人指摘之處，那種自然天成的溫和也使人對她表示出禮貌和尊重。也許讓我說出她不是那種我們常易於瞭解而事實上是平庸的形象就是了，她也不會讓人產生極佳的好感，卻可能要對她有種關注。她何許人也，我不知道，也不想去從旁查詢，我無法再描述了，讓她自我適可地存在著罷。

我現在很冷靜，昨日卻相反。給你寄信的日子是我特意選定的，對我而言是大日子，會令我緊張或做特別的思慮。星期三下午除非開會外，並沒有授課，如此我才能整理好後早一刻到鎮上去投遞，其他日子都不適當；如無特殊之事，我可能就沿襲這個決定，每隔二個禮拜，十四天寄出我給你的信函。昨天還有特別一記的事，那就是在前夜開始颳大風，報導說歐文颱風臨近台灣，氣溫降低了；但這裡一旦有風便是砂塵亂飛的，與夏季的悶熱同樣使人難受，也許可說更糟，好像把人的心吹亂了，無法安寧。我驅車往鎮上前，一心只掛記著給你的信函的重要，而連教室門窗都忘了關閉，今天來時校工才告訴我這件疏忽的事。一路上我逆著風砂，幾乎踏不前車子，到了鎮街時是塵砂滿面，頭髮散亂。總之，這樣的一個日子，必須等到付郵投遞完畢，心境才恢復常態。

親愛的，你是不是覺得我太慎重和吃苦而認為我有點可笑呢？我坦白告訴你，我不這樣做，我也幾乎不能活。還有我原想將我的某些照片也寄給你，但昨晨出門（總是匆忙覺得時間不夠，以致上班常常遲到）時，我忘記從抽屜取出，我往回鎮上時又不願先回家，所以留待下回了。我們之間對信函的處理，恐怕各自的心緒有很大的不同罷？寄完信的第二天，我好似一個新生的人，輕鬆虛浮空洞得好似不存在，沒有多少體重，但隨著日子的推進和成長，又會一天一天地凝重起來，直到那星期三的大日子來臨，精神興奮到最高點。剛剛我閒著無事（學生各自在背書），我把自存的筆記和你的信函做一番整理，發現我已給你一百零一張稿紙的信文，分成四次，我將它編為ＡＢＣＤ，以後順延下去；你的部份，有八次（包括在台灣的二次），重新訂好，編為No.1、No.2……我特別選定一支粉紅色的簽字筆，留置在大信封袋子裡，做為處理我倆信函的專用。一切做好，覺得十分愉快和安慰。

晚上，她的咳嗽聲使我前去對她關心察問，這毛病她過去曾經有過，我不能十分瞭解她的身體狀況，每當我問她，她總說身體疲乏，有時是感冒所致，但大致上而說，她的體質本來就不甚健康。我心裡暗暗地以為，病痛可能都來自於心理的問題，心理無法疏通生活的鬱結所致。她隨我這怪物生活，自來就是憂悶不樂的女人，一個處在現代文明的女性，只為服侍家事是相當沉悶的，加上和一個心理上和她少有交通的男人的孤落行徑的刺戟，其中沒有多少物質條件做為調劑和補償，這種在形式上的共同生活便相當糟糕了，她的灰心和失望，無以為慰的感覺，是她轉換成某些病痛的原因。有一度，我懷疑她有肺病，但不是，像我過世的大哥患肺病的情形我是十分瞭解的；她的狀況有如什麼東西想吐出來（或說出來），卻找不到表達而阻塞在喉嚨裡；有時夜深時，我睡在隔壁的房間，都被她突然發出的咳嗽聲驚醒，然後我感覺她像是慚疚而極力抑制著，發出手搗嘴巴，只在口腔內回響的苦悶聲音；我過去問她，問她是否在白天看過醫生，或自己明白症狀吃藥了。我一再地吩咐過她，有病痛一定要去看醫生，並且要自己探明病因來源，因我白天工作都不在家，我希望她能自己照顧自己，可以減少我沉重的負擔。這一些事在表面上都是輕微的，實在也沒什麼好說的，是家庭常見的事（如小孩感冒發燒），但我總感想著它隱含著有一個陰暗的內在事實，好像冰山露出水面的是一小塊，而在水裡面的則一大片黝黑而不可測知的面積。近來她在街上小工廠找到一份工作，似乎看來活潑生氣多了；我並不加以干涉，只要她興趣所在，想做什麼我都不加阻止；因為我自己的事務也不少，無心去多加照料她。我看了二章〈使徒行傳〉後，空下來和她交談（我和她很少有單獨交談的機會，除了例行每日的家事外），她又語重心長地說要和我分居，這是自那事後第二次提出來，我不以為她是玩笑的，或有刺探的意味，而是具有深深的感觸才說的，因為我內心也是常有這類的感想；她說她願意照顧孩子，只要我拿出生活費就可；她的理由是分居比較清靜，免去互相間的猜疑和精神的束縛。的確也是，可是我說現在不行，因為經濟力不夠，只好大家勉強生活在一起，等到孩子長大，我老了，便會自然地脫開相煩的情況。許多年前，我也想另外租居在鄰鎮，並且已經去找房子了，但還是經濟的不夠分配的問題分不開。這問題當然沒有結論，我要她多照顧自己的身體，我的事她少管自然能輕鬆健康起來。我想有一天她自覺工作收入好轉，必定會再提出這個久懸不決的事，或則我有其他的收入，足夠在生活上充裕應用，我也會這樣做。

我希望我道出這件事不至於令你有沉重的感想，事情是自然在演變的，將來怎樣誰也不能去阻擋，也不能全然怪罪誰是誰非，去無端承當那硬加上的責任；命運有如《齊瓦哥醫生》的作者所經歷的一樣，任何生命都有其運行的方向，一個生命不能對另一個生命負全責，一個生命不能代替另一個生命，可憐的生命最大的表現只有付出關懷和憐憫，只有愛，因為生命個體只是短暫瞬息的；當我看保羅（掃羅）和巴拿巴在安提阿為馬可的事爭吵，導致分道而行時，尤其感懷如此；生命只能依照自己的意願去完成生命使命，你能夠指責我對她沒有愛嗎？如果我沒有，我就什麼也說不出來了。

遇到星期六，我總是感到急躁，對於時間的短促顯得惘然，在中午來臨之前，不能將昨日以來的思想記入筆記之中，因此只得一面教課一面零零碎碎地動筆疾書，因為我不想將心中的事推移到下星期一，和星期日可能有的感觸混淆在一起，往往它們混合得繁絮，壓迫得在星期一要超額工作，況且現存的思想很可能被後來的所推倒，就減少了那曾經存在的事實。你知道，我們筆記的工作，在當時並不批判思想的對錯，而僅僅是記入當時所思想的一切事物，批判的工作要留待批判的思想來臨時才去做，所以是一種純粹的記錄，我們也只關心這一點，不能遺落現在的所行所思；事實上，一旦記錄下來，其所謂批判和檢討都包括在其記錄的內容裡了。我一向就有這種觀點和習性，不忽視生命在時空進行中的作為，這也是一個寫作者應具備的精神，不讓靈思任其飄搖和消失。綜觀我過去的創作，亦都依照這個原則，才能組成一條明顯的創作歷史，自我塑造成一個自許的形象，完成其應行的職責，任何藝術家或學者或生活中的人們，都是憑依其不輟的工作而存活著，否則生命就毫無憑靠了，也就無所謂生命的事實了。

從星期三開始颳大風後，氣溫下降，暑熱消除，但風砂是另一種替代的依然是對人的折磨和打擊；凡是生物都要與自然爭鬪，其中影響著生存命運，現代的人從外表看似已去除了這類現象，但一風一雨的摧打，隱入於內在的知覺，依然可由其情緒和工作的表現尋索出痕跡。入夏以來我奔放於海濱的習性，現在就大大地被天候所抑住著，在我的心情上籠罩著不能舒放的苦悶。昨日午後，我冒著大風，逕往海濱，獨自徘徊於那砂塵吹掃的海灘，望著漲潮時響動的拍岸浪濤，浪花飛濺在石堤上，有如生氣的海洋精靈對我潑水警告，我的臉和身體都打濕了。我僵立在堤岸旁注視著那幾位操縱機械的人員，對他們的辛苦由衷地感佩。這個夏季，我的心田逐漸由這破壞的自然海岸轉於對人類的設想和工作態度的賞識。剛剛我走來時，在堤路上看見一位穿著有頭罩的夾克的工作女性，她那露出的臉部戴著太陽鏡，我也戴著太陽鏡，頭上覆著防沙的浴巾；我和她相距十幾公尺，在刺眼的陽光下互相對視片刻；正好像兩個處在荒野驚訝於對方的出現，想看清對方的面目索辨各人心跡的人。之後，她從另一條分路一步一艱難地走去，我望著她受風吹掃的背影，從那夾克和牛仔褲的衣褶露出她那女性特有的曲線形態，那片現在已填高整平的海灘土地，有如一處美國電影中西部的荒郊，除了豎立的電桿和高凸堆積的亂石外，她的移動形象特別引人注目；我突然有種同處於荒漠的親憐的衝動，想要呼叫她，但遲疑和掙扎片刻之後，她已走遠了，就是高叫亦無能被她聽到。於是我走到另一方向的路，去接近那熟識的KATO和MS40，它們和另一部高大的吊車一同工作著。約二十多分鐘後，我轉回來，遠遠看到一部摩托車朝前奔馳過來，它停在木麻黃樹邊；我發現那騎車者是剛才的同一女性，她一手提著帆布袋（依我的判斷裡面是飲料和食物），這時和我在路中央相遇了；我和她正面交錯而過時，使我看清她的臉部；在那一瞬間，我被她為陽光曬紅轉焦的痕跡嚇住了，從那墨鏡的背後投出圓而大的閃耀眼光，灰白得像是由一個奇異的動物所發出的懾人的光芒，而令我的心靈慄動著。此時我倒沒有勇氣向她招呼顯露我原有的關懷，而持著可恨的冷默的世態的面目走過。我在飛砂的海灘似乎懊惱地轉動著身體，最後對被吹倒的守望台和歪斜的木屋（都屬於浴場在海灘的設備）瞥望一眼，便牽著我的腳踏車離去。我另有一個懊惱是沒有帶照像機來拍攝這一切午後所見到的使人感懷的動人景物，寄給你印證我內心的感受。我到浴場的淡水沖洗室，讓赤裸的肉身接受那冰冷的沖擊和刺激，這也是我入夏以來喜愛的一項節目，然後帶著潔淨的身心回到家裡。

時間是真的不足夠了，我不再煩述其他生活的細節和讀書心得，讓不得不殘留的渣碎思想任其遺落消忘，下星期一再會了；我的愛，就是暫別都使我依依不捨，都使我對自己感到遺憾和不悅，啊，親愛的，親愛的……

九月二十九日

日安，愛人；日安，世界的人類；日安，宇宙的萬物；今天是一個新日子，我們清醒地知道存在於天地之中；沒有特別的事發生，我們高興這樣的活著。親愛的，不論你在那裡，今天我依然愛著你。我要慶幸我們還好好地存活著；在每個時辰裡都有一個小小的目的，由它們組成生活的形象；我們有思想，由此互相連繫著，彼此屬於自己，屬於對方，屬於這個大宇宙。我們有憂患，也有歡樂，我們互相愛戀著而感到安慰。假如我們不仇視別人，我們就會愛得更好，更穩當，更美妙，並且永遠地愛著。有時我們內心有暗影，想像有一天不會再相愛，或死亡把一切都切斷；但只要明理，就能知道我們是在自然的支配之中，不因這自然的演變而傷感太甚，因為自然絕不虧待我們，它有接替和補償的安排，一切都在它的秩序之中運行不已；所以不違逆自然，就不會喪失自我，和喪失我們所希望的一切；只要我們不強求太過，就能安穩和平靜。親愛的，我要說到這些，是為以後的日子做一個新的開端，並且為我今天打開抽屜，翻開筆記本，在對你的思念和親愛中做了一個開場的說白，說明我的心境的現況；過去的時光，有著驚擾和疑懼，現在我們有著這份經驗，應該能夠善於處理今後的事物；看來今天和以前沒有多少區分，可是在我們的內心，似乎在這逐漸中有著改變和進展。從今天起，但願我的工作和思想會更確切，你的學業也進入了密鼓緊鑼的階段；我們有時會覺得疲乏，睏倦或生厭煩，瑣碎的事物會逼我們沒有耐性，情緒會逐日進入低潮；但我們也會明理地知道這些事物都是必然而應該的。尤其我們的相愛更需要用必然和應該來承認它的面貌。

這兩天有兩件事給我一些啟示，我在思考如何將它陳述出來，要描述內涵龐大的問題似乎需要技巧，但我不知那技巧是何物，它是否能讓我掌握，而將我要表示出的主旨顯明出來，因為冗長的敘述太浪費了我們的時間。

第一件是一封邀稿的來函，它不似先前那麼偽假和造作（你還記得那封畫了個♡的信？）但卻有點毫不量力的要求，是一位報紙的副刊主編來的，他擬定一個題目，像上次聯副的「愛情」一樣，題目我想你也會嚇一跳，它是〈創作的奧祕〉。我接獲時曾自我省視了一遍，於是我做了結論，就是不知道所謂創作的奧祕是什麼東西，因此也就不知道如何說明它。我馬上坦白地寫信去回絕，我不知道它就是我的理由。可是卻由於這封信，提醒我內心湧現一個新而明晰的主題和結構，呈現出我今後創作的一條應行的途徑；我翻出CT·高的那篇論道德架構的文章，不論其是否為了論證而隨便斷章取義（尤其是說到絲瓜布時，他把作者的情操忽視了），但我接受他的勸告，那就是如何去完成長篇的寫作，以顯示我是個藝術家。將來我如能寫出現在所懷抱的主題，應該感謝這封以目前來說十分為難的邀稿的信函，因為我現在說不出我創作的奧祕是什麼，但卻瞧見了一個我想去完成的藝術品的面貌是什麼。

第二件是二位住在外地的同鄉青年的突然的造訪，並邀約我到台中去，意外中使我窺見了人性的內在危機，雖是普通的例子，但莫不使我對生命的內在事實感到敬畏。我特別要敘述其中我較熟悉的一位。這位青年自我回鄉定居後便和我時有往來（尤其前二三年），那時他並不知道我是作家，大概只對我少年時代在繪畫的表現還有印象。我對他頗有好感。我第一次在汽車內遇到他時，他剛由船員的生涯退下來不久，居住在富裕的家庭裡；之後，我常與他在海濱在爬山的結伴中知道他的一切經歷；現在他移居在台中，獨身而擁有一幢僻靜的新屋，裡面的設備應有盡有，都是高級的品質，有一部很好的福特轎車；但他一無職業，每個月要花費二萬至三萬台幣而過著賦閒的生活。我在星期六黃昏坐他的車抵達時，我驚嚇於他任其這麼美好的寓所有如無人整理和打掃的廢屋，屋角掛著攏邊的蜘蛛網絲，地板骯髒，而盥洗室更使人作嘔；但在這裡面卻能聽到最好的音響播出的現代樂團演奏的古典音樂的唱片，喝到一兩二百元以上的好茶，享受冷氣，睡在幾萬元價值的柔軟床墊。當我這樣介紹時，你會覺得十分的荒謬而以為我在胡說八道。的確如此，你馬上就能知道他的生活、思想、精神、肉體生命都能由這一切我所見到的不諧調狀況來說明。我們原想打一場小額麻將做飯後的消遣，剛抵台中時已在市區的一家素菜餐館用過了飯，我和他都樂於此道素食；那另一位不知道何故，託藉要去找一個人來搭配，外出後就沒有再回來；我和他於是喝著酒交談等候著，而那傢伙始終沒有歸象；突然他似乎由這件事而將他內心積久的厭煩整個爆發了出來，罵道：「他是個禽獸，連電話都沒有回說一聲。」他說他明天會找他算個明白；我勸解他把怒火熄下來，並且試著分析那人不回來的原因。我們繼續飲酒，他將他想與人投資合作生意而被欺騙，以及想成家卻被心術不好的女人糾纏不清的痛苦經過道出，我聽出其中有一半的錯誤應由他自己負責，因為從他擺設出來以便讓別人看得起的一切外在條件，都是他想欺騙人和自己的偽裝；在生物界裡有種偽裝以騙取利益的動物，他的行徑正是如此，而最後落得自擾和無法負擔。我問他，像這樣的生活，可以再維持多久？他說三個月。他的奢侈習慣養成已久，馬上面臨絕境使他的內心感到恐慌，不像一個貧苦的人，雖一時拿不出幾塊錢，但只要他每日工作就能活命下去，而無需為自己的貧窮驚嚇；而他的情形正好相反，從開始他就在憂慮著匱乏的日子的到來，任這自我塑造的惡魔向自己來敲詐他的靈魂。他的外表短小，但英俊而肌肉結實，可是他的心靈已是一個自我腐蝕的人。他說：「我已第二次失掉了父親。」約十年前，他已經從父親那裡花去了數百萬而有父子斷絕關係的約定，這一次老父看在親子的關係，再一次給他復生的機會，但目前他又重臨舊境。他說，他回去探望母親，問她去美國遊歷看望姐妹的情形，她一直搖頭說，她那裡也沒去，她什麼也看不到，她什麼也記不得了，這等模樣使他想要搬回去照顧她。我站在一個朋友立場說，不，你不能這樣的回去，這是你的一時衝動，憐憫她也是自憐，將於事無補，你回家不要三二天一切熟悉之後，那種過去和家人處不來的現象會再度重出；如要回家，這構想極好，先要自求訓練，將這眼見的價值東西一概賣掉，將資產先行送回家裡，自己到佛門之地修習一年，與俗間的生活和染患的陋規一切袪除，即使不能乾淨，起碼也給你一種與現狀不同的中庸人生觀，如此由自儉出發，才能被容與自容。他沉思半晌後說，他沒有勇氣這樣做。他真確地表示了他的感想：「我許久以來就想殺人或自殺。」他又說：「我有癌症。」他拍拍自己的前額，表示有頭痛的毛病……又說：「我想再回到海上……」我和他的交談漸近尾聲，他將他自己是什麼已完全地顯露出來；我內心充滿了同情，而我卻不能伸手去攙扶他；他所擁有的一切，都是每日辛勞工作的人所盼望有一天能獲得的物質享受，但是有多少人知道這種人自陷的深淵的迷亂和黑暗呢？我不禁這樣想；這世界顯得多麼矛盾和荒謬，它的存活價值在那裡？整夜，我在睡眠中屢屢被他的咳嗽的巨響驚醒，翌日早晨我要離開時，他問我何往？我說去訪問我幾個在台中的友人；他想要跟隨我去，要用他的車送我；我說不用了，我想單獨行動。他看我無情的模樣而顯得萬分頹喪和無依；他常自稱是個堅強的超人，曾經單獨打倒過三個大漢；他的動作敏捷，曾在金門當兵時二次逃過爆破撲來的死亡；是的，他是個道地的有勇無謀的小男人，除非有奇蹟能令他悔改他的自大和無知的本性，否則，只能使人嘆息罷了。親愛的，他的一切雖與我毫無關聯，但你說他毫無使人借鏡和省思的價值嗎？

十月一日

昨日我心墮得無法動筆，滿心的厭倦，好像要病倒下來。此刻依然如此，只有想到你時猶能振奮一絲的生息；一件又一件的俗事向我襲來，學校的某些工作既瑣碎又無意義，想到我置身於這佈滿偽善虛假的教育工作，真要使我再度棄職而逃。一九六五年，距今十四年前，我曾經受不了而演過逃離的一幕，然後是一連串的流浪和飄泊；想到那些生活無著的日子，我現在只得用強抑來束縛我的衝動。親愛的，我想呼喚你，要你前來救我，把我這個被禁錮的小孩帶離這充滿腐蝕的環境；我渴望在你的懷裡痛哭一陣，要你安慰我，要你用保證的話語哄我入睡。但我畢竟不是這種白癡的孩兒，在我的頭頂上有至高的神明，我是依賴祂而清醒著；因為有祂，我戰勝疲乏、怠倦和諸樣邪惡的事物；因為祂在，我愛你及所有和我有關係的人。我知道自憐不會獲得愛人的理睬，只有表現勇氣，才能獲得所愛。

十月三日

今天我想和你談一點生活上實際的事情，暫時把脫離現實的心關閉。七月的時候，母親在家時曾經提到要將我現在住的舊居的土地變更過名給我，她說她老了，將來繼承的問題恐怕十分複雜，因為姐妹都分散了，遠在美國的要蓋章手續很麻煩，另有一個妹妹也在美國，卻因種種關係至今不知下落。我心裡雖感激，但有點難言的痛楚；她一生操勞，大哥消沉早逝，我成年之後也途運多乖，不能親自早晚奉養她；現在她看我回鄉能安定下來，性情脾氣大異於前（過去她常責罵我孤僻不近人情，只配當和尚），對我已有信任的表示，所以才有上述的吩咐。前兩天地政事務所來通知，催繳贈予手續上應繳的增值稅，只有十八坪土地竟要六萬四千元，使我大感恐慌。前天晚上我拿著稅單在街上請教土地代書，因為我是直接請求公辦，所以土地代書鄉愿地不肯將他們的訣竅門路告訴我；然後我又登門請教為我接辦的事務所人員，她告訴我現在土地增值很快，如果因為錢多繳不出而撤消的話，明年或以後想要再辦，所繳的稅款恐怕不止此數，要我再三考慮。我電告台北的母親，她也嚇了一跳，馬上要我撤消（她知道我根本沒有積蓄）。我回家坐下來一想，衡量一切得失，覺得還是現在辦好，可以一清二楚，省得將來麻煩和付稅更重。於是我又馬上電告母親。經我一番解釋，她答應了，任由我去處理。我急電台北，向一位過去和我相知的朋友借錢，他知道是正經事便一口答應，並說馬上就匯錢過來給我。這事就這樣告一段落，但我心裡留下著極複雜和憤懣的感想，由許多細節來說，我對國家的稅則，對人對事，包括對自己，這經驗又一次痛苦地留在我的心裡而不易磨滅。過去我回鄉申請復職的情形，你可見到我在詩中的敘述，事雖不同，現實給我的磨難，情形是相同的。

我看完了〈使徒行傳〉，保羅終於行抵羅馬，這點非常合乎神的意志。他的行跡有些地方令人拍案叫絕，譬如他在猶太會堂受審問時，說自己是法利賽人，引起撒都該人和法利賽人紛爭一場；在巡撫面前又稱自己是羅馬人，使監禁他的人害怕，在羅馬如願以償地獲得了自由的傳教。整個行傳幾乎是保羅從悔改到佈道的史實，他是耶穌之後，最重要的人物，後面保羅致各地教會的書翰，大概就是基督教神學的奠基之點了。我想到此停下來，有機會再去進一步的研讀。目前我還無時間去安排把它寫成論文，除了給你寫信外，我想做其他的事，也許動筆寫一篇小說，但要等到寫成後，才能對你說出寫出什麼；不是很確定的事，我要暫時鎖在心裡頭。

親愛的，說真的，有時我想如能和你在一起生活，拋棄現在教書的工作，專事經營我的創作，你會給我極大的幫助，你會隨時提示給我應做的事，應該讀的書，同時成長，真正在志趣上同甘共苦，這就是我最大的希望。我晚上在家裡常反覆地聆聽〈蘇格蘭幻想曲〉，就會想念你，湧起上面說到的希望，尤其這曲子到第三樂章時，主題是：珍妮不在，我就寂寞了，使我更哀傷不已。有時我也想，也許我們的事到頭來恐怕是一場空夢，當你有一天說遇到了一個必須結婚的對象時，這事實恐怕就是如此。我並不是那麼無知人間上男女的事，可是我就是那麼固執，絕不聽人解釋或勸告，抱定我心中自生自存的希望，非到事實擺在面前，我絕不放棄。從去年到今天，我閱讀《聖經》的事，事實上完全非常配合我抱定的思想，所以讀來毫不困難和阻隔。親愛的，你知道嗎？我就是一個為我的幻想驕傲，和為這不現實的頑固性格悲哀的人。

十月四日

今天是中秋節，輪到我來校值夜，我現在就坐在辦公室給你寫信。窗外一片黑暗，只聽得強風搖撼樹木的沙沙音響，剛才我走到操場，風沙極大，無法在那裡散步。因為過節高興跑來學校的附近孩童，現在都走掉了；我知道校舍尾端的牆壁（那裡可以避風）有一些騎摩托車來的男女青年，照我的職務應該去趕叫他們離開（十月和十一月是長泰演習時間，要加強值日夜的巡視），但我不想那樣做，只要他們不鬧事就好，料想這樣的風勢，他們也不會逗留太久。此刻是十點，校工已去睡了，可以聽到他的鼾聲。我抄寫了一部份前幾日記載的日記在稿子上，打算過幾天寄去給你，現在也簡單記下我獨坐的情形。這種節日倒使我毫無感想好像麻木了。今天放假在家裡，只簡單地用水果和月餅做例行的拜拜，簡單地吃了晚飯後便順風騎車來校。明早上班後，我便要離開鄉村去台北，出版社通知我北上，為再版的書蓋章和拿版稅。我不知道你在那邊是怎樣度過這個傳統的節日的？我似乎已很久沒接你的來信，我心裡想望你告訴我那裡的情形，或做些什麼事，學業的進展如何，我極盼望能知道這些事。親愛的，你愛我嗎？現在是否還能愛我？我知道這樣問很可笑，但我不是懷疑你，只是問你；我對你愛我或不愛我都不懷疑，只是問你而已。當思想停頓，生活麻木時，我似乎僅剩下一絲生息活著，也用這一份微弱的生息對你說：我愛你。我知道，只要我能度過這一段困頓的日子，我會轉變得強壯，會活得很好，也會活得比誰都長久，而且似乎永不會死亡；那時便是我們相愛相守的日子，我相信我會做到這一點；因你，我不會被生活打倒，不會被死神驚嚇攫走；因為有你，我會長保青春，你是我的守護的天使；而且到那時，你就會完全相信這是真確的事實。

十月五日

現在是六日的大清晨，昨夜在睡眠中常常醒來，但沒有比預期的難過，我想一定是睡前給你寫信，吐了些心聲後心裡平靜了些的緣故，所以躺下來也就不再胡思亂想了。半夜睡在上鋪的校工起來，我被擾醒了；他種了幾分田，要去看田水；約一個小時後，他回來，開門的聲音又把我擾醒一次。然後我在五點鐘時自己醒來，就覺得沒有必要再躺在床上了；那位校工急著下床，說糟糕田水恐怕放得太滿了；我要他回來時轉去他家裡拿件衣服借給我穿，昨夜我來不覺得太冷，恐怕等一下踏車逆風卻有點不同了。他說是有點冷，他會在六點多鐘轉回來。他走後我仍留在床上躺著高歌，唱歌時我常有掉淚的現象，但唱後會覺得身心舒暢一些；淚屎刺痛我的眼睛，我哀叫三四支曲後，便起來奔到水槽去洗臉。現在我想到你，便翻開筆記本寫這幾句話。你知道嗎？我在晚上想你，清早想你，白日在工作中也想你，幾乎沒有一刻不想你，為什麼？我希望有些時候能忘掉你，想你的時候只在適當的時間，最好是早晨醒來第一個知覺就認為我有一個在遠方的愛人，只有這樣，使我覺得這一天會充滿希望和活力。除了這個時間外，最好外出時也想你，好把我的精神抑制住而沒有旁歧的念頭，晚上躺下來時也想一點，但不可哀嘆。這樣算來算去依然是整天都在想你，你確信有這樣的事嗎？不論你信不信，這實在是事實。只有睡去的時候暫時忘記了，但在夢中卻能見到你，好像我們原就在一起的，只是那些奇怪的情節使人費解罷了。親愛的，現在我醒來，是你準備就寢的時候了，我們兩個在清醒和睡眠間輪流著，像太陽與月亮永不在同時發出亮光。希望我們不是，這譬喻使人感到遺憾和喪氣，只要我們的事都做完了，只要我們的責任和義務都做盡了，時候到了，我們會獲得自由，那時我們自然會在一起同桌共讀和同床共眠。

十月六日晨

昨天下午二點半我從台北回來，在出版社蓋章領了伍仟伍百元的版稅，這一方面的事就乏善可陳了。前幾日報載，有關當局約談了某作家，和一些人，我到台北時他們說是被捕的，也據說在美國的學人作家紛紛表示抗議，大家都簽名，連白教授也簽了；當然我不知道美國的抗議情形如何，我在這裡只是聽說而已，我也不能進一步探訪到這類的事，文藝界與我本就十分疏遠，到底真情如何我無法判斷。但由一個事理來分析，有關當局要逮捕他（或約談）必定先有充份的證據，報上的消息簡約地說是叛國，並已准於交保，等候移送法辦；由這一情形看來，諒必證據確切，否則當局不會做這種事，徒遭關懷人權和社會民主的人來抗議而自損名聲，尤其在這個時候。在台灣有部份的年輕作家和知識份子非常效仰某作家，而且受到他的社會主義思想的影響，因此在言談之間都流露關懷的態度，甚至袒護他指責當局的不是。他的事情我想與他基本的政治思想有關係，十幾年來，甚至遠推至三十年前攻打美國大使館的劉浩然事件，就表露了他的思想和抱負，他的作品在柔美感性的外衣下掩護和培植的就是這類排斥西方文化建立社會主義中國的思想意識，那麼在台灣與他一夥的，或景仰他的，大都推崇他的作品，把他視為優秀的作家，也就以為他的思想必定是正確的。但他們的情懷大都居於對作家敬重的單純理念，而沒有進一步去瞭解他。事實上他的政治理想的抱負和他本人情感習性之間是充滿矛盾的，他的才華本性都是好逸惡勞的文人氣質，但所謂愛國的理性及領袖慾使他遵循三十年代文人作家的作風，並且奉文藝為政治的工具的法則行事；在他的小說作品裡，他的技巧極好，但在他的論文裡就處處可見到他的思想的偏激。基本上他是個令人惋惜的人物，他的生活腐敗，因此使他的真情難以諧和思想，不以客觀超然獨立的文人作家為念，雖為思想類同的一夥人所樂道，但仍不無遺憾之處，有如十年前的判刑和今天的被捕。所以在國外有些人為他喧嚷抗議，他們的行為目的恐怕比國內的較為複雜，可能各黨各派都想利用這樣的事來打擊國民黨。有些人倡言愛國無罪，這種邏輯正是為自私的目的而肆行無道呢。自命為知識份子的人都聲稱自己愛國，但觀點和作法都互相迥異，實在也分不出孰是孰非，只有待未來的歷史的判決了。總之，逮捕作家總是不好的，除非他的所作所為完全喪失了天良，那麼就應該像對罪犯一樣的加以捕捉定罪。

上星期六，我心想以為能接到你的信，害怕我離開了，沒有接到，曾吩咐學生郵差來時，要去問他，然後把信放在我的一個沒有加鎖的抽屜。今天是星期一，依然沒有見到你的信來，我有點沮喪。我猜想你是很忙，但我希望你不必寫太長的信，只要時間許可，幾句話也可以，而能約兩個星期寄來一次；如果超過三個星期，我會因不知道你的近況而陷於憂慮。照說你在寫信和投遞方面比我方便才對，應該記著我仰靠你的信息來振奮我的意志，這一點你是否明瞭而不忘忽你的責任呢？好罷，我不說了，把希望寄託在明天。

十月八日

郵差來了，我望著他走進來分信和報紙給學童（每天如此，由學童帶回家去），而我什麼也得不到，顯然今天我又落空了；因此我特別告訴那郵差，明後兩天如有我的信，請他在星期五我來上班時再帶來給我，因為明天是國慶日，在鎮上有慶祝會和遊行，後天則補假，我現在只有控制沮喪的心情等候到大後天。昨夜我想動筆寫詩，翻開家裡的筆記本，看了三個月前寫的回鄉散記，是記錄由霧社回家後的一些生活瑣事和思想，只寫了二十多頁就停頓了。停頓的原因有兩個，其中之一是我們開始的通信，我把精神移轉到我們的事上；另外之一是原想寫成小說，但發之文字時卻完全是敘述性的散文格局，而且寫到某一處就感覺失掉了興趣。昨夜閱讀這些未完成的東西，又把想寫的新主題擱下來了，難以下筆的原因是形式的問題在我腦中無法肯定，我猶疑著不知應該把小說的精神擺在寫實或想像上，最後只有把這一切都放下，改去練草書。另外告訴你一件事，出版社的老闆在我北上之前曾到香港一趟，帶回來一張評論，是關於我和某作家的作品中「城鎮」的意象而聯想的問題，雖無甚精彩之處，但可看出香港知識青年在讀現代台灣作品時的思想，我將它影印給你看看。其餘我不再多說，我的心只擺在大後天，希望能接到你的信息。

十月九日

今天仍然沒有你的信來，我很失望，但並不做什麼想法，因為任何想法都只擴大這份失望之情，只有承認這件事實：你的信沒來。過幾天會來，我想；總有一天會來，唯一可做的是等待。等待是我思想的唯一行動，它使我在心中的希望持續著；只要有等待，希望就不會幻滅。所以我沒有獲得你的信息，唯一可做的就是等待了；只要我活著，就會因我採取的等待態度而充滿希望的思想。我想一個人的操守和特性，有時可以用常用的一個字詞來說明，就像現在的我，用「等待」；即使一生的所為林林總總非常繁複，但一經透視，便露出一個真正的單純形象，好似在X光透視下看到的人體的白色骨骼，那是支撐肉體存在的唯一骨幹；同樣我們也可以經由這一檢視的行為考量全部精神形象，這形象便有其適確的字詞。

前天的慶祝會和遊行後，我回到家想著，在我的記憶裡每年大都例行做這些事，在幾近麻木和機械的行動裡，不知有多少人能從這乏味的公式裡找到真正的一絲感動，有如在家庭的生日宴中，到底要想的是什麼？也許小孩子能夠直接表示出來，小麗和小保在五月的時候過生日，他們事先就吵著要求某些東西；在生日那天，我觀察他們的確不同於平時，他們的神色非常高昂，好像全身的每個細胞都知覺著它們的生命感。但是那些所謂的成年人（或說過來人），他們走著的是下山的步伐，有點阻止不住的樣子，在喜笑中總是透著憂懼悲哀的心事。晚上，她又來和我談生活的事，內容與前二次相同，我禁不住發了脾氣，為何她總看不明白。我對婚姻的懊悔莫過於此，我真不明白為何這事讓我如此的心痛，我彷彿明白我內心深植的痛苦意識的來源就是在此。對於她，我不忍再說一句不好聽的話，或用某些詞句來形容她；我真的不忍，我和她十幾年來互相的傷害太深太多了，誰到這個時候都會罷手需要和平，也都無能為力，再也說不出一句話來了。唯一的辦法就是讓痛苦持續著，這樣或許能相信根本就沒有痛苦，假如沒有其他的知覺的話，就是如此。

十月十二日

今夜又輪到我來校值夜，八天之前我在此記錄給你日記，現在依然；每年的十月和十一月都需要特別的值勤，歲月過得真快，這是第九個年頭。今年特殊的是我心繫念著你，使我能在孤獨的夜裡專注地想到你，把一切的事物都摒棄地想念你，也使我疑惑著那八個年頭的夜勤中到底所為何事？當然我都曾有計劃地做些事或看書，即使沒有像現在那麼明顯地露出寂寞的樣子，過去我也曾愛戀在十月的時光中度過，但都覺得無甚希奇，現在卻是你的形象佔滿我，好像這是有生以來第一次的樣子。像我這個年紀無論面臨何事都會引發自嘲的思想，唯有愛你，卻顯得完全是一件不容置疑的正經事。我對你的愛的思想完全是幼稚的，好像我面臨的是初戀；因為在我年少的時候，我從未獲得愛戀的女性的承諾愛意，這使我心中永存著空虛至今。現在要是我能到達你處，我一定棄職前往，在你的窗下唱出愛曲。

十月十三日

第六封

我在星期二接到你的信，你可以想像我握著這封久盼的信時的高興，使我日漸沉悶的心情為之一振。信封之可愛大概也只有你們大學才會設計得出來，又是我喜愛的土黃色，好像是那個地方的土產似的，給人喜悅和滿意的聯想。我用小刀小心拆開封口，信文沒有我意想的那麼多，但有三張風景卡卻是我預料不到的附加禮物，它幫助我瞭解你居住和學習的地方，如果我也生活在那裡必定十分暢快，因為它顯示整潔、秩序、優雅和自然，把人類的理想和原有的自然界相互諧調配合，心靈（教堂之地）和物質都俱到，整個環境可用美麗、適舒、恬靜而又充滿生氣盎然來形容；它可以不必顯出偉大或壯麗，但卻有使人滿足之感。真的，我們何必凡事期望太過，應該先忖度我們的能力能享用多少；一根草只需要一些露水，它就能長得青壯，一朵花同樣只需陽光和水份便能展現美麗的顏色，為何我們人類需要那麼多呢？這是喪心病狂的慾望，因為人類似乎連最基本的需欲都不知如何分配而在供需上失調了，有如戀愛的人不能在一起，需要食物的人都在某些角落飢餓死亡，反而在其他地方隨處可以看到淫亂和浪費。我親愛的，非常抱歉我突然抱怨起來，好在我們有理性和心靈可以瞭解和等待；我們雖相愛，但還不夠成熟，我們清清楚楚地知道現狀，將來我們可以用努力來促成我們所願望的事。到目前為止，我們尚稱滿意，並不需要抱怨，也不必過份超前去苛求，只要我們能冷靜，自然地會漸漸邁向完成，最怕的是在過程中產生慌亂、變故，和受到各種外物的引誘，而致使希望幻滅。

我坦開我的心胸來展讀你的內涵，你發之於文字的雖然結構簡單，但充滿了你個人特殊的情懷，彷彿我能嗅到你溢出的體香。只要你說出一句想念我愛我，我的心便感動而接受著，比之親熱的膚觸的效果佳美。對我而言，我更習慣於想像的享受，而反而要排斥那笨拙而導致失望的現實的觸驗。人類必須接受神恩而享受恬靜之美，否則牢記著現實之體總會落入空虛之苦。我應該感謝，當我在長期的生活的困厄之後，在多次感情的挫折之後，這沉墮和疲憊的身心猶能遇到你這使我煥然一新的希望，給我的生命思想蓬勃和雀躍，給我珍貴的戀愛的光榮，讓我充滿愛意和新生，恢復青春的喜悅，而且產生抗拒死亡的力量。我以為這種想像可能就是在天堂之處與天使相處的純淨之境了。你，親愛的，只需放開那悲愁的意識，不要假想戀愛一定有那意味存在，不要計較語言文字的限定意涵，只需像泉水一樣的湧出你想到和意味到的一切，不必顧慮前後是否有矛盾不妥之處，那麼一切便順理成章了；你怎樣地用音節說出我便怎樣地接受，就不會有差錯和曖昧了。

我現在獨坐在教室，學生已在中午放學回家，狄普颱風在屋外肆虐，且有時下著陣雨；自從九月以來，強勁的北風頗使人惱憤，那種嘯叫的聲音打擊著人的神經，再加上颱風的威脅，幾乎使人喪失生活的意志。你可以想像我現在正處在想念你與聽聞那掃虐折損思潮的風聲之中，我也正在如此類同的實際生活環境裡掙扎；但我知道我不能沒有你，做為我思想的泉源，否則我便會被這嘈雜和不適的處境所擊倒。我現在回憶著你在六月末時出現在我的教室門口，我還能清楚的記住你臉上呈露的不能不叫我欣然接受的笑容，我現在左轉頭部望著門戶，好像你是在此刻重又降臨，然後是我們面對著，中間僅隔著一張書桌，板著正經的態度進行著問答和討論。我希望你有一天能夠不讓我預先知道而突然回來重訪我的教室，讓我驚喜，或許在那時候我反而分不清到底是幻象或真實了。

你可以看出我是多麼高興給你寫信，把我的心扉整個打開來和你無所不談，不像寫詩要有約簡保留之處，而且那種苦思的技巧不比給你寫信自然暢快，我現在就樂於做這樣的一件事，往往在前一封信投遞之後，重新展佈另一封信文時，便有說不完的開場說白，為何你要思慮過度，想像那些存在著的現實困難和悲愁來阻礙你的思潮呢？現實存在的是一回事，但我們的愛戀應是另一回事，為何我們不能將它儘可能的分開處理呢？因為我們的思念和通信也是一個不可否認的更高實存，不要讓那一個整個扼殺這一個，像美與醜的同存一樣，這是自然之道，是相互在時間中交替的，你必須和我都具有同等的看法。我想這可能就是你不能下筆給我寫信的因素了，我雖不期望你在用功時多寫，但起碼可以有充滿書寫時的自然和暢懷。

我今天就在這裡結束與你的交談，我已將你這一次的來信要點分條記錄做備忘，打算逐日地說出我的感受，就好像你給我的營養美食，我不能一下馬上全部吞吃消化，我要好好地珍惜一點一點地去品嘗，以維持我身體的健康需要，因為我不知道將來它什麼時候會因什麼原因突然中斷，而且永遠不再獲得，所以我要慢慢地去咀嚼，好好地知覺它的味道，我要這樣想這樣做自有我的道理。

十月十七日

昨日我有一個好心情，今天卻不然，我的心情很壞。我想問你，你有沒有察覺我的情緒變化無常，有點像台灣的天氣；我本是一個好性情而樂觀奮鬥的人，但環境使我變壞了。剛才我走到隔壁教室去向一位大哥（因為他和我的長兄過去交誼極好的緣故）似的老師要了一根香煙，我請校工為我買包煙還沒回來，我需要抽煙穩定一下神經。昨夜我的大姐和姐夫以及他們的女兒突然從台北南下到我家來，敘說這位女兒和一位不幹正經事的青年交往的事，她已經受害極深，要我陪他們再南下到溪頭去找那位青年的家長理論。我就是為這事昨夜整晚無法安眠。今早我來校上班，狄普颱風已經轉向，風停了，但下著細雨，學校正在舉行考試，馬上衛生所人員又要來為學童檢查砂眼，我是全校的衛生導師，這些都是我職份的事，忙得團團轉，所以等上午的事辦完，打算下午請假，陪他們南下走一趟。我心裡想不出為他們解決的辦法，只有南下後看事情怎樣發展再說。他們的事使我十分苦惱，也不能擺脫，裡面牽涉到金錢和感情，使人十分討厭；我曾勸他們忍受，因為那青年避不見面不負責任，只有自認倒楣了，但他們氣憤不平，我只好陪他們去就是了。你可以想像，要我去辦理這種事簡直是太可笑了，因為我要去面對的，是不同理性層次的一些人，還有法律的問題也是我認為可笑的，如果要去動用法律，則人性就掩滅了，最後結果依然是自我的損失。可是要我去對他們講人性的事，他們是無法接受的，因為那青年和他的家長很可能都不畏懼這些，他們有所畏懼的只有是否觸犯了法律。我唯一可採的立場和安穩我的心情的想法，就是把它當做一樁值可見習和瞭解現實的事，因為現實生活的人在利害或傷害的事件中，是沒有人性存在的，只有付諸於法律的解決。這事使我想到最近影劇界的一個小新聞，就電影改編小說版權的問題，本來是極為單純的事，但如有一方不承認，就得訴諸法律而不維賴人性了。這事是這樣的：有一部著作的作者指出某製片公司改編她的小說，而該公司卻說不然，只是情節相仿而已。當這事不能在私下談妥解決，決定要訴諸法律時，該公司提出答辯說是改編自最原始的作者所寫的一篇實地的報導。我認為這事孰是孰非，簡直無從追究誠實的人性問題，因為利害關係，誰也不肯讓步，如果某方承認服輸，不但要付賠償，而且恐怕將來無法在社會立足了。你或許不知道某人過去在當記者時寫過這樣的一篇報導，現在則是一個插曲，你不必去為他操心，整個事件只是作者（他說他的小說事實上也依據那篇報導譜成的）和某公司的官司問題，某人是最早這個故事的撰寫者，依我的猜測，最後的版權利益反而要歸給他，這是他意外得到的收穫。據報載，某公司不但提出是依據某人的原作改編的反證來駁斥作者外，還說與某人另簽一部著作改編為電影的合同，這樣對他而言，是意外的二筆收益了，並且也把他的大名響亮於文藝電影界了。你不討厭我對你說出這事罷？這幾天來的影藝版都是鬧這類的版權糾紛，吵得很凶，很可笑，非常沒有人性。我想我提到某人，你會有激動的情緒，但我認為你知道後應該可以平靜，某人的事無需你多掛心，事實上是對某人家的一件好消息。我可能馬上要離開，我也只說到此為止。

十月十八日

昨日中午我匆匆地離開學校，回到家幾乎潦草地吃了午飯便和他們上路了；到了南投縣的竹山鄉已經三點半鐘，然後再往一處叫竹林村的深山走，見到那青年的母親後，幾乎毫無成效地交換了意見。那位鄉村人家的母親卻是很鎮定的婦人，我想她的兒子在外所做的不正經事大概很多了，已引不起她的驚慌；她表示不知他的去處無法聯絡，也對他的所作所為不能完全負責任；她說家庭的父母有一次去承當兒子在外的過錯，兒子會以為他做事有父母可以負責，便會一次又一次的做下去，應該讓他自己去擔當，讓法律去制裁他。說的真不錯。可想我們一行人明知如此，還是頗覺失望的回來。我不想再敘述有關的這件事，我勸告大姐必須儘可能將這事排除忘掉，現在的社會青年男女受到物質生活和動盪時代的影響，他們的思想和行為已不可能如前輩的人所能想像和接受，他們的女兒既然已領悟不再和那青年來往，一切就算了。回到鄉村已近晚上十點，我因為疲乏和有點苦惱便邀姐夫喝了一點酒，然後他們在餐後再搭夜車趕回台北。可憐那女孩受盡了一路上父母的指責和說教，我也不由然地加了一些訓教的話；事實上這些說教的話都毫無用處，根本不是年輕一輩的人能夠接受的，她會受到那青年的欺騙必定有其複雜的因素；我就是為這點懊惱萬分，遇到這種事，我似乎也變得醜惡而虛偽地板著道貌的面容，說著一些本應該自勉卻轉而要指導別人的話。我又整夜躺在床上深為痛苦，為這世界瀰漫的不諧調氣氛所摧折，陷入疲憊和疼痛的狀態，這種生活真讓我深惡痛絕，哀鳴和苦惱萬狀。

我今天來校還帶著昨日奔走的疲倦印象，校內的工作因為月考的關係，更顯得繁重；我的身體感覺痠痛，毫無生氣，但還是勉強賣力而為。意外的是你的另一封信箋到達了，再給我的精神為之一振，好像適時的強心劑。我拆開一看，更有一番感觸，你說你不敢將我們的事稟告父母，我馬上想到大姐的那位女兒在事先也沒告知父母，但她在深自懊悔之中卻又落入父母的管教之下，這對她而言是雙重的折磨，雖然父母為她出力，但於事無補。如換了是你，你要如何，如果我是那不負責任和不事生產工作整日遊蕩的青年，你是不是會以為你的感情為我所騙？如果我又有其他的女友偶爾在身旁被你看見，你對我的評價如何呢？我想我們都應該早就了知這人類世界的男女情感就是那麼複雜而變化無常的，所有的古代戲劇也都在呈現這樣的現象，至今猶然；人類世界，好像根本沒有天庭似的純潔愛戀，而且人類世界為人類本身的思想和語言給予更加擴張的醜化，幾乎沒有人會有一致的意見來表示感情世界的單純。我在想，一旦你回來，偷偷地和我在某處有生活的關係，當這事為你的父母知曉時，你想他們會有什麼反應？他們和我大姐的反應情形一定是頗為相同的。我記得你在台灣時說過，你的母親曾表示如你和我有關係，她一定要去自殺。如果真如此，那麼你的父母的反應則更為激烈了。我姐夫說我大姐曾整夜的哭，他們最疼愛這女兒，卻看到她遭到不幸。從竹山回來的途中，我大姐感懷地哭訴著當她年紀輕幼時看到母親工作的辛苦，而她因為是家中的長姐便為母親分勞，而沒有想到今天自己的子女不孝於她。我默默無言，心中也和她同時淌淚，而都說不出一句安慰於她的話。後來在下車用餐之後，我單獨告訴她對子女的態度應該冷酷無情，以免施愛太多而反受到子女的傷害，子女一旦長大，就應該像鳥獸一樣讓他們去自由飛翔和自覓食糧，不論遭遇如何，應把它視為自然之道，有如我們自己身受的命運一樣。對於世情，佛祖最具智慧，瞭解最透澈，是每個人的榜樣，無有更好的效法之道了。我在夜思中曾有一刻做世界各種宗教的比較思考，有抱負的人則應去效法穆罕莫德，而捨己為人則應向耶穌看齊，但佛教則是真正的自救之道。

十月十九日

今晚是我第三度來校值夜，校工請假沒來，只有我一個人坐在辦公室的燈下為你寫信。屋外漆黑，樹葉沙沙作響，我驅車從家裡出發後，強勁的北風推促著我，到校時是六點一刻，我先做了一些必要的值夜記錄，倒一杯熱水瓶的開水讓它沉澱，坐下來看今天的時報，抽了一根煙，提著手電筒到各處走廊巡視一周，回到辦公室便拿了些紙張開始寫信。我抬頭注視時鐘是七時二十分。我知道記載這些事並沒有多大趣味，只是讓你知道我的服勤生活是老舊而寂寞的，台灣的經濟進展至今未能惠及教育機關增添現代必需的各種設備，尤其是鄉村偏僻地區。親愛的，我們來想一想一件可能十分沉悶的問題，這問題是：如果我的生活沒有改變，可能在此再過十多年，直到退休，想到這一層，你會不會替我寒顫？對於未來，我心裡十分明白，心中雖感寞落，但也很坦然。想到你，我心裡雖有著希望，但也知曉其荒誕和渺茫。下午我偶然在家打開書櫃，發現藏了多年的兩本大筆記本，翻開一看，是六七年前猛啃希臘哲學的筆記，其中一頁記載著有關伊壁鳩魯學派哲學家的事，他們在公元之後的行誼和生活都過著儉樸的日子，其中有一位特別迴避政治問題，沉默而逍遙。但他卻收了一位女弟子做情婦，與世無爭。我在先前讀的這些書，現在可以知覺到受其徹身的影響；我真的一直沒有高昂的大志，或幻想有轟轟烈烈的作風以圖揚名過奢華的生活；今年獲得諾貝爾文學獎的希臘詩人艾利提斯說了一句頗為真心的話：「當我獲獎時總是感覺怪怪的，頗不舒服。虛榮是一項會自動壓到我們身上的東西，必須要有很大的毅力才能把它推開。」四十年來的生活，我頗有悔悟和知見，如果我能擁有你，我便應該知足了，也希望成為伊壁鳩魯哲學家中的一個，叫我一句話都不說都可以。

一年來我學習書法，甚愛唐、懷素的草書，也寫了一本陶淵明法帖，但過去我沒有寫毛筆的基礎，現在雖有興趣，有如幼兒塗鴉，像在填補無奈的時間。我大概常在生活日記中提及，所以引起你的好奇，要我寫些字給你看，我現在就將淵明法帖楷書於后，另外用毛筆仿照一番寄上。事實上我寫的與他不甚相似，沒有他那麼削勁，卻有我的不計成敗的隨便作風。

你提到我前二封信裡那首詩，不喜歡裡面的某些用詞，我甚同意；但那是實地實況而實寫，不能稱為好詩：「一絲不掛」是為指摘我們在現實生活的空間裡身心牽掛許多東西，不止是指衣服而已，所以一絲不掛是指卸掉了一切俗物，比赤裸的意義具體；「黃昏」是指我的心態和自嘆的現狀，「彩雲」當然意指著你，你來的突然，也很可能迅疾消失，目前雖有默契和思念，也可能是空夢一場。你是具有生命和自由意志的女子，應為自我的前途著想，我無能去束縛約制你將來的選擇。凡人譜寫戀歌，莫不因感懷生命短促，企求思想的永恆而已。我是真的內心深愛著你，而且日日深長，我暫定一年做為思戀的交往，這是我在感情之外的理性的表露，使我的熱情不致顯得可笑和不當。或許我這樣約制一年的時光，才是可笑和不當也說不定，如果十年二十年之後，我們仍能相偕而回憶初時情形，必定大笑不止。我希望有永遠的持續，但我總應該警告自己，不可踏入太深而不能自拔，因為你是個年輕貌美的女人，不可對你做太過的指望和幻想。當我說出這些話時，我內心甚為寂寞；我們的開始雖是自然的牽引，卻毫無奇特之處，但如有一天面臨結束，恐怕內心也甚為苦痛。我希望我們的感情和理性並長，絕不讓我們的愛戀有難堪和不良的後果。我這樣說應該沒有不好，卻看起來有點不似相愛。但我相信在這些表露於外的理性底層，必定埋藏著相愛的感情，不但是你，我也如此。我希望一年之後，我們應該安排機會見面，我的信就寫到見面的時候，然後我們應該有新的決定。

你希望我用較多的時間去創作作品，少給你寫信，這是目前我的本性做不到的。我現在寫信給你，同樣是應合我身為自許的藝術家的行為；我認為一個藝術家並不意味著只在表面上去做創作的事，更重要的是品德的高潔和自愛，就是不事創作作品亦無妨。我記得我們曾談到柯羅齊*的美學精義，我們都表贊同他主張的內在藝品的存在，這內在藝品是指心靈的創見，與外在的技術是不同的範疇，但它的來源是在生活中所表現的高潔裡，從那裡提出純淨的思想。我所要效法的就是這種事，你應該明瞭才對。再說，我不是為羣眾而活的作家，我不可能是那種偉大人物，因為偉大在這個世界上是指事功而言，譬如拿破崙或亞歷山大，我沒有這類的雄心，並且性質而言也不相同；我只關心我的感情和慾望，以及適度的理性，我將這一切偶爾用我想到的形式表示出來，我不希望有那種自命不凡的才子想法，而只能有謙虛自抑的思想。你應該試圖去相信，不要否認我寫給你的信就不是我的作品。事實上一個藝術家的作為不應脫離他的生活，並且要將生活的一切納入於表現的形式，如果不能做來勝任愉快就不是藝術家了。我就是覺得與你寫信將我的一切生活思想自然地書寫出來感到無比的快慰，有如我在貧苦無告的日子寫出那些作品一樣獲得無上的心靈補償，別人批評如何並不重要。除了上述的理由外，我根本不想也不可能做好其他的事，要不要創作作品，要視未來是否有新的機緣。你的信文中強調創作作品對我的重要性，那是理論性的說法，並不合乎我的習性和做為藝術家的意旨。有些文評家譏笑我自封為藝術家，我認為他們常常妄指藝術家是特殊的少數人，固然如此，但凡有能力且以自我的方式處理自己生活和生命問題的人，都算是。有一天他們將同意我的看法，而不再做為他們意識偏狹排斥異己的藉口。將來我也不喜歡有人把我的作品勉強或不當地劃入什麼派別，甚至以社會功利的立場或民族的利害意識這類的眼光去評價，讓那些了不起的榮耀歸給適合的人，而只以藝術家稱我便足夠了，不要形容詞，只當以我們與其他萬物的區分命名一樣，我們是人類。在整個生物自然界中，人類是藝術家，所以我的自許並沒有往自己臉上貼金的意思，我甚至也不施粉，塗成一張厚臉的假面具。

早安，愛人，因你使我安然度過了一夜的寂寞。

十月二十一日

我無法想像沒有你我的日子不知會過得怎麼樣，我現在過的生活，便是命運安排我這樣過的樣子，除此之外，沒有更好的日子。無疑，因為有你，我常能振奮，排除無奈的感覺；

---

*柯羅齊（Bendetto croce, 1866-1952），意大利哲學家。

因為能想念到你而更有精神與活力。我的日常工作非常忙碌，也常感怠倦和厭煩，卻能在做完那些繁瑣的工作之後，繼續為你寫信；也因為有傾述的對象，把一切的煩悶都驅除了。所以，我的日子過得還算充實，有厭倦有興奮，雖無奈，但充滿希望。有你，我就不再抱怨辛苦了。

從上個星期以來，我幾乎忙得不可開交，今天亦忙了一整天，昨天值夜，今早我都無法回家吃早飯，只好自己在廚房下麵吃。到這個時候，我想可以稍喘一口氣了，但思想馬上觸及到你，重新拿出你前幾日來的信，注視末頁紙上的唇印。那微微張開的雙唇像有一股輕柔的氣息流出，要我向前去吸取它，甚至想像有著口液的甜味在引誘著我。你的所作所為依然是我所能瞭解的少女的美妙情懷，是如此地稚氣可愛，令我也趨向天真和不斷地產生遐思。唇印裡可清晰地辨認唇瓣上一條一條空白的紋線，並且有深淺的色彩，可以感覺它意欲的生命；那張紙背上的另一個印記更為動人，雙唇在右邊尾端是密合的，中央有緻地張著口，整個顯得頗具嫵媚，我想到梵樂希的〈石榴〉詩，他形容並確定它綻開的形姿的意義，是我現在也這樣想的。奇怪，你這樣做了之後，又要用文字在旁邊表示一點羞慚，我想這是多麼不由自主的女性情態啊。

十月二十二日

日子過得匆匆和忙碌，使我未能有秩序地給你寫回覆的信；我的知覺必須在教課、勤務、交誼、家事和想念你之間不斷地交替，從未擁有一大段長時間來做某一件事；想你的部份都是零碎的，次數非常頻繁，有時是閃現後即消逝，被其他面臨的工作所打斷；只有坐下來寫信時，幸運地能佔有較長的時間，也能專心一致，但也不免會被偶發的物事打擾片刻，再回來接連剛才的思想時，常要花費幾分鐘做記憶的恢復，重新把你的影像召喚回來。

親愛的，你每說一句話，在我的印象中都是一種姿態和容貌，你的話說得簡潔扼要，那是完全發自心田的符號，具有感動人的力量。大致說來，你的信和我的有其基本態度和心思用意的區別。你直述著愛意，除了它沒有別的，也不改變那愛意的形態，親切得像是同一家人；而我的表現是基於文字模擬的應用立場，不厭其煩地闡述愛的心靈，以及對一個愛者的形象做著忠實的描繪。雖然我寫的是自己，卻像有一個代筆者在那裡觀察和操作，像是探索著一個迷宮，闖東闖西，有一點哲學體系的迷亂，傳達的訊息隱喻在某些晦暗之處，必須靠讀者的機敏和不懈怠的探尋。所以你的信可以給我直接的感受，毫無偏差，但我給你的是一種苦思、一種懷疑精神，一點詭祕的遊戲，一些感覺的悲愁。甚至是一種罪過的痛苦加於你的身上。這就是我整個文學的特性，在真理的假象和真貌之間徘徊留戀的狀態，有如幽魂本質的慈善和它形貌的恐怖。你會珍惜這些不足信任的表現嗎？你在理性和感情間到底做怎樣的抉擇？你對我的觀感雖然已說明在你的愛意上，可是將來必定要有一個更清楚的結論。

我相信你變瘦和更為漂亮了，我盼望能見到你這樣的照片，看出意志加於形體的痕跡，這事做得並不可笑，有如我對你寫信的誓言一樣，是一種全然的試煉。我想如果我真的看到，一定是很奇妙的感受，很樂意於接受這個事實。你真會給我這樣的驚喜嗎？看看你是怎樣的一個了不起和柔情對我的女子！你待我真不差，這樣的情意真叫我難消受啊！我的心在綻放和喜笑了。我是真的會為你的所作所為融化，而以吞食你為滿足，我希望在你的懷中死亡。

整個上午的時光我像雲遊域外，當我在校園踱步時，我的身體是虛脫的，精神卻集中在和你纏綿之中。現在我的文字也變得拙笨了，因為思戀是太動人心扉了，馳思得無法用雙手掌握。

十月二十三日

我乘著昨日光復節假日到我第一次當小學教師的地方去拍照，黃昏時候我回到了家，一進門，孩子便告訴我昨夜家裡淹水的慘狀；我問說是什麼原因，他們說濾水器的水管爆開了，水由廚房流到餐室，再流到客廳我睡覺和讀書的地方，床下的宣紙約有百多張全都浸濕了。當廚房的濾水器水管爆開時，他們正在睡眠中，直到清晨起床才發現到滿屋都是水。我想到這可能是她對廚房的濾水器的用法有不當之處，我曾幾次發現她只關閉水的龍頭，而沒有關掉進水的龍頭，以致相接的軟管經不起水壓而脫開；於是我對她詢問幾句，她非常不高興地頂嘴過來，不服氣地指責我過去也有許多不是來做對抗，譬如煤氣爐我常關掉總開關，而忘了把放氣的旋鈕轉回關閉的位置。我說這樣還算安全，她硬說這樣也不安全。我坐下來不願和她爭吵，只是默然地沉傷。這種情形使我心裡十分難受，我真痛苦極了，為什麼我會有這樣不講理的妻子，我為此傷心得不得了。他們正在用晚飯，我心裡難過無法和他們同桌吃飯。有時我外出歸來，是為了盼望家庭的寧靜和安適，家是為療養疲累的地方，可是我總得不到這些；這不是第一次，我回想以前家中不和的總總，就無法忍受，如果我是一隻古代的禽獸，下次我出了洞口，就可能不再回來了。

我看到書桌上有一封限時信，料想是我昨天上午出門後才到達的，是報紙副刊編輯寄來的邀請函，說明明天（二十七日）中午十二時三十分在台北，ＬＳ．張女士家裡有一個特別的聚餐會，主要的來賓是剛回國來的ＴＣ．夏教授。這封信顯然是要我們（一定還有其他文藝界的人）去和夏教授交談，但我現在的心情和身體的疲倦都抗拒去參加，明天還要上班，即使心有所嚮往亦做不到。我馬上寫了一封說明理由的信寄去，以免誤會。事實上我內心裡並不覺得和他們在一起交談有什麼高興之處，沒有以上的理由，也不想去參加，因為我常在這種類似的聚會中遇到許多無聊的問話，所以還是免去為妙，與其去吃那一頓虛榮的美食，不如到郊野去散步更富於身心的營養。還有一個更重要的私人原因是，我已經堆積了很多應抄寫給你的日記未做完，屢出遠門使我感到怠倦，我打算在這幾日內趕完工作，好為你寄去，免得越積越多，手都軟了。

十月二十六日

週六晚上她要求我給她錢去買美容用的化妝品，她表示會還；我問她這幾個月來做工作應該有所賺得，為何收入會不足夠自己支出呢？況且當初我已經給她許多錢去籌辦她工作上的需要，而她的賺得我並沒有取回分文，家中的費用我照常如數付給。我是希望能夠瞭解她工作的情形而不是想去詰難她。之後我將我存放的伍仟元全部給她，第二天，她留下家務給我，便搭早晨的快車到台北去了。往常我有不計較金錢的脾性，我知道拿出去的錢是不會回來的；我想她的賺得有限，也可能在她自己的需要上用去了，事實上她也應該有點錢，女人都喜歡錢，不應覺得自己一無所有。

這個週日上午的時光，我照常練字，然後做午飯給孩子們吃。他們真是可愛的孩子，個個聰明和漂亮，尤其小保，特別善解人意，他們的功課都能自動做好，學業成績都極優良。我想到對大姐說的話，覺得愚昧，在我的身上就做不到；但我並不溺愛他們，我想孩子給父母的傷害是有其原因的，不能憑一種固定的方法教育他們，問題在於瞭解孩子的性質和興趣加以指導，而不能堅持做父母的希望，如果父母一意孤行，最後終會造成衝突和傷害。下午二點半，我觀賞電視影片，是十多年前看過的舊片《大海盜》，這部片子依然很好，說明北歐維京人入侵英格蘭的故事；上週我看了《綠騎士》是一部寓言，非常的浪漫和富教化，說明一個人的成長必須經過多次的磨難和試煉。晚上，我在天花板上捕獲了一隻小老鼠；這隻鼠近半月來每在我睡眠的時刻，便在天花板上奔跑；記得去年冬天我也照樣用籠子捕到一隻。我將牠放在院子裡給小孩觀看。這隻鼠皮毛灰黑，眼睛像煤粒般黑，微微凸出，尾巴很長，我用花生餵食牠，直到昨天（週一）晚上我來校值夜，我還沒有決定要怎樣處置牠。

昨天她工作得很晚，我下班後開始做飯，到六點半我和孩子們都吃飽後，她還未回來，我約在七點到了學校。整夜我都在抄寫日記，那位校工在九點前就躺在床上睡著了。我寫得很順利，約在十點時一隻全身黑色的貓跳上了玻璃窗把我嚇一跳，這隻貓美極了，我從未見過像牠一樣全身是黑的，牠企圖闖入無效後就走了，我繼續書寫。到十一時我感覺有點累了，收拾好，走出屋外，風停了，但一片漆黑。我進屋睡覺，那校工醒來，我便和他交談，說到一些有關土地的問題。他除了水田外，還擁有一些山坡地，最近有人向他出價，約值三百多萬，他的生活現在是很好，孩子都長大成家；一個校工，像他那樣穩實勤勞的人，也有財富成就，這世界對他來說是好的。話停後，他又發出鼾聲睡了，他能吃能睡，身體健康，沒有過份貪婪的幻想，這就是美好的人生。我無法睡去，起床到屋外，大地微亮，西天在亂雲中露出了弦月，操場寂靜無聲，空氣呼吸起來很新鮮。我站了一會兒，轉回床鋪，但依然輾轉反側，在半眠半醒中度過了煩思頻頻的一夜。

天亮後，我便起床，趕回家裡，吃過早飯帶了飯包又回到學校。今天學生作文，我可以有大部份時間處理私事；我決定今天下午寄發我給你的第六次信，明日又值放假（蔣公誕辰），我不想拖到後天去。

十月三十日

第七封

看完晚間懼怖的新聞後，我走進浴室洗熱水澡，然後坐下來聽音樂，想一想今天自己做的事。早晨六時起床，在院子做柔軟操，之後瀏覽報紙上刊載的消息。這幾天最使人注目震驚的是韓國朴正熙大統領遭受中央情報局局長槍殺死亡的新聞，不但震撼世界的政壇，而且暴露出不太為人所知的權力內幕。這使我想到強權的危險性，在二十世紀末期裡，人類的知識已有一種象徵，那就是對強權的嫉憤，對民主自由和平等的理想接近。在意識的對抗和求取平衡感的遊戲中，不論國家主義的理由有多麼充份，財富集團能獲得無上權利和法律的保障，但強權乃意味著專橫和獨佔，甚至意味著腐敗；強權是在民眾的愚昧和被麻醉中產生，因此也要付出龐大的用心繼續去做掩飾，這是最得不償失的作為，國家主義最能看出這一點。強權本身其實就是一個沒有其他勢力足可抗衡的唯一黨派，它本身是合法的，其他都是不合法，因為法律的制定是為維護它的權益。回顧這半世紀各國所產生的政治動盪，幾乎都是導源於強權的橫霸，和它的不合理性。在這之前，美國的獨立和法國大革命，是人類求取新秩序的里程碑。第一次世界大戰後，各國皇權幾乎都崩潰了，起而代之的是非傳統的暴發戶的政黨強權，希特勒的崛起是最為明顯的例子。日本皇權的式微，產生軍人強權的時代，意大利有墨索里尼的法西斯主義，俄國有共產主義，於是第二次世界大戰爆發了；戰後受創痛的國家稍有明智的都能實行民主，有折衷的政綱，權力能夠做到分配和平衡，但這樣的國家畢竟很少。權力慾依然在個人的身上顯現，如史太林、艾德諾、戴高樂，埃及的納瑟；西班牙的法蘭哥元帥的長期執政，使他的國內文化和經濟不能復甦，匹卡索最痛恨他的專政，發誓至死不願回國。意大利政壇一直像是羅馬時代元老院的吵嚷，缺乏強有力的領袖，雖然實行民主，但政治家所表現的心情很浮躁；他們的黨派最多，連共產黨亦包容在內，國會就像是戲院的舞台，人民寧可沉溺於宗教的另一個國度；但對現實，意大利人民仍然樂觀和熱情。意大利式的熱情，只是一些玩手戲的外表動作，並無實質內涵；經過中世紀，意大利已消褪了它原有的色彩。日本的復建工作得自於韓戰，工廠林立，向世界大做生意，他們的野心改換了另一個面具（常令人憶及能劇中人物所戴的面具）；目前的日本國富民安，政黨都由財閥支持，首相大家約定輪流做，他們的政治家在世界的政壇作風，像是要扭轉人們對他們是過去戰爭禍首的印象，所以寧可在美國核子傘的保護下，將財力完全發揮在技術工業，和經濟勢力的擴張；這點有違背日本傳統的精神形式，所以有三島由紀夫的激進，呼籲恢復舊傳統的唯美的武士精神，他在復國理想未達後，以切腹謝國，樹立著自己的美譽，這種英雄作風，各有可笑和可敬的一面。美國依然是世界的民主模範國家，但美國在維持世界秩序上所推行到全世界各地的美國式精神可能是一種罪惡，造成各角落都有仗勢欺人的買辦民主作風，最後在民智的啟迪下看出偽詐，轉成為偏激的民族國家主義或為共產主義鋪路，伊朗就是個例子。因為玩政治在皇權被埋藏之後，只有二條路倖存，民主之外就是民族主義和共產黨，於是產生意見不合的內戰，也等於是兩種集團的武器試驗場，先是韓戰，後是越戰，中南半島隨之赤化。而個人表現強權作風的，有甘迺迪兄弟的遇刺，巴基斯坦布托的被處死，俄國式的清算鬪爭和死後鞭屍，中南美洲的凶狠強盜式的政治風暴和奪權戲劇，非洲獨立的黑暗國家，菲律賓馬可士也可能自埋了強權炸彈，突然韓國的朴正熙遇刺，這一切都有前因後果，政治和權力的事沒有意外。這世界上佔有強權地位的人那幾位能功成而退，且表現出讓賢作風呢？幾乎人人都貪婪著那最高的權位，拿破崙就是對他的權力產生幻想而失敗的。我想只有人民的智識水準整齊的國家，政治才是藝術，而不是少數人的特權。

十月三十一日

昨晚的日記突然中止是太晚太累了，本來想記錄一天的行事，但談到強權卻使我列出許多感想來，因為這個人類世界，無論那一個國家，都曾出現過這種可怕的東西，早在上一世紀，為民主釐定理想的人，已經警告過了，到現在雖然表面上大家談民主，實質上仍脫不了強權的主義色彩，所以凡是在未來的世界要是本質上違背民主自由的理念，在背地裡用強權統治，必定要發生悲慘的事。強權是人性的墮落和腐化，是違抗上帝意志的魔鬼，有人說「上帝是狡黠的，但並不險惡害人」，而強權都是為了少數人的權益而剝削大多數人，且殘殺異己，如希特勒的滅絕猶太人運動，和今天中南半島的悲劇。關於這些事已不必再說了，你是完全知道的。

昨天我前後約練了四小時的草書，在寫字前，我先翻字典查了懷素自述帖裡的幾個發不出音的生字，感到查字典是十分不耐煩的事，原因是字典的查法很呆板、瑣碎而費時；小時候我就很厭煩查字典，對國文一科幾乎放棄，許多字知其義而不知其音，直到當教師才稍微改進，實在慚愧。因此我在午睡時我就想到是否有較簡便的查法，不要像目前的字典先看部首，算筆劃，有些字很不易辨識是何部首，找難字表，筆劃有時也算不準，老半天才查到一個字。康熙字典很難看懂，現在發行的國音字典注解非常乏味，沒有啟迪作用，因此我便想出了一個辦法來，準備找時間去做整理和實驗。下午兩點鐘，我匆匆趕去鎮公所的禮堂，我在走廊的大鏡前瞄視自己一眼，發現臉色十分蒼白，事實上我的頭腦很暈亂，雙腳有些發瘦，是休息不夠的現象。於是我簽名後便離開，沒有參加開會。回到家馬上躺臥下來，心臟有漸漸轉弱而呼吸幾近窒息的感覺；我一個人獨自靜思著，孩子們都外出玩去，她到美容院去了，我產生一些奇怪的想法，但並不慌張和恐懼，也無法閉眼睡眠。我勉強起來打開電視看，是今年美國的世界棒球比賽，金鶯和海盜爭奪冠軍。持續一個多鐘頭，我依然在虛弱的狀況裡。稍好時，我起來泡一小杯的咖啡喝下，繼續躺在沙發裡連續看二次大戰的回憶影片，直到五點鐘才恢復精神。

我慶幸今天依然健在，難過都過去了，而且非常幸運能接到你寄來的信，這是一個奇怪有加護厚度的信封，原來裡面藏著三片楓葉，完整的葉片，只有一根葉柄掉了，但色澤令人想到可以下稀飯的、像是曬乾壓扁的魚乾，其實是像飛來的紅蝙蝠。沒有見到照片有些失望，難道還沒有瘦成嗎？如果瘦不成就算了，何必自討苦吃，我並不太在乎你瘦不瘦，只要你能對我好就好，一切應放之自然。

我一口氣讀完那十張信紙，並且繼續將附上的魯迅的文章看完，發現少了二十二頁二十三頁那一張。我覺得他的作品藝術力不高，不能傳得久遠，過了這個時代，以後的人所獲更少；因為他的用意是要呼喚當時人的感性，背後有煽動的目的，而不是冷靜地探索物事，缺乏現實和本體世界的剖解，文學性很渺小，不是和他同時代的人便無法贊同他的理解和思想的觸悟，他的諷刺性格，更覺得他並不正派，在序言中故作的姿態十分明顯，《狂人日記》更令人作嘔而討厭。過去我絕少看三十年代以前的作家作品，偶爾看到便覺失望，台灣某些老前輩作品亦然，像國語片，便望而卻步，也許你持另一種看法，因為你是研究的學者，就另當別論了；老實說我的性情非常厭惡受這種東西的影響，寧可空無，也不願受到這種污染。不管歷史說他們如何赫赫聲名，影響眾萬人，我仍不覺好感，也不以為然，因為這些眾萬人猶如地獄的嘍囉，無知和盲動，只是惡魔的兵卒而已。希望我這樣說不會刺犯到你的美意。事實上我看了，也讓我知道那是什麼東西，知道分辨好壞。

你談到不要我寄快遞，我照辦，其實只加了八塊錢而已，心想寄出後早一日到達總是一個希望。你的信約一星期內就到達，為何我的快信反要十多天呢？我想大概受到檢查的緣故罷，現在我幾乎定期寄出，不免受到猜疑，好在我們心地都很正直，並無任何有愧於自己的國度的地方，過去也有文藝界的人警告我小心，他們大概想嚇我，我並不以為意，你最能證明我孤獨、清白和無為了。

十一月一日

關於楓葉，我在昨日也許說得很不恰當，我想它的色澤和形狀是個關鍵，昨日之言都是片面之詞，我自己大膽放肆罷了，當說到形狀時，色澤是不對的，當只顧色澤時，形狀又疏忽了，不能真正表達楓葉這兩方面統合的涵義。我現在要更改說法，那麼它像是在火光中飛舞叫嘯的巫婆。人們常對秋天感傷，視飄落的楓葉為憐憫之物，夾在書本惜藏，幾乎每個人都有難能宣告於人的情懷和遐思。楓葉的落景常有人描寫，卻沒有說清楚為何而落；只說青葉轉紅變黃，卻不明它的形象有何意識存在；只說少女撿起了它，但無男人給予批判。秋天在四季之中是一種姿容，千古一式，卻不知道真相為何？秋天對我的意義只憑一些知識的想像，而我根本沒有見過明顯的秋景的特色。像春天，在台灣只是灰濛和潮濕，實在令人無能瞭解而失望，而夏和冬則顯然地很嚴厲，使人苦悶和厭惡；由於春秋兩季的含糊和曖昧，我想不出台灣在天氣上值可稱道的季節，頂多是某些日子的晴朗和開闊，讓人在某種機緣中感覺它的美好，這樣的日子又總是一閃而過，無法盡情享受。秋天似乎讓人不堪回首，我偶爾從詩文、音樂中揣摩，覺得它傷感萬狀，由歡欣遽然地落寞，有如一件明亮閃耀的新衣，突然褪色，命運只有低頭承受。但高傲的女人也許在老邁之前還能展現一股妖豔之態，且富於現實的快樂，但畢竟像是宴席的最末一道菜餚，已讓人感到厭膩，好似海邊的夕陽，很快落下而暗澹無光。前日，我在寄出信函後，有一時曾想到時序和生命的事，覺得一秒一分一時一日一月一年是如何的遲緩，但在警覺中卻感到生命的短促，不知如何是好。年輕時，有一個暑假，我甚感無聊，受到熱氣的煎熬萬分難受，又無法排遣，悶悶不樂，恨不得跳越過去那段時光；而現在常覺已屆四十年頭光陰，身體和精神有著衰竭的跡象，疑問來日還有多少呢？你常勸我不要為時光感傷，使自己消沉，應振奮努力於創作。不錯，現在還沒有另一個新機之前，我不免會有自尋苦惱，煩思叢生，和疑難重重，諸事皆不順遂之感。記得我由浪蕩的台北轉走深山的那一年，是我這十年來的關鍵；而現在，我遇到你，可能是我後十年的轉機所在。我眼前出現著三條路：一、能夠獲得你和她兩方的諒解，使我在家庭和情愛兼顧；二、你另有理想，我恢復過往浪漫的舊跡，浮游天地；三、永絕人間的慾情，過修道沉默的生活。我的自行批判是：第一項需要多磨的耐性；第二項，堅持虛無的哲學觀，玩樂人生；第三項需要絕然的勇氣。其結果，第一項有正反兩種表象，不是和樂的幸福，就是爭吵和操勞一生；第二項，死無葬身之地；第三項，不是懦弱中途退走，就是有所收成和遺留。

到底那一條可行，難以下斷，唯靠機運時勢和智慧。

你說真忙，我一點也不懷疑，也可料想在美國自由教育的制度下自行用功的勤勉情形，也唯有在那種環境裡才能培養自我的責任感，而相信前途操在自己手中。我已經多次表示你應該學業第一，要不要給我寫信，完全視自己的狀況而定，不要看到我按著一定的腳步，就覺得必須跟隨我同樣地做到，根本沒有這必要，而且我給你寫信，並不單一為你，有一半是為我自己，在感情和寫作上做一次奇特方式的磨練。你說做夢，醒後懷疑自己的讀書方法不對，我不知你的方法為何，也不知那邊受教育的真實情形，我根本無法瞭解和提供意見，你有這自覺，應該可以尋求改進。

你給我儲蓄的建議和方法很好、很對，我很感激你在這方面關心我，我自己也早有存錢的打算，唯惜總是存不牢，原因是收入有限，支出卻是突然，每一次似乎都會把計劃粉碎掉，但我依然繼續在做，有時覺得老是那麼一丁點錢，往返奔走感覺很愚蠢。現在我已經和她協議好，家用全部由我支出，她的所賺則由她自己掌管，我不加干涉，那麼我有餘留就做儲蓄。你要知道，我和她一起生活，沒有你看了我的特殊描寫所懷的憂鄙的想法那麼糟糕，否則，你可以想像我和她根本一刻也不能再共同生活下去，其中孩子是扮演著諧調作用的角色，也可以說兩個人都為孩子著想而共同生活，因為我和她都非常喜愛自己的孩子，也看出他們在我和她的保護下生活比起別人家有優厚而無不及之處。他們對我信賴、依靠，使我很覺滿意。但是這一點，也是有時我和她單獨構怨時，感到特別深痛之處；我想互損互補之間還可以維持平衡，你可以不必向我發出疾憤之言，因為根本與你無干，也不是現在的你可以幫助解決的。我認為我的描寫一定給你極不良的感想，否則不會一再地認為我是罪人，應該接受痛苦，你真是太心直口快了。

近日來，左肩背又有筋痛的現象，怎樣發生的我不太明白原因，因為近來除了體操外，沒有做激烈運動；上次病痛延續極久，吃藥沒有多大效果，但不知不覺消失了，這次復疼，和你突然想到（我記得告訴你背疼是極早的事）問起的時間很接近，似有靈通的意味。背疼的情形並不怎麼嚴重，我想是睡的不安穩翻身扭傷的，而且休息得不夠，以致無法在數日內消失，只要調息，就會自然痊癒的。

你說珍．芳達的演說很成功，就像演戲演得好一樣，這必定對角色的內涵有所了悟，那麼她對她所說的內容也必定有深切的感觸，這種發論必然能獲得共鳴。她是成功的演員，又能實際參與現實的事物，是雙份的貢獻，譬如馬龍白蘭度，也頗令人敬佩。除了對她的能力加以讚賞外，你所說的他們搞美國式的共產主義，我就不知其真確意義了。就我的瞭解，西方人和東方人談共產主義，是有本質和作法上的差異，有如談到語言字義的用法，他們大都能直接掌握到內外的合一，而我們東方人則草率不純粹了，其中似有一道曖昧不明的隔牆，叫局外人無法瞭解真相。東方人移植西方的思想，常無法應合內在的精神，所以凡事做出來都有點邪門，好似掛著一副面具，名實之間相距甚遠；就以文字藝術而言，常常看到的是牛頭不對馬嘴，不然就是空有表相和技法，而無實質的內容，你在台北看到的《山中傳奇》電影頗覺不快，恐怕就是這種感觸罷。

我們的交談，要獲得對方的答覆，需時約半個月甚至更久。我們各人所提的問題，大都自己心裡已有答案，只是期求對方加以一番的評斷，以便獲得確定的結論，使一種情感得到共認，這是愛戀的本質和目的。感情的發射，總是寄託在表面看來瑣碎的事體上，一言一語都帶有傳達感情的任務，應該不可忽視它。所以從上兩次信開始，我都在讀你的信時做下提要的備忘，做為我寫信的參考和主題，不再像先前一樣只憑籠統的感想就下筆書寫。不論我們回答的問題已經事過境遷，早已淡逝，仍然要給予特別的重視，做不厭其煩的記錄。我提出這一點是我個人的期許和做法，你是否如此，就不是我能要求的了。這有點像讀書，那麼為何不能把愛戀當成讀書一樣，日久自能產生心得，形成一門學問呢？

十一月三日

自上星期六晚上接到韋的限時快信後，這六天來，根本沒有一絲毫時間，可以冷靜地寫下日記，甚至沒有好睡眠，以致身心非常的疼痛難受，事後好像需要三天三夜的大睡來補償。我曾在先前告訴你，韋曾寄來一本《畫詩集》的事。他的來信說八月的時候，將《畫詩集》寄給報紙主編，獲得要為他做報上畫展的回覆，擬請一位藝評家為他寫評介，但拖到十月，那位藝評家推說沒空寫，因此遲遲未能在報紙發表，於是韋想到我，因為有同窗之誼，要我一定答應他寫一篇。他的信末說得很可憐，頗令我同情；他坦白地說，實在是為了愛慕這份虛榮，心中始終排除不掉。名利的虛榮是誰也推脫不掉的，但對一個人而言，坦誠或偽飾就有分別，這是使我奮不顧身要為他撰寫一篇長達萬餘言的文章的原因了。我緊張害怕的是可能寫不出來，因為只對一本《畫詩集》，能說什麼呢？我又沒有寫過評介別人的經驗。

可是我的心思又極力要去幫助他，如果沒有，便令他想及那位藝評家看不起他，以為我也是，而對他自己的創作懷疑起來，這種痛苦是他能承受的嗎？他說他是第一次這樣求人，可見情況是嚴重而危急了。我日夜趕工，昨天已寫好寄去，然後我自覺要崩潰了。昨夜睡眠中暗暗地想，我為何會因寫這樣的一篇文章就那麼累，是不是老了，不行了，要寫文章，無論那一種的，只要我過去有涉獵的範圍，不是都頂容易，一揮就成嗎？現在怎麼會那麼出力呢？事實上我這一次嘗試寫這種東西（我不願輕易隨便寫詩以外的文章），也是動筆就順利寫成，沒有遭到很大的煩苦，只覺得力不從心，感到無可支持的疲倦，其原因是沒有好的寫作環境，日常事物繁多，精神無法集中和統一，造成神經的緊張和疲勞。奇怪的（也是自然的）是，我在檢討時，竟沒想到自己全面的生活來，說應該告訴你，我們感情的事，就此算了，以後我不再將日記寄給你了，因為關於寫日記，我也累積了滯重的疲累，精神和軀體都像要解散了。今早醒來，精神還好，自己修理車子，來校上班，多天堆積的事務也順利做完，像現在我重新拾起我們的感情，也恢復了信心。我甚至做了一些奇怪的行為，要去汽車駕駛班練習開車，有了執照，明年夏天如有機會去美國看你，也可以和你開車去逛逛。關於去美國，不是不可能，我打算籌一筆錢，並且在寒假期間開始辦申請，你以為如何？如果你不反對，並且向我保障到那時也不改變，我可能在明年初要開始學英語會話，一步一步去實現我想要去做的事。我希望你能懇切地告訴我，你的情況，你的意見。

十一月九日

一連幾天，我都無法按日記下我的生活和思想。星期六（十日）學校要修建教室，採取同年級兩班合班上課，整個早上都是為了搬遷和整理，還有協調課務問題，而匆匆過去了。隨之而來的是星期假日和國父誕辰，連續兩天不在學校。今天來校發現合班後未解決的事還很多，不得不加緊去做，在腦中便覺得自己的私事因而懈怠了，不若先前那麼興趣勃勃，提筆有如神助，現在倒反覺得紛雜而語塞，不知從何說起好。一日廢棄，有如百年的隔膜，一切都好似陌生了。是不是我們都因自己的生活和工作（學業）而不再重視了呢？你說我們的空中樓閣，只需要一小片的心靈安置，我懷疑那一小片的心靈是否也會消失不存在呢？前幾天我還充滿想像，希望能到美國去看你，現在我的心中卻很消沉，疑問我說了那些話是憑著什麼而說？我甚至相信我們的愛情只是紙上作業而已，什麼真實的寄望都沒有。你又說，你的美國女友勸你「愛情不要太羅曼蒂克」，我卻認為我們有意要羅曼蒂克都不可能，談何禁止和勸告呢？我們是活在現代，卻想像在古代之中，我們的作為無異是如此。好罷，一切委諸於時間的證明，我們是否能度過這一段的能耐，然後奇蹟是否把我們拉攏在一起，只好等著看罷。我不但懷疑自己，亦疑問著你。我已經報名參加駕駛班，把這件事當為生活興致的催促劑，希望能因此有著學習興趣，提高精神的振奮。我預感著我的思想在逐漸改變，並且逐漸向現實生活傾近，因為困擾、憂煩、寂寞和頹敗的意志都需要有新的東西來替換和填補，你不在這裡，我可能變成另一個人，你能挽救我嗎？如果我是在逐漸地沉墜；我想我的一切似乎變得雜亂無章、毫無風格，甚至神智變得昏庸了。

十一月十三日

昨日颳了一整天的寒風，黃昏回到家已很晚了，原因是下班後，我又和那位校工下象棋，第一盤我輸了，第二盤我贏了，我表示就此結束；屋外的天色已灰暗，他排好棋子要求我再下一盤，我說太晚了，路已經黑了，明天再來，他拉著我，於是我把手裡的東西放下，又陪他下一盤，他贏了，我終於能回家。我推著腳踏車走過黑漆和林投樹茂密的小徑，堆積的沙和石頭阻礙著我前進，寒風吹掃得很厲害，把沙石揚起打到我的臉面上。走出小徑，跨上車子騎到大馬路，風太強烈了，車子不太容易向前走，我穿的衣服也阻擋不住冷風的侵襲，我的頭上戴著安全帽，除了冷和需要賣力踏車外，一切還好。回到家，他們正在吃晚飯，小孩一面吃一面看電視。我看到書桌上有一封信，是韋的回信，充滿了感謝和讚詞，這是意料中事。之後，我到浴室放水洗澡，一面在腦中揣想著，韋和她的丈夫兩人看我的論文的情形。他稱讚我文章像行雲流水，韋則說我的思想深刻，她的《畫詩集》事實上沒有我說的那麼好。我回憶一下我到底在論文上寫了些什麼，她一再地說感謝我，說是給她意想不到有那麼好的禮物。他附說要和我痛快喝一杯，問我去康園或他們開車把酒和杯子帶到我家來。我再想到我的論文題目，是很好笑而可能叫人失望的題目。我在裡面說宇宙的存在就是藝術，我甚至在文章裡痛責唯物論者，偏激的愛國份子，歌頌惠特曼的自我之歌，把達文西的蒙娜麗莎畫像視為文化歷史的一個存相代表，它本身就代表著藝術的奧祕。大概是我把這些隨想和集裡的內容交替和混合，使他們認為我這樣做才是藝術家。吃過飯，我給他們寫了一封回信，說我最近報名學開汽車，離不開這裡，要到康園去元旦假期是最佳時候。我隨即練了一個半小時的草書，再聽唱片──〈天方夜譚組曲〉。十一點鐘時我泡了半杯咖啡喝下，便躺到床裡就寢。但是睡意一直沒來，我任它醒著，想著你，想著我昨日寫的喪氣萬分的話；我不計較寫它是否給你一些不良的影響，但除了寫出我思想的東西外，我說過我不能杜撰什麼好的內容給你。我不是為戀愛而戀愛，我是為生活的現實和希望而愛你；愛是我的生活的一部份，也是我的藝術表現。我想到天氣報告：冬天來了，入冬以來的第一道冷鋒過境；新聞報告著：卡特禁止購買伊朗石油，國內的國建會在討論奧林匹克運動會我國的會籍問題。由這點可以看出人們遇事遲疑的態度，到處都是折衷辦法，卻沒有真正叫人心服的好辦法。於是在我的思想裡，想結構一篇有關存在的故事，因為我看到報上一個學人批評農業問題，頗為深獲我心。我喜歡將很多現實的複雜問題埋在心裡，然後產生一個可以發洩的情節，這是我寫詩的泉源，故事裡行動和思想灰澀和苦悶的是維護真理存在的英雄。我在躺臥中意識著時間在流動，認為清醒並不是一件壞事，那麼失眠便不會造成太大的痛苦感覺；如果認為睡眠有時是可以省略的話，就不必要強迫神志去歇息。到天明時，我的精神依然很好，沒有受到損傷，我發覺屋子裡由黑暗漸漸轉明，亮光由屋外從玻璃窗透進，這印象很好，而我的心經過一夜的思考顯得特別寧靜，甚至感到自己很老成。起床後我做了一些上班的準備，約在八時離開，先到照像館取前幾天照的相片，這次是重照的，我曾吩咐不要修飾，取出一看，先是驚訝，然後覺得滿好，是一個模樣完全像我的人，臉上佈滿了風霜的痕跡，看起來還很篤定，我過去的詩闡述的就是這麼一個人物。我在這次信中附寄的二張照片，你可以比較一下，一個是原本沒有修飾的，一個是經過照像館比照一般照片修飾的，你看了之後，一定有所瞭解。我再到郵局去辦理劃撥防癆票義賣的錢，並把昨夜寫的信投遞出去。我到學校時已八時四十五分，一天的教學的忙碌又開始了，晚上又輪到我值夜，我打算整理這段日子來的日記，溫習我和你的夢想。

十一月十四日

前天值夜的時間，我照樣抄寫日記給你，這一次的信看來要拖延了，實在太忙，工作太多，分身不了，但預定下星期三可以完成寄出，希望不要再有更多的事分心，能如期寄給你。我本想把值夜時和那位校工的交談記錄下來，他告訴我一位表弟刻苦成功的經過，這個人我曾見過幾次面，曾在本校教過書，現在則是一家美國在台設立的電子公司的總經理；據我聽到的內容，是個很好的故事，這人長得英俊，一派忠懇的樣子，給我很好的印象。但我現在沒有時間去好好講這個故事，就此停下不表。昨晨我在校起床後，沒有回家，因為我必須在早會中報告許多有關衛生工作的事，約七點四十分，一位由鎮上來上班的同事給我攜來了飯包。天氣好轉了，是我最為高興的事；對我而言，天氣會影響我的情緒，好的天氣是一項給我的恩惠。前幾日我毫不客氣地批評了台灣氣候之令人惱怒：春秋不明，沒有讓人享受舒暢和沉思際遇的景致，而夏冬之間的緩衝期太短，常在幾天內變換太快。今天的天氣更好，微微風，陽光普照，但這樣的時辰在冬季總不會太長，依我的經驗，明天就可能再颳起強勁的東北季風。今天最好讓我好好享受這甜暢明亮的天氣罷，如果能夠到海濱去更好，解開衣服曬著溫煦的冬陽，是無比美妙的；但海浴場早已關閉，我幾乎已記不得那一天起就沒有再到海灘去，好像很久了，有時會想起在那裡的時光，但現在去已做不到了，只有等待來年。這使我想到今夏和你意外的邂逅，以及幾次匆促的見面，還沒有去深深的瞭解你和愛你，便分開了。我和你的默契猶如是我和海洋的約定，需等待一年的時光過去，希望你能如季節中的夏日重臨懷抱我。現在我要離開教室，走到操場去，或到什麼地方散步，課務由另一位老師接去，我還無法預測將會感覺什麼，因為一切美好的事物是說不出來的，我暫時停筆了。

我到辦公室喝茶，並拿起放在桌上的太陽眼鏡，由正在拆除的教室後面走出學校，我的心裡有著目標，踏著輕快的步子，走在一條村落的柏油路上，然後轉進一條小巷。這條彎曲小巷向鐵道方向伸出，兩旁有著磚牆和泥壁，屋舍和畜棚雜陳，由屋宇內部排洩出不好嗅的污水，流滿各處，是十足鄉下人居處環境的模樣，髒亂而不優雅，令人感觸良深而百說不盡。我沿鐵道平行而走，在一處小橋頭邊的斜徑下到溪底，剛甫站定，便聽到頂上鐵道發出修修的音響，聲音由弱而強，越來越大，一列電動機頭拖拉著飛奔的車廂的火車，像雷霆般響動地一節一節閃過。我的心臟有些急跳，雖然我站立溪底不會危險，仍不免受到音響的震嚇。憶及幾年前，有一度我習慣早起步行來校上班，便是走著鐵道邊的小路，由於膽怯，和避免意外在中途碰見火車，所以試過幾次走鐵橋的經驗後，便放棄了，改由溪底經過；那時這條溪水還曾流動，有村婦浣衣，在她們眼前走過，常接到她們明亮而好奇的眼光。這條溪，我第一次來是八年前調入本校的那年冬季，亦是這個時候，今年要不是閏年，舊曆十月半的節日已過了，二期稻作收割了，廟前的戲也演過了。那時我亦抱著像今天一模一樣的渴望心情，乘著放晴走出學校，無意中發現這條溪，使我有一番的喜躍。那時我還未學抽煙，只坐在溪底的草地上享受著寧靜。我現在往下游走去，岸沿水邊，站著一隻一隻大腳的毛蟹，和我遙遙相對，彷彿久違的朋友；但只要我走動靠近，牠們便溜進水裡，或走回洞穴裡去。這時我聽到潮聲，就從那敞開的溪流空隙呼聲過來；我望不到海浪，但前面的水潭似在浮動倒流，我推算日子，正是要漲潮的時候。我走近水潭，對茂密的兩岸水柳和林投樹巡視，樹根處的泥崖，站滿毛蟹，像一營的兵士整裝且抬著高高的眼睛警戒著我。我欲望著走向海邊，潮水在無比魔惑的呼嘯招我，但水潭阻止我向前跨過。我改由一個缺口跳到岸邊，然後在那些菜圃和稻田中尋路朝海邊走去。這條路程並不短，陽光照耀我的臉部，我的身體都覺得發熱了。當我到達木麻黃林區，它正是我所盼望的漫遊和馳思之地，漫延的沙丘十分開闊，筆直的木麻黃高聳伸向空際，沒有人打擾，那裡靜謐極了，我像是那中世紀遺世孤獨的人，完全摒除了現實的爭鬪，在自己的國度自由存在。我踏著厚厚鬆軟的針葉，步上沙丘的高頂，站在那裡，視線越過前面一排幼小的樹尖，看到滾捲翻騰的白浪。我終於又置身於自己的願望之中，並且有一份依思想而行動的自我滿足。我就坐在凸出的高丘上，四周有樹木的環抱，空際敲響著潮音的節奏，天氣明朗，沒有什麼比這更令我神往，和取代著此刻的尊榮。親愛的，我愛你，我在閉目靜思中想念你，並且看到我們赤裸的幽魂在空際中呈露的形象。但是我打開眼睛，一切便像幻影消逝無蹤，誰都知道，連四周令我膽寒的精靈都嘲笑我，是的，你屬於另一個國度，並且會在那裡和另一個人結合，我只是一個徘徊於無人知曉的荒涼境地，自由幻想而排度時光的人。

我由原路回校吃午飯，並午睡片刻。醒來天色已變了，陽光消失，天空佈滿灰雲，風大了，也覺得冷了。這些記載都是真實的，不是為你杜撰的，這一日之間，變化無常，人的心靈只是宇宙的一面鏡子，人的存在代價就是感覺與承受。

十一月十六日

今天是二十一日，還未見你的信來；我的前信在上月下旬寄出，不知你的近況如何，也不知你的思想，就像與你斷絕了。昨日上午，我到苗栗監理所去身體檢查，並獲得了汽車學習執照，二十三日開始上課。我的日子現在變得無比的忙碌，受到現實生活的牽絆，也像是在追逐著現實的繁瑣。許多我在靜思或睡眠時思考的意念，都讓它自由溜走了，這些不能捉住的意念都一個一個地隨時出現，而不能付諸現實，譬如我想寫詩，卻找不到適當的時間去進行寫作，內心覺得無比的空洞和虛無。事實上，我每天都在思想，我要用什麼形式去表現什麼內容，幾乎總不能獲得結論。回顧我先前的創作，現在都徘徊著不知如何進展的境地。

我現在要告訴你一件怵目驚心的事，本來應該在睹見的那天記錄在日記裡，但那一時沒有決定是否要向你陳說，此刻是我記得我曾在先前也談過，因此決定有必要記載，才能尾首呼應。這樣的事我不曾希望發生，不論是我或別人，但它竟然發生了，也應驗了我先前的觀察，因為這樣的事總有其必然的因果。我曾談到本鄉籍的一位獨自住在台中的青年，上次（約一個月或兩個月之前）曾邀我到他台中的寓所住了一夜，看到他的一切出人意表的生活方式，他對人世間表露著怨言和憤怒，以及精神的恐懼和潰敗跡象。十五日晚，我正當熄燈就寢之刻，突然屋外有人呼叫我的聲音，我疑問是誰，便起來穿衣，但叫我的人已拉開門站在門口，我注視著，正為那種滿臉傷腫的奇形怪狀震嚇的時候，那人露齒而笑了，更增加那個臉目形狀的猙獰和醜惡，我一時認不出他，他竟滑稽地報了姓名，並說：「不認得我嗎？」他的聲音使我確認就是他。我開燈請他進來，目睹這種已不辨識原來面目的淒殘，會聚著我先前對他的印象，一時間內心充滿了無比的感慨，使我不知如何向他慰問。他坐定後向我討求要橘子吃解渴，我到餐室去拿來給他，然後他向我報告了五天之前車禍的經過，他說他看到了異象以致自己翻車受傷在昨夜的高速公路上。整夜我靜靜凝聽他的事後感想，他表示要是這一次車禍能死亡也就作罷了，現在徒留生存的種種苦惱不能解決。他的生命真可說是血淋淋的教訓，卻不知要歸咎於誰，如果是我，亦會痛不欲生。他走後，留下給我一個對生命注視的課題，雖然一個人的遭遇要由自己負責，但類似這種車禍並非意外和偶然，更可能關係到全面的環境問題；有一度，我對那些年輕無知鋌而走險的犯下姦殺搶奪而被判死刑的青年深表同情，覺得法律的消極作用不能真正改善人類的生存，並使人誠心積極向善，因為陰謀的社會爭鬪和種種不公都造就人類產生戾氣，如果沒有光明公正的法則，縝密妥善的教育，人類只有墮落一途。這世界的確充滿了虛無而來的暴力和自毀。好罷，這事恐怕不會令你有深刻的感觸，但對我卻有一個焚炙疼痛的烙印，雖不發生在我身上，也有如發生在我身上一樣的不能磨滅。

十一月二十一日

第八封

我在疑問著，為何沒有你的信來，我想一定發生什麼變化了。自上星期三下午，我投遞之後，這一個星期來，我一字沒寫，這有兩個理由，其一是要放鬆自己，其二是很久沒接到你的信息，使我無法知道你的近況如何。我不相信你寄了三張校園卡片和三片楓葉之後就此斷絕了；要是如此，卡片和楓葉就變得具有深意了；給我無窮的迴思和想像。我一直以為少女（沒有深沉愛戀過的女人而言）的情懷是單純的，你給我的印象就是如此，現在卻也覺得高深莫測，反而富於變化，充滿了詩情的雋永。你在敘情時，有如詩中的用字，表面上是單純的，但意義卻是複雜的，我現在深有這種體會；這種瞭解不是抽取其中的一段一事（如詩中的一行一句），而是對前後事實的認識，因此安置在不同時間的個別相才有深厚和複雜的意義，譬如你的唇印、卡片和楓葉，以及字裡行間直露的感情。我認為一場沒有結果的愛戀並不是浪費，結果如何並不是判定戀愛價值的決定理由，主要的是過程中呈現的純真和愛心，這有如詩中的意象，是否能啟發美的想像，使人陶醉其中。文學形式模仿人生，人生也依美學而顯現它存在的價值，所以殘篇斷簡如有美的意象，依然使人珍貴讚賞，好像修伯特的未完成交響曲，或維納斯的斷臂的形象，因為它們的存在模樣已符合我們心裡求美的需要。我無意於太早評估我們感情的事實，或故做預測會有什麼結果；我興起這種感想是由疑問聯想而來的，目的只在安慰自己，並不是什麼定論。事實上，你一定明白，我對你索求愛欲並不實際，在開始時我原可拒你於千里之外，只就表面的事務應付你，當你離開時一切便完結了；而現在一切反過來，我們把事務放在一邊，都頗認真地談起感情來；我對自己的期許是想證明自己是否有談情說愛的才情，我想這個期許的意義對你亦然，在生命中尋愛是否專注和真確。站在我的立場，我不估價你，因為你可自我評價，而我只關懷我能做出如何和多少。話雖這麼說，但沒有你的鼓舞，事情馬上結束了。一個用理智來處理生命中的愛戀之事的人，他不會毫無緣故地就去動情感愛人，他關心情感之間的平衡和對等，他不想犧牲自己，也不想拖陷對方；雖然個別有差異，但總會顧到自由抉擇的原則，能夠在身心和精神方面都是自願的，然後才有遠景和希望。沒有負擔的愛是美好的，優遊如仙境，像仲夏夜之夢，不論是否其中有惡作劇在，最好盡情陶醉其中；但是人間的愛戀並不如此，好像悲劇雖有滌情作用，但悲劇更重要的是人格呈現，悲劇英雄的精神整個在此；雖然現象都知道他的作為是愚蠢和不可能，可是悲劇本身卻必須如此安排，而人間的愛戀其主旨猶如悲劇涵蓋的意義。但，請你不要疑問我這樣說是對你有所要求，你知道，我的思想往往是代表我本身具有的精神，我總是在尋找機會來表現這種精神思想，雖然屢次都嘗到敗績。我不知道一個失敗的人，是否注定永遠要失敗，這事對我還沒有結論，我希望我能繼續依此精神路線走下去，因為現在要改弦易轍已不合乎我做人的標準。

十一月二十九日

又過了一個星期，這些天來氣候是忽好忽壞，有時好天氣不能維持一整天，大都在午後就起風轉冷。我的精神最近都貫注在學開汽車上，由於駕駛班的教練和教法都不甚很好，使我必須長時思索，目前算是順利地進行，只要依著時間跟進就可，大約再三個多星期就可以考駕駛執照，日常生活幾乎都受到這事的一些影響，叫人無法專心再做其他工作，我也把逐日的日記工作放鬆懈怠了。剛才我從駕駛教練場回來，我的心情很低落，我不是抱怨那裡的情形，而是另有因素使我的精神不適暢。當然我可以追索得出來，昨天中午，那位校工請客（舊曆十月半是收穫節日、廟前演戲、宴客等），我似乎多喝了點酒；在飲酒之前，我心裡就有準備要多喝，因此有三種酒我都輪序而飲，然後有些醉意，回到學校後便躺在值夜室，當抽了幾口香煙後，便覺暈眩，我的意識很清楚，讓天地去旋轉，但痛苦的感覺隨之而來，我想法鎮靜，讓自己睡去。更重要的是，我以為你的信應該在這個星期內會來，但還是沒有，我的心情便隨著日日積壓而變得惡劣。關於你沒信息來，我想了很多，最能夠寬慰和自省的想法是：你近期功課很緊，由於是最後一年，便像面臨大敵，又由於我給你的打擾，使你慌張，使你陷於諸事未決的痛苦狀態。我現在必須對你說，我們的通信便到此為止了，在耶誕節就結束，讓默契消逝，使生命和思想能有新的前途，因為我們無異於自陷困境，自找麻煩，對你一點用處也沒有，最重要的是你的精神和肉體生命並沒有喜悅，我明瞭這點，所以我要打消這層愛意，過去幾個月來都有記錄，但就到此宣佈結束。

我已無需再記錄近日來的生活和思想細節，其中我閱完西洋文學批評史的感想也不必在此申論，因為這些事已不在我們的情感中產生關聯和效用，還有我曾突然升起對某個女人的懷念，我十分痛苦地感到悔悟，她曾和我有七年的交往，是十年前我回鄉時認識的，她曾嘗到許多痛苦，使我現在非常想念她，要補償她，但我和她約有三年沒有信息了，現在我也不知道到那裡去找她，也沒有任何用處了，真是使人痛不欲生。親愛的，你太年輕，我不知道你是否懂得這些事的沉痛意義，我總是失敗，當我遇見你時，我把你視為我的新希望，可是到現在我已覺得又是一次失落，所以我會回憶這些事，並且在此說出來，讓你知道我內在敗壞的原因。

當你看了這封信，也許會恥笑我，一切都由於我缺乏貫徹的信心；不錯，我的性格常令我在中途打消初衷，並且常表悔意，顯示猶疑不決的意志，充滿了消極和灰暗。使我如此，都是有其原因的，你知道嗎？你能用公正的精神批判這事嗎？如果你有，你就不會完全怪罪我。我是依賴敏銳的感覺思想和生活的人，我們在生命中創造思想，如果沒有人應和和共鳴，便會自行消匿隱逝，我的情形是如此，不得不在途中折回。我真的希望你能說我的觀點是錯誤的，並且由你自身對我加以證明，否則，我仍會自以為是，並且認為你也不能給我持續的希望，相信我的看法和感覺是正確的。

十二月五日

你沒有來信的態度是否要給我試行決定收回我的心思重新去創作呢？看來情況似乎是如此。我沒有創作已有一年了，心裡正有不安和壓力，不創作的內疚感似乎比難獲情愛更為難受，衡量這兩件事，對我而言，寫作要比情愛更重要，並能給我穩當的滿足，因為追尋情愛總是徒勞無功，無法獲得期望的滿意結果，結論是求人不如求己，許多經驗都這樣告訴我，回望昔日的創作事實，現在還猶存安慰，而對過去的情愛都留下無數的遺憾。創作可以給我對生命的全部解決，而情愛的獲致卻不能夠如此，只是生活的一個項目，其他諸事猶然空懸著，反致生命的畸形，變得愈行墮落和沉淪，毀掉了全面的生活。我留待此時說出這些話，希望不致使你感到太驚訝，雖然你或許會想到我是為了不能如意地獲得情愛才做這等思想。我不否定這種想法，但你也不必太重視這個意思。還有，我仍然對你滿懷情意，但都沒有堅定的決心，你可能明瞭，我對現實並不執著，我只對理念抱著忠貞的態度，我可以把你視為是顯現於此時的理想戀人的形象，這個形象是個時空的幻念所產生的，並不永恆，會隨時空而變異形貌和性格，但是我的意志和信念卻始終如一，永不改換。你如果是個理性的人的話，不會對我的自由感到無法忍受，但大多數的女人必會無法容忍這種思想。而生命都是如此，你也不能否認，男女生命的史實都相同的。

我不便於闡述太多，我原先預定的一年考驗，目的在於瞭解你，現在只有半年而已，我感覺到你和我都有困難去達成預期的目標。那麼我要在此停擱了，我不能預測將來是否還能延續，我的能力無法去掌握未來的命運，正如我不能用言語去表達內在的微妙感覺，我們無法面對著去直覺，而便都無能進一步瞭解清楚，但是我依然相信的一件事是：我們被情勢所迫的任何決定，乃具有相同的默契，那麼我們的生命必然是自由的，必能往前追求自己的目標。祝

聖誕並新年快樂！

十二月十三日

今天是第四個禮拜，我的盼望依然沒有獲得解答，我真的不知道你為何會忍住這麼久沒有半點信息給我，我本打算在上星期三寄出的信，在我當時的一念之間沒有投遞，就擱置到現在，我已經道了再見，和祝福你，但心裡還是期望你的信息來，把我心中的一切疑慮全都推翻。我患了偏頭痛已有一、二個月，時常需要阿斯匹靈來解除短時的痛苦，一瓶藥幾乎快吃完了，而且始終睡眠不好，左肩的疼痛也沒有消失，只是威脅沒有頭痛那麼大罷了，所以還能忍受，我幾乎也學會如何不去太惹痠左肩的部份，而意識中仍時時記著那部份。一切都不好，今年真是最壞的一年，大大小小的事煩擾著這一年，而你也是我遭致痛苦的一部份。可是我並不怨恨這些痛苦，有些是我至感莫名其妙的，有些則是我能從中提煉品性的，我也不希望明年就能改觀，要在的就讓它存在，不在的自然會消失，甚至還有新來的，也必須迎頭去承受。我今天重新提筆記錄，是在午睡中想到要寫些備忘的東西，當然是有關於你，想對你的沉默揣摩一點端倪。我現在根本無法沉靜好好休息養神，只希望健康不要壞下來就好。我想你看了我的前信之後，必定增加你的悔意，對那信中的記錄感到無法忍受；我也想你的學業使你決定斷絕情感的紛擾，因為你一直認為你的學業不怎麼稱心滿意；我也想你可能受到了某種意外的警告，或則你的父母已經知道了你的事對你嚴加指責。總之，不論是何原因，我都有默契你的決定的心理準備，你做何決定，我都會依你，甚至你今天就起程回來，投到我這裡來，我也會接納你。我現在準備繼續等候下去，我也不先投遞這些部份的信翰，我雖不知道何時你才會信來，但我相信你會對我說明白。

你在那邊大概已經知曉了美麗島暴亂的事件，一定頗表關注和憤慨罷？我只想說一句話：他們真是愚笨而又膽大妄為。現在事過境遷，沒有什麼好說的餘地了。近來我接觸了繪畫界的人，他們也在互相勾心鬪角。我接到威斯康辛大學ＳＭ．劉的信，他想再翻譯一部份台灣作家的作品出版，他要我同意他翻我的作品，並問了許多問題，他有許多錯誤，顯然並不認真，尤其自早他是貶責我最甚的人，我準備擱置不理會他，我根本不想需要那份榮譽，我到底算不算台灣的現代作家，我已經不在乎這些了。

我本來想給你寄一份禮物，祝你耶誕和新年快樂，但都覺得沒有什麼意義，你也不會真的就能感受這種快樂；我只在暗中祈祝你，希望你一切順利，和早一點給我信息。

十二月十九日，下午三時

約十天之前，我憶起某一天信步走到海濱的情形，大概記錄在前信裡，我把這經過譜成一首詩，第二天我讀了一遍，覺得十分討厭，便將它撕毀忘掉了。直到昨日，我在教室徘徊，打開窗戶眺望樓下附近的景物，天氣很好，已經晴朗了幾日，我又重憶那天去海濱的事，這一次我捉住了所謂靈感，坐下來直書，如下：

突然我的心靈招喊著
要我向一個鵠的走去
秋日的陽光高耀如火輪

寂寥而偏僻的灰色小路

那音響在空際清晰可聞
當多節的火車轟隆衝過橋梁
兩岸濃密的水柳林投的護蔭
還有一道蠕動無聲的水流

還未長穗的稻葉堅挺如刃鋒
最好不要被疑鄙的眼睛看見
我隱身在褐與綠相雜的樹後
逃過在海岸巡遊的一隻獵狗

於是我悄悄地進入木麻黃樹林
僅僅是一片寧謐就是我的聖地
我站在沙丘的柔軟高頂肅立凝注
那聲音在白波的發生和幻滅間形成

十二月二十日

前面的詩作，你看了如何感想？我想告訴你，親愛的，這是我個人喜愛的詩型，我自己一再地被這種詩感動，因為你可以看出，我已撐握住我的心靈與生活的世界，我已習慣（或樂意）於這樣地存活著，自陶與自讚，且自存著領悟和懷抱希望，不論他人如何批評，我能夠自定價值，你想，我還能希求什麼呢？因為我已經自足了。

我在接近中午時分從駕駛班回來時，看到桌上一個紅色的信封，那是你選擇給我的聖誕和新年的賀卡，我的心情頓時開懷舒暢了，大部份的疑慮都掃除了，只留下一絲可供想像的未來的陰影；我是真的不再產生疑惑，我要以恬淡的心情接受一切，你要以何種樣式勸慰我，我便以怎樣的態度承受你的溫情。

很抱歉我這一次不能如期地投郵寄出我給你的信，這一個月來我是在繁雜的工作中度過，內心常滋生可怕的暗流和幻想；這幾天我也不能寄出信，心中覺得還有事，只能預期在新年的兩天假日後，再整理寄去。寒假在二月初開始，有二十一天，如果你在元月十五之前沒有寄出給我的信函，就不必寄了，需等候到二月二十日之後再投郵。

十二月二十二日

我準備今天給你寄去書函，親愛的，我知道你安然如昔，不會有任何麻煩的事，這使我放心不少，我們隨著時間的流程，希望一切安然無恙。到昨日黃昏為止，我好像看見了我自己的某種形象，不是過去我一向用詩意或譬喻的方式形容的，目的在自我安慰，支持著自己存在於這失意萬端的時空中，祈求你的愛憐，更可怕的祈求你來和我共難，以說明我在人生中的孤寂和寞落。昨天下午，我在苗栗監理所等候了三個小時，參加汽車路考，結果闖紅燈失敗而歸。一路上我坐在汽車內，感到昏暈和極欲嘔吐，我的意識中留著左背筋絡的疼痛，我的眼睛受到頭部暈亂的影響，無法看見眼前面臨的事物，像路考時沒有見到平交道前的白線而把汽車開過去。我病了，我過去不曾承認，現在卻必須肯定的就是我病了，而且像癌症一樣是不癒之症，這病我感覺相當的深沉，從久遠累積的，開始於夢魘的童年，我知道原因，許許多多的經過我記得十分清楚，但我不能簡明的說出一個單一的原因來。你明白嗎？我病得很嚴重，外表根本看不出來，就像沒有人能相信和瞭解我會在最簡易之處闖紅燈，那是自來沒有過的事，他們說大多錯誤都在技術的部份失手，他們根本不知道我內心的昏盲，我說了他們也不瞭解這是怎麼一回事。我現在記錄這些事時，是靠昨夜服藥後的清醒回憶的，阿斯匹靈已經吃完了，我到藥房去買一種能恢復神志的藥，是葡萄牙出品的藥丸，很昂貴，吃了卻減輕了窒悶不適的感覺，我決定試吃二、三個禮拜看看，但我並不寄望太多，因為我自己明瞭我到底發生了什麼事，這情形就像是那部〈精神病患〉的情形，他殺了阿蓮就像昨日我闖紅燈，我根本不知道那回事，做那事時是我在什麼也看不見的遺忘的片刻發生的，直到有人向我拍肩打醒我，我才知道發生了什麼事。

我想你能明白我以上記錄自述的事件，你也不必害怕，在我清醒的自抑下，我不會傷害你，就是你在我的身旁，我也不會侵犯你，就像我不侵犯任何人一樣；我想我在塵世雖是個病人，但我有另一神聖純潔的靈魂，常常藉此提升挽救我自己和別人，你可以明白一個星期前，我的靈感寫下的詩句，為什麼我說只喜歡這種詩型，它的型式和內涵並說明了我自己。

我也明白，當我坦直敘述了我自己的形象之後，我們的關係已經結束了；我真的明白，我們是為此默契的，其意義就是如此，不是什麼未來的幸福或什麼愛戀問題，我們根本沒有愛戀的條件，我們說的男女愛戀只是一種假借，當真相未探明之前，姑且用著這種通俗的詞語來互相溝通。我沒有什麼事可再陳述的了，請你寬懷著自己，你的憐憫不能遠達到我這裡，所以不必有那種情緒，只要記住世上的人類有這樣的一個類型，它是存在的，在人類一切行為外表的內裡，有這樣的一種靈魂就是了。

十二月二十九日

第九封

我在星期二（十五日）早晨上班到校時意外的看到桌面上有你另一黃色封皮的信，我以為近日不可能有你的信來（我正好出差參加造形藝術研習會不在學校），我拆開之後頗覺驚訝；這是你去年十一月二十日在布城投郵的信，竟然旅行五十多天才到達這裡，你寄出的聖誕和新年的賀卡卻如期到來，唯獨這一封，我充滿了疑問它慢到的原因。我想信中有一份影印資料是主要的因素罷？所以這封信可能是在檢查中擱延的，應沒有疑問，絕不是郵局的誤遞或脫班等原因造成的，我對看郵戳：布城是十一月二十日，台北的郵戳卻是一月十四日，多麼不可思議而又令人憤怒。我在去年末曾盼望你的來信而焦慮和痛苦，你並沒有錯，而是有人故意要作弄我。

但你的信充滿了柔美和愛意，我尤其欣賞奧古斯汀的那句話：「一個有自尊的人要是喪失了優點，那比什麼都感覺可怕。」我竟在那時享受不到這些，而這個時候又讓我升起無比的憤懣。我在前信（我現在疑問是否你已收到？）顯示得很絕望，我知道我自己身心的碎裂狀況，我對自己沒有多少樂觀的想法，我已將我是什麼完全對你做全然的表達了。我相信這一點你很清楚。我現在補這封信是表示我接你這封被延誤的信的情形，事實上我已經沒有什麼話可說了。我心裡很渴望你，愛你，但我知道這是不可能而又可笑的，由於它的不可企及，它成為我永恆的幻想的一部份，是和我的文學創作相同性質的東西，它是「真理」，但也是「荒謬」，是「美」的事物，卻不現實和實在。好了，不必再談這些，再過一個星期就是寒假，這兩週來特別忙碌，昨天我又冒險去監理所考試，這次通過了，沒有再產生幻覺。只要我的眼睛看清楚，意識能清醒，沒有什麼事情我不是做得完美的。星期日我在家做浴室的腳踏板，廚房的屋頂漏了，我還要想辦法去修理。現在的氣候是又冷又雨，我也是一樣，一會兒發燒一會兒冷顫，全是這自然造成的。

一月十五日

我們很久沒有信息的往來了，但這並不是說我沒有再想到你；只要我寧靜下來，我就會想到我們通信的事實，其中的細節和過程無時不在我的心腦裡迴盪著；比較當時的熱情，現在是冷靜而淡然了。我這樣說，你絕不會感到驚奇和怪異的，因為，我曾盼望在新學期開始時會接到你的信，現在已經幾個月過去了，我想像你似乎比我退縮得更遠。不過，我把這樣的情形視為十分的自然，我們不會為此而造作和擺出虛假的態度，我們不會對不可能承當的責任表現出作偽的熱心，我們對自己的情感和周遭環境都有一份瞭解，而不至於太過為難著自己。但是，我仍不能滿意於我自己這樣的解釋，這可能只是我為自己所做的理由，至於你是如何，也許你另有不同的看法。現在，我越來越不能自信自己的判斷，我似乎一直在應用過去擁有的感覺來分辨現今的事，而現今的事物事實上並不是如我所感覺的那樣，我想停筆不寫作應該是居於這個理由，因為真實的世界已不是我一向所懷想和感覺的環境了，它是全新的、陌生的、完全會讓我驚奇不住的，而我所接觸的人，他們都在跟著時潮的腳步行走，而我一直停留在原地，以為自己所站的土地是原先的那塊，事實上，我是失掉了知覺而虛懸在那裡，等到發覺時，人們已都在我的前面了，他們是跟隨那移動的土地邁向前行，於是我發出一聲墜落的驚呼，帶著無比的疑惑，不瞭解這到底是怎麼一回事。

我也不明白，我到底是為文學的創作在安排我的生活，或我的生命主旨本就如此，而文學只是用來供我做一番留下的記錄罷了。我分不出那一樣才是真正的我，是我那實際而瑣碎的生活日子，還是那不斷書寫的工作？我不知道如何才能把這兩樣事分得清楚，如果我要去考查真相，一定要費很多很長的時間，這一點必定叫我十分的苦惱，似乎也沒有這必要，也許我一旦去把它搞清楚會要我的命也說不定。要去思辨和尋求真相，也許就要勇敢地去面對結果所顯示的真實，而那真實是什麼呢？那恐怕會造成致命的覺悟。雖然如此，人無時無刻不在為此而付出他的感覺，而我相信，任何人都沒有能力獲得他的結論。

我的身體一直不好，不能有很好的睡眠，並且在白天裡又容易因工作產生疲倦感，唯一的是：精神很醒敏，像是隱伏和守候在內裡的一隻獸，會隨時為某種跡象而衝破外殼而躍起飛奔。所以為了避免苦惱，我儘量地工作，做雜事也好，正常地上班，規劃新的學習，寫日記和聽音樂。但是，我就是不想再寫什麼作品了，僅有的幾本集子已出版了，我似乎曾在信中告訴你我北上領取版稅，它不是少得可憐嗎？我自己瞭解我的健康所能允許我去做的工作，我沒有成就的需求，只有面對現實，而讓幻想永遠存留在心底裡，我深切的認識到它所帶給我的生命的滿足和喜悅，我也唯有這一份自由感，我想最後我會在它的範疇裡死亡。

你現在又如何了呢？你做好你的學業工作嗎？你是否有恆地為你的美麗耐心地去實現呢？現在應該不是為我了，而是為你自己。有煩擾你的事情嗎？但不必再操心為我。你是否計劃此刻的學業完畢後由東部到西部的加州來學電影，或繼續向博士之路進發？如果匆促地回來就業可能會埋沒著你原有的一片心志。我還存留著去美國見你的狂想，這種不切實際的想像就是我的特質，也像是我存在的真實，但這一切並不與你有肯定的關係，只是我喜愛漂泊和浮遊的一種意願而已。好了，我應該在此打住這一類的夢囈，要是我說的和解釋的太多，就是顯示著什麼都不可能；好在這一切都是不真實的幻想，否則就太可怕、太可怕了。

四月二十四日

目孔赤

一

我從未有過那麼難以起頭述說一個事物，尤其是指涉某一種人，一個我親眼看到的人，在我筆述的時候我相信他還活著，只是我不知道他在那裡。每一次他在我眼前出現總叫我感到十足的意外。我的意思是在什麼時候在什麼地點完全不能預期。他的出現所帶給我的驚震和反思使我日常怠惰的心靈產生一種機轉。他是一個景致，或者是一個景象，當他立在一個活生生的環境裡與其他的事物同時並存時，他是一個令人訝異的風貌。一個現今的真實人物會有那樣的一種給人的作用一定是超越真實，或者是我假造的，以便有著一種反現實的諷刺；但對他而言，他本身的表露是我無權杜撰的，因為他從他的表現裡所需要的就只有那麼一種形式，除了這個形式之外，沒有其他的形式值可代表他的確實存在。

我和他的首次緣遇，是在一條市鎮和山區之間的道路上，當他的形象穿出晨曦的濃霧在大路上出現時，我正好要在早晨的時光駕車上山去工作。我眼望前方，遽然發現他的身影由淡薄而漸次顯明露出形體的輪廓；他從什麼地方來的，那時他的形象給我的感覺他是由虛無之處冒出來的。

他的出現在事前或事後我都是無知的，當然我可以查訪或詢問那山區裡生活的住民。可是那樣做違背我的品性。他的模樣在我眼前顯露適足以造成一種了悟的驚愕，如果我知曉他的俗世底細，我會從那些身世資料裡裁判他的異常狀態，結論將歸於世俗的一般說詞，這樣做對我而言是毫無痛癢和啟示，因為我凡事都那麼期待有別於凡庸的價值。探討是曲徑，遇見是直徑，其中的感受是截然不相同。

他從霧氣瀰漫的天地奔出時，我以為看見的是幻象。春天的霧靄在這一帶的山區往往從昨日的傍晚開始籠罩到翌日的上午，要等到陽光高照時才能驅散。在這種情形下，要看清一件事物的形象就必須要相當的接近。他幾近滑稽的穿著一條紅色短褲，我真的一時難以判定他存在的真偽。農曆的二月裡，很少人在出門時會穿著很單薄的衣服，因為寒意還在，還可能下雨。但他的赤裸，使我大覺意外。

享受眼睛所見的物象，這樣的說辭未免給人怪異的感想。一個在他所生活的區域裡可能被指為醜陋不堪的人，我卻視他為神妙，如我要像他那樣打扮，恐怕就充滿了造作，而在他一切都是自然。

他除了那條刺目的紅褲外，上身只有一件無袖的素色背心。他的頭上綁著毛巾，大概是用來吸取額上冒出的汗水。我特別注意到他的短身材和那個介乎結實與瘦弱之間的體能，而他的肩膀上卻挑著兩頭下垂比他的體重更甚的疊得很整齊的木柴。姑且說他像個樵夫罷。但現在怎麼還有樵夫的存在呢？可是不容置疑，他確實挑著一擔柴木，我要往山區，他要到市鎮，我和他在路途上相遇著了。

當然我不知道他叫什麼名字。我說過了，為了我個人的理由，事後我不願去查問他，去冒褻他，去損傷他，甚至我亦不去靠近他，不特意去守候他的來臨，我只保持與他自然而遇的機會。

想來他已經趕了有一段路程，他打從那裡挑擔出發我並不知道，但他看來早已熱身過了。那一雙重擔和他的身軀仰仰傾傾地前後搖擺，到底是擔子跟隨腳步搖晃或是步伐配合著動開後不易靜止的擔子舞蹈，在這行路的途中真是不易辨別；總之那腳步和挑起的重擔是一個活生生動顫的整體。還未見到鳥雀飛翔的早晨原是寂寞無聲的。他的行姿襯著一片灰白和流動的霧氣，彷彿可以聽見隱身演奏的音響在詮釋著我眼前出現的景象。

然後是我和他之間急遽地拉近了距離。我開著車像是快速地向他衝過去，而他奇異地要比我的速度更迅速地迎面撲來。雖然可以常識分別車子與徒步兩者速度的懸殊差異，但我想我感覺到他的速度是等於我的車速和他的走步的總和。何況挑擔人不是用走的，是用跑的，這個經驗我在童年時因為需要挑水供家用而體認無誤，因為挑擔能用慢步走，那一定是輕擔子，而重擔子是絕對做不到的。

那是一段陡峭的斜坡，我加油往上爬升，他像是連翻帶滾地要跌進我的懷抱。哇噻。我幾乎要驚呼起來，甚至要一時慌張失神而失掉了駕車的意識。我和他就這樣在幾近危急和瞬息的情況下匆匆地照面避過去。在這之前，我想時間是很短暫的，也許在這樣的短時間之內要辨明事物是不夠正確的，所以感受到可能僅僅是一種印象。雖然如此，我看到他的每一部份形狀都有先後的順序，有如在一個白幕上由那不知景深的氛圍裡先是滲透出那條短褲的紅色塊，再看出是一個人的輪廓，跟著知道他是個挑擔人與那特別動人的跑動姿態，一件灰白的背心以及赤裸的四肢和頭部。赤裸部份呈現著淡紅的色澤。事後我懷疑著他為什麼不是像一般勞動者普遍具有的灰白或褐黃的膚色呢？我以為這個傢伙彷彿要在我離開家門去工作的途中故意這般扮演來嚇唬人，或是這一切都是我的幻覺呢？現在是什麼時代了，還有這種樣相的人存在。古初的人類也不顯現出從他那裡煥發出來的光澤和天生自然的形貌。在這個時代裡，貧富是懸殊的，一切都是對比的，甚至仁慈與殘酷也是同時並存的，諸事均可以從現象反應出來。可是他看起來並不是有意要和什麼存在的事物去做比較。唯一矛盾的現象就是在他那像是貧賤的矮小身軀上卻豎立著一個異乎尋常的寶貴的頭顱，一個大頭，他的容顏的莊美和掛著的微笑，幾乎在我和他交視的瞬間裡把我懾住了。

我從車子的後視鏡瞧見他急忙滑稽地隱入了霧靄，當然我事實上也置身在這陣霧幕的天地中，只不過我有約莫十來公尺的視距可以看明形物。我追憶這首次與他的邂逅幾乎像是在戲劇裡一樣，要非後來竟然在這帶山區裡我能到達的角落還有不期而遇的事，這僅有的一次遭逢是一定會自認為置身於夢境的世界。而這夢境的世界是我的誤撞或有意的走進也不易理會清楚了。但是，我不把這印象追憶詳細且據實招出，在往後的日子裡，恐怕會因印象已經模糊，而認為這件事無疑只是一次自欺和矇騙。我杜撰這樣的現象來蠱惑自己一定愚不可及，用繪畫或雕塑一個奇形的人物也許較易於用筆墨文字，如果沒有實際的印象，要用文字模擬那印象使接收的腦幕再經由文字構成那印象，真是難之再難。我知道我要再往下去傳述的同一件事體更需要具體的事蹟，何況我還未說到他那對眼睛的流光，那嘴唇，這些在初次的印象裡所有的，卻在後來的再遇中才看得明確和深刻。

二

相思樹林是我經常喜愛觀賞的植物，在某種相隔的距離看它們，顯得特別的柔美和綠意。相思樹林的頂層有著一個又一個的弧線來構成它們的群聚層次和深密。時常我覺得一堵粗糙的矮牆就會把人們生活的境界和自然斷然分開，牆內牆外是兩種不同心情的世界。我無事時總是站在長長的走廊下，把視線越過那圍繞著校園的磚牆，凝注著山嶺處遍佈的相思樹林的風姿。有一條泥土路不知從何處伸來通往那林子裡，似乎要延伸到山凹背後的某個村落。這條路很少看到有人經過，尤其在午後陽光熾熱的時候。相思樹林下的這條小徑幾乎快要被地面上漫生的野草覆沒了。我從短時的午眠中醒來站在廊下，神志恍惚一般地投視著那牆外的滿佈樹綠。童子們在圍牆內奔跑吵嚷和嬉戲，發出格外刺耳的尖銳聲音。我的心像不斷地翻牆一樣在童子們的跳動不定和靜止的樹林之間來回盼顧著。當那牆頂上出現移動的東西時，我像看到魔術的表演，奇幻地只有頭部，沒有身體。

那巨大的頭顱和掛著微笑的面龐突然轉過來注視牆內時，他並不盼顧遊玩的童子們，而是與我遙遙相對地看我一眼。因為有牆垣阻隔，他的出現並沒有使專心戲耍的童子們停頓下來，只有一位剛奔到牆邊抬頭仰視他的女孩子，嚇得臥倒在草地上而喚叫了出來。

「瘋子，」

群童這時才齊聲呼應著：

「瘋子，瘋子。」

他們簡直是羣策羣力的合唱。

我的眼睛清楚地看到但卻聽不到他咧開嘴說出的一句話。整個要點從他轉過頭來看我一眼到他說出了一句話轉頭回去，在我的感覺只是瞬息之間，而我的神志已在現象發生的控制之中，沒有我自己的思考。當他的頭部轉臉過去後，那一前段靠牆的小徑開始折彎轉入林子裡，所以他的身子也開始露出來了，可是那是一點點一點點斜轉背離我的視線而去。他漸去漸遠。他的穿著沒有多少的改變，依然是那條紅色短褲，而這次在上身像是隆重地穿著一件拆除兩邊長袖的條紋西裝，仍然讓活動的四肢赤裸著。他的右肩放著一根扁擔，那桿子的後端近頭處綁著一個布質的小包袱，他以輕快悠閒的步伐穿過樹林的幹隙，他遠去的背影已經縮小，直到隱沒為止。我向童子們遊戲的草場走去，找到那位跌倒但沒受傷現在猶然玩得很開心的小女孩，問到：

「他說什麼？」

「我不明白他說什麼，他說目孔赤。」

有很長的時間我一直複誦著這句曾在久遠以前聽聞過的音調，意使埋藏在深底的意識層能浮現出來，終於知曉這是我童年生活在市鎮時常從人們口中吐出的一句話，它帶著嚴厲的責批意味。那時正是一個變遷的時期，人們之間互相敵視和出賣。然後這句語詞消失了，像某些歌謠突然被禁唱一樣，社會的秩序在某種高壓下平靜了，而現在似乎又是另一個變動的時代來臨，可以感覺到觀念與觀念之間的衝擊和搏鬪，就像兄弟之間久壓的不平情緒突然高張而明顯在赤紅的眼眶裡一樣，使我們在議事堂裡聽到有人站起來大聲叫罵，在街頭看到人們和警察的拉扯和互擲石頭。夫妻也在吵架。朋友在酒肆之際毫無諒意地互相痛責。父子面對詛咒。我記得我做孩子的時候第一次聽到的是鄰居的一位愛美的姑娘因為有別的姑娘用鄙薄的眼光看她穿著教會救濟的異樣衣服而氣憤說出來的。那時我穿得很襤褸，赤腳，直到考上城市的學校才有第一雙鞋子。我也聽過我的母親口中說過這句話，但現在記不得她到底為何而說。總之，這三個字在整個市鎮甚為囂騰；盤旋著刺痛我的心靈。當這三個字前面再加三字經飛出口時，那滋味就可想而知了。無論貧窮的時代或富裕的時代都有這種親痛仇快的眼紅現象，意味著嫉妒的情慾不易從人的心中去除，那誹謗之毒隨之而至。

童子呼他「瘋子」和他回應童子「目孔赤」應是錯置對錯置，毫無正面的意義。我在學童的年紀曾混入閩南人與客家人、或台灣人與外省人的互相排斥而敵對謾罵的陣營，還有台灣人與日本人的區別中，一切顯得那麼錯綜複雜，但只要是做為其中的一個份子，就難逃那種勾心鬪角的敗絮情緒。但把他視為「瘋子」的確是「目孔赤」的行為；其實他並不瘋，童子們的眼睛也不紅。充其言他只不過是不合羣而已，他似乎能盡到做人的責任，並不寄生於其他人仰賴他人而生活。他並不像瘋子或乞丐一樣全身充滿污穢；他光潔煥發，冷靜如水；視他的怪異穿著而認為他是瘋子，我卻認為他的打扮合他的情，也合他的理，對他而言是舒暢和禮貌的，因為他的出現不是獨自行走就是工作。如果他不侵犯他人且獨自生活的話，他應享有自己的愛好，任何人不應加以干涉。我親眼見過一種溫和一種凶暴的兩類瘋子在市鎮上出現，前者害羞畏縮在住屋堆積物的角隅，後者握棍在寺廟前逢人亂舞，他們都有一個共同特徵，身體積污不能自潔，生活靠人不能自謀，並且口不遮言，胡言亂語，毫無意義。

三

有一次，我駕車停靠在山區分岔路口的雜貨店前面，下車要進去購買香煙，竟然和他面對面相遇到了。這次我和他擦身而過，互相以最近距離交視了眼光。這是僅有的一次讓我清清楚楚地端詳著他那淡紅色的和悅面孔。高貴如帝王般的長形眼睛優美地落在寬大的額頭下面，靈活澄澈的眼珠左右快速地移動，一點也不帶懷疑和壞意，不害怕人也不使人害怕。依然是那永恆一般的微笑。他那不裝作的笑容是自然掛在臉面上的，不是見到人才浮上來的，而這樣的展露似乎沒有人世間人情的意味。那笑意是本然有的，也許應稱非笑的笑，配合著那面龐形成的氣氛，是一張見不到嘴唇的嘴，像利刃在泥偶臉部劃開一線而裂開的橫痕，這與平常見到的人們臉上翻出外面的嘴唇大有分別。我和他之間那一眼的對視，使我察覺我見到的是一個非人的人，那一頃間我感覺到一種來自心靈的刺戟，對他那奇異的閃視有著非知似知的頓愕。由於遮陽篷擋住了光線，我幾乎要撞到他，但他早已閃避一旁，等候我走進雜貨店。他從篷下走出去，我轉身回頭就只能見到那與剛才的感覺不相稱的近乎野人般矮小的殘軀。我的心每一次見到他總是充滿著這不解的矛盾。那是一張我的眼睛所見到過最為脫俗和美麗的臉，沒有半點狡黠或陰惡的色彩，也不單為聰明或智慧顯露采光的那般存在，那是近乎神聖和純潔而毫無人世歷練的形跡，有一點注視野獸面貌時所感覺到的那種本然和透明。但他是一個人，這是千真萬確的，而凡是人都可以多少瞭解的，無論從那一種資料或聽聞，或甚至親自和他面對，而又不止一次見過他的模樣的話。我已經費了不少心思和氣力，目的就是企圖要來描述一個我不能瞭解的人。這個人至今我還不能絲毫辨別他，我的述說僅能做到模擬和接近，而到底和他的本樣還差距多少，我也不知道。也許我做的是一次無用的探討，這樣一個人的存在適足於證明我的無用處。是的，我幾乎忘了，在這一次那麼近前的碰面中，我好像沒有見到他有眉毛，和記不得他的鼻子是什麼樣子。關於眉毛，人們是易於從它的形狀辨識一個人的忠奸或具有某類野心或什麼的，鼻子也可以讓人揣測出運道的遞變。可惜，我無論如何想不起他有沒有眉毛和鼻子。可能有鼻子，我相信，但因為是正面注視就看不清什麼形狀。但我則可以確信他的臉上沒有眉毛。這時也許應該聽聽別人怎麼說他罷。他走了之後，我走進那家雜貨店，有三四個人在裡面，有兩位婦人家在對談，好像講的是那人的背後話。

「敢是有娶妻？」

「早前有娶一個女子。」
「怎麼跑的？」
「他去當兵，那女子和別人同居。」
「他回來後呢？」
「他就像現在這樣一個人。」
「沒有發生什麼事？」
「沒有。那女子還住在五里牌。」
「那女子不是有一個小孩嗎？」
「不像他。」
「像誰？」
「只像那個女人。」
「有人見到他走往五里牌。」
「他拿錢去，放在門口就走了。」
「他有錢？」
「賣柴錢。」
「現在一擔柴能賣多少錢？」
「不多。」
「真罕有。」

「現在是什麼時代了。」
「他來買什麼？」
「鹽。」
「除了鹽，他什麼也不買。」

我買了香煙走出雜貨店，四處觀望已見不到他的影子。我很快駕車離去。真想不到那兩個婦人的談話，混淆了我一味的觀感和想像。這是不能避免的，已經聽進了耳朵，除也除不掉了。想到一定還有不少有關他實際生活的談論，雖然我沒聽到，也無意要去探究底蘊，但我想這山區的人們凡見到他的包括孩童在內一定都把他視為瘋子罷？我絕不這樣認定，他甚至沒有我們慣常所謂的情緒，他有一個凡身，卻是另一種超然的存在，這可以從他的臉上看出來。他是一個近乎完全的在人的課題裡最最困難獨善其身的個人，他以最明白的心態活著，不假借任何事物張放他的慾望。有時，我所敬佩的人是以思想知識存在的，但他卻高勝一籌，不是嗎？知識的世界可以追趕和超越，可是，來自自然的本象是無法模仿和超越的。他的容顏象徵天庭，而他的賤軀落實於人間。難怪他的出現會佔滿我的思潮，激盪我的心靈和想像。

《聖經》裡，拿撒勒人耶穌出現在曠野，有許多人跟隨他，他向他們講道，並為他們治病，耶路撒冷的猶太法老聽到了就心感不安，他們去見希律王，說耶穌是異端。目孔赤。當兩隻不相容的野獸相遇搏鬥時，牠們的目光就冒出了凶猛的火光。不言而喻，目孔赤是一種嫉憤仇視的現象。我曾目睹臉色蒼白目眶空洞的知識青年三三兩兩走進了咖啡室，不久就不知為何事而爭得面紅耳赤，眼睛冒火。還有那些口嚼檳榔無事站在街角的男人，兩眼充滿了紅紅的血絲瞪著行人。當我每天早晨不分晴雨為著一天的賺得驅車從市鎮開往山區工作時，我不由得抬頭瞻望視界盡頭的那堵藍藍的山牆的壯麗，太陽凌空高照，橫在兩個市鎮之間的山嶺依然背光瀰漫著暗藍的氣氛，我的心胸充塞著過去的記憶，我會思潮洶湧，我曾是一個目孔赤者，妒慕著別人的成就和榮譽。我有時獨自悲哀流淚，疑問著不知，該向誰去學習。

四

某日，我從書房的座椅站起來，把閱讀的書本放回櫥櫃，並且把收音機的音樂關掉。我走到客廳，在門口穿上外出的布鞋。一個聲音從背後追問過來：

「你要到那裡去？」

「我要去散步。」

「到那裡去散步？」

「到海口的地方去。」

「沒有為什麼事嗎？」

「沒有什麼事。」

我自己心裡明白，我要在假日外出當然是有事，只是心中的事不便坦白地道出來。顯然的，我對書本的某些知識已失掉了興趣，年輕時代保持至今的音樂愛好也有些煩膩。我心中突然渴念著一個女人的影像。我記得在城市讀書的最後一個暑假，我回到市鎮來，整個假期裡和市鎮的幾個同伴混在一起遊玩嬉樂。我們經常聚集在火車站前的廣場邊，坐在一位賣西瓜的女郎的棚子裡，一面吃西瓜一面和那女郎談天調笑。漸漸地我們和她混熟了，除了吃飯和睡眠外，不在那裡和那女郎聊天為她做雜事會感到日子很難過。直到有一天，不知是我們纏著要求還是她主動邀請，我們幾個人分乘兩部腳踏車，踏著月色到她海口附近的農舍去。事前都不清楚，她也不曾透露，到了那裡我們見到她的另一位姐姐。那位姐姐的挺立身子和容貌真使我們感到意外的驚喜，姐妹兩人的風姿有異樣的區別。那海口有茂密的木麻黃樹林做為海防，附近稀落著少數房舍，環境十分的幽靜。從那次的拜訪以後，我私自背著他們，獨自在夜晚去到那木麻黃樹林裡，和那位很少有人知曉也不曾在市鎮露臉的姐姐會面，在幽暗和傾訴的海潮的低鳴環繞中，世界好像只有我和她兩個人，以及我們互聞的舒緩的鼻息。但是暑假的日子很快就結束了。也從那年開始，我在別的異地落腳生活沒有再回到這個市鎮來。我因工作的關係再回到這個市鎮是十多年之後。這時，我迫切地思念著她。或許時常我會在記憶裡短暫地閃現她的影子，然後又會很快地為日常的事物淹沒消失。但此刻，我再也按捺不住了，我必須不顧一切去找她，不論此刻她還在那裡或者不在。

我清楚的記得，那時為了避免讓人看見，我並沒有沿走第一次乘腳踏車和同伴去的那條鄉村小道，那時這種道路只供牛車行駛和行人徒步。我是由郊外的一條溪水通往海口隱身而去。這個市鎮的環境現在雖稍有改變，但溪流卻永遠是那個樣子地存在原位置。我儘量憑記憶尋著當時的舊跡行走，在這白晝裡我才看明這條要去會見那位姐姐的途徑是頗為曲折和阻障重重。我現在清楚著我的心情因為時光的壓積，恐怕要比年輕時更為急切和堅持。

走出了市街，我來到溪流的堤岸，然後下到那滿佈著石頭的乾涸河床。假如現在我是面對著南方，那麼左手方向的東方可以看見那座幹線路經過的石泥橋，我右手方向的西方就是河道下游的轉彎處，再過去就是海口，遠處的木麻黃樹林的尖形樹梢已能被我遙見。

我的心情既亢奮又憂鬱，我的行動顯然已有相當時間的醞釀。我似乎已經下定決心。而我我已經走到溪流的中央，正在踏著那些起伏不齊鬆動不穩的石頭前進。我的口中誦唸著當年熟記的雪萊的一首詩：

有力的鷹隼，你高高飛行
在霧氣瀰漫的山林上空，
鑽入晨曦閃耀的碧霄，
像一片彩雲急急趕路；
當夜色降臨，也不顧
欲來的狂風暴雨的警告。

忽然在我的行進間，空曠明亮的天宇陰暗了，由我的背後呼嘯著一陣聲響，追過了我，在我的頭頂上空覆蓋著急速飄來的烏雲，雨滴以筆直捶打的方式落在我的頭髮、臉部和肩背。我遽然止步，心中充滿著衝擊而來的遲疑和惶悚。我回轉身軀，抬頭注視距離約有百公尺的石泥橋，在那橫跨溪流的橋面上，有著來往走動的行人，其中一位穿著簑衣和紅短褲的正是他。我不覺遠遠盯住他轉過來的那張咧開嘴縫的臉孔，感覺從那多麼怪異的妖魔臉上，有兩道光芒穿過密集的雨林投射過來，使我震顫和憤懣；我一時像被那電光擊中，突然喪失神志般僵住了。

作於一九八七年

我愛黑眼珠續記

在晨曦的霧靄中，劃過丘陵起伏的高速路已充滿了車陣。在這條美好大道所經之地皆能睹見山景和花樹。李龍第和其他要進城的坐在汽車裡，他沉默地臨窗外望，曦光和灰霧的雜奇景物看起來似乎藏有詭譎和虛幻。像被柔美的旋律所帶引出來的感傷，李龍第由心靈底處湧出憂鬱的思潮。至今他猶不知晴子的下落就是一例。車行極快，大部份的車子都能循序依線道行駛前進，但只要有一部車急劇亂闖，橫行於各線道尋隙竄行，就會引起和帶動一些不服氣的車子跟著衝動起來，毫不顧忌別人的惡感而超車競駛。大貨卡也駛到內線道來，小車子常有被夾在前後兩部大貨卡中間，或左右被貼鄰，望著大車輪在眼邊滾轉的恐怖場面，使人驚嚇得面如白紙。李龍第有時百思不解，為何人們竟然被養成一種急促搶先的性格，這種不能尊重他人的習慣到底所由何來。

天氣有轉晴的跡象，輕薄的雲霧正在逐漸移動消散，乘坐在汽車裡的人可以透過褐色玻璃窗瞧見山坡上相思樹林柔和的形姿和綠意。太陽光從雲隙傾瀉出來了，使山影呈現立體的感覺。紅色和白色的杜鵑花被培植在修築的坡道上，稻田上的水光襯托出綠禾的整齊和秩序，明喻著井然成長的道理。可是在橋梁下，當車子行過水泥橋時，瞥見的是被掛在河岸邊的工業廢料的塑膠垃圾，河床被挖掘出處處窪洞，好似砲彈打過的坑陷。幾乎靜止的水流污濁得在淺處也見不到底。那種不諧調和污染破壞的景致，使人的眼光黯淡下來。置身在這條精心設計和高價錢的平坦大道上，簡直像旅遊於夢境，但這種經驗卻不可避免地會想到與舒坦相反的顛震和不快的現實來，只要車子駛出弧彎的交流道後，與其連接的竟是補綴再補綴的畸形的鄉村道路，路面鬆散或坑洞或高凸均無奇不有，像似被打傷而永不癒合的顏面。夢與現實相距如此巨大，如此令人產生不適應的心理，使慣於旅行在高速路者恐懼駛出，使被囿限於鄉鎮奔勞者也害怕駛入。夢和真實原本在存有的範疇裡是合一的理想，而不是構成於意識的虛幻。

這條美麗的輸送帶的兩旁風光，有時還能遙望另一種晦深的感觸，有些是零散在田間的隆丘，有些是疊滿整個山頭的層面，那種參差不齊的擁擠墳塚和墓碑，從遠而看是風景的一式，但每一個人似乎都曾親臨那實際的場地，在雜亂的蔓草中尋找和祭拜。

由於鄰座的人想和他交談，使李龍第站起來，走出他的位置；他看到後端猶有空座，就移到那裡孤獨地坐下。他傾身倚靠著坐墊，沉靜地緊閉著眼睛。車廂內一直有著談論的語聲，但他儘量不去聽聞。有人高聲把話題引到近來發生的種種社會現象，他們談到的無非是表面上事情的誰是誰非的論斷。他覺得他有滿身的疲憊感，要想在強權的區域明辨是非就像在巨人的面前比劃拳頭。對他而言，最重要的莫非是能再見到晴子，這才是他最關懷的事體。

這時不知從何處飄來的濃煙瀰漫在高速路段，車內的乘客雖享受著空調設備，仍然能嗅到一股戴奧辛的刺鼻氣味。有人取手帕摀住鼻孔，有人躁急的期望車子迅速衝過這股毒氣的薰陶。乘客們顯得情緒忿怒，坐在最尾端的李龍第也受到影響而睜開眼睛望出窗外，發現天氣又變了，一切景色意外地灰暗和殘破，天邊有散亂的捲雲，近處是翻轉的煙霧。難過的時刻終於過去了，但是人們在車廂裡可以感覺車速漸漸地慢下來，隨著無聲般滑行一段距離後，就完全停止了。片刻間，原本在暢行無阻中空盪的路肩位置，突然有一輛黑顏色的計程車開過去，繼之跟隨許多各形體的大小車子，一部一部魚貫地從後頭而來，向前而去，只有這邊兩線道的車陣眼巴巴望著卻絲毫不能動彈。這種現象，對經常在高速路跑的人都知道前面有車禍的可能，那麼到底要被堵塞多久就得靠運氣了。車陣偶爾會隔半分鐘緩慢地移動兩三步，有時是左線，有時是右線，並不同時。就在這種現象產生時，就有車子打著方向燈搶先一步駛出來，由左到右，或由右到左，在兩線車道間來來往往，即使在半分鐘事實上只推進不到一百碼，也覺得它比別人聰明和神氣。警車的呼嘯聲由遠而近，但路肩上的車也塞滿了，警車過不去停下來，不斷地閃著車頂的紅燈和發出咻咻的叫聲。兩位面戴墨鏡的年輕警察，頗有修養又頗富人情味安詳地端坐在駕駛前座裡，像趕鴨群面對鴨屁股等候路肩的車輛一部部想辦法往內靠，而留出空間讓他過去。沒有人知道或看到前面到底有多遠是肇禍的現場，也不知道警車何時開到那裡，除非在幾小時後恢復暢通而路過時，才能見到有幾部扭曲和殘傷的車子被展示在路旁，宛如抽象雕塑。

在晌午前，城市裡的主要街道上已經站滿請願示威的遊行隊伍和觀眾。比較小規模的示威遊行曾經在所謂解除戒嚴之後一波一波地過去。雖然有某些人被懲罰了，但訴求的行動卻能因凸顯而獲得效用，使當局不是在某些措施上改弦易轍就是直接去滿足他們的需要。這種行為會感染貪婪者，也被視為達到某種權益目的的手段。單純的請願遊行看來值得鼓舞，也使人同情，要是他們十分有秩序地走過街道，將使人感覺他們合法合理，尤其靜坐更令人感到他們自愛。如果不然，演變成暴動，造成殘傷累累，這就另當別論，難以辨明真相了，一個事情到最後會改變形態，背後一定有著深沉的底蘊，不像偶發事件即可當下結束；如果那個事情是有著長時間的歷史淵源，或帶有某種仇恨色彩，天啊，這不但不能隨便立下定論，還可能會延伸歧義，沒完沒了。當局最感頭痛的就是這種帶有複雜因素的事件，而如果有一個當局的反對者存在的話，當他們猶在弱勢時，就可能無所不用其極的利用各種機會來加以發揮攻勢。這像是自然定律中的一種生存競爭，不必拿著真理和善惡何在來辨別他們。

晴子就在遊行的隊伍裡面，她是他們其中的一員。她在六十年代那種略帶稚氣和想法刻板的模樣，經過那次洪水洗滌，已經變樣了，現在她參雜在男性的行伍中，她的成熟和英挺比誰都更引人注意。李龍第也看見她了。觀察者以好奇和讚賞的眼光注視晴子，是因為她這一時刻中的外表和行動意義，而真正能從一種深遠的記憶認識她的，卻只有圍擠在群眾裡探頭尋視的李龍第。即使她的外貌和衣著已大別於往昔，即使她可以否認自己就是那個在洪流對岸屋頂曾經歇斯底里咒罵過他的無情舉動的晴子，但於李龍第而言，晴子順應社會的變遷而裝扮的角色並不為他所重視，任何人都具有變色龍那種因環境而更換色澤的能力，但他堅持肯定在那個軀體裡藏匿的是一種原始單純的素質。李龍第所認知的就是這一點。當大水的洶湧阻隔著他和她於兩相對望而不可相聚的時候，他冷靜而持有的也是那個被激動所一時泯滅的本質，他的內心沒有因她被水流沖走而放棄對她的同情，即使不在今天重見她，而是永遠無法再見她，他也不會喪失他心中對她的想念。愛就存在於這個個別差異裡而不僅僅選擇它的類同，就像它不是一時的權宜和婚姻，而是一種時間的痛徹瞭解，是對全生命的認知和關懷。它貫穿於各種現實行為的矛盾，有如統攝著各種色光和形狀的思考結果，它使現實寓居存在著一個恆久非現實的理念。不憑著這種認知，李龍第所見到的晴子無異於觀眾的一般感想；而這種識別，觀眾眼光所視的晴子的真，在李龍第的眼裡就是一種假；觀眾眼中所存在的真相實體，於李龍第而言根本就是幻覺形影。所以在這個形如洪流來臨的人潮裡，李龍第冷淡地無動於衷於激動的觀眾情緒，他置身於萬般險惡的境地而不顧，只關注著某一個人，跟著那行動的潮流保持距離往前移動。但是晴子，她忘懷個人的過往經歷，她迷醉和滿足於眼前的情境，陶然在一種虛擬的榮耀裡，感懷自己行為的偉大。

在路經那些沒有官署機關建築的一般街市上，遊行的鬆散形態近似戲玩和迎神賽會的性質，書寫訴求或抗議文字的簡陋白布條在風中飄晃著，執旗者的赤條手臂僵硬如木棒，卡車上鑼鼓的交敲十分凌亂不諧調。道路中央的隊伍和兩旁的觀眾相互打趣說笑，行伍中有人擅自離隊跑到路邊買檳榔和飲罐，路旁也有人和隊中的熟人打招呼跑去遞香煙。跟隨著看熱鬧的閒雜越來越多，狹隘的街路呈現著空前未有的擁擠和無秩序，形成一種交混，使原來的示威者和群眾成為一個意義曖昧的膨脹集團，把零星站崗的警察擠開了他們為監視而站立的位置。看在眼裡的李龍第心想著：這是一個被疏忽而可能造成嚴重後果的關鍵。但是這也許是將要蓄意對抗的雙方最想要利用的所在，不論將來演變成如何結果，誰都可以推託這種開始就失控的情勢。李龍第無意趁便走進去接觸晴子，她不會有預期而特意在此時的羣眾中看到他。他們之間已有頗長的時光不明對方，僅在數年前的一次示威大對抗中，報紙曾登過晴子的照片，她被判監禁的刑罰，出獄後仍然致力於她自許的社會運動的角色。而李龍第則為個人生計居於沒有自來水可飲需掘井的偏僻鄉下。晴子有著徹底改換自己的理由，在她心中斷了有李龍第的牽連。因此，李龍第能在此時看見她，而她根本無視於他的存在。

一只空啤酒罐從一位矮個子的手中拋出，像單隻首先衝出籠子的灰鴿，撞打在聳高的商業大樓光滑堅硬的大理石壁上，發出一聲亮音，不過馬上被喝止，被警告還不是時候，才沒有引發醞釀的妒憤的糟亂。人潮像雨季匯聚的水流越湧越多，情緒越來越高漲。開始時在各區域地點集合的團體，經過一段時間的遊行後，逐漸地在較寬廣的地方匯合了。行動中，人們不忘瀏覽街市景觀，排遣心裡頭壓抑未發的單調氣悶，這時眼光紛紛朝前注視建築在圓坡上顯得刺目的紅燈籠樣的那家大飯店，它像是被高倍放大鏡放大了浮在空際中，而瞧見它似乎易於引人在腦幕回味那屢屢不厭其煩地在電視上所報導的首長們宴請國外嘉賓的華貴場面，紅色和金色的佈置襯托出權勢的迷人神祕，美麗高雅的仕女和彬彬有禮的男士互相舉杯和溫文的交談，彷彿在古老的傳說中一模一樣，令人不勝遐想和嚮往。有人甚至一生都沒有機會進過這家古色古香的屋子，住一夜等於法定公佈的勞工一個月所得；窮其一輩子大概也沒有口福和心情嘗到那些冰雕藝術陪襯的佳餚美味。一位相貌魯野的傢伙從嘴裡吐出一口檳榔汁在地上，他旁邊的人這樣說道：「喂，別吐血，這無異於酸楚的味道太濃。如果國家是一整體的話，首長們就是我們的頭和臉，他們代表的就是我們；他們穿好吃好，我們會感覺舒服，精神愉快，手腳強壯，使我們幹粗活的更加勤勞工作。」李龍第像一個怕惹事的懦夫躲進路邊的冷飲店。

這個遊街蠢動的日子，連店子裡也坐滿議論紛擾的各色人等。李龍第低垂著頭坐在角落歇息著，即使有宏亮的聲音明晰在嘈雜聲中，他也不舉頭看望。就有這樣的一個聲音不以為然地表示著當局拿十多億美金到國外打贏一場所謂漂亮的外交仗，其論調顯然與報紙上的無精打采相悖。他說：「許久許久之前，有一個愛面子的人家，有一天來了幾個朋友，因為家中沒有什麼好東西招待他們，只好宰殺一隻孵蛋的母雞，因為怕嘴饞的小孩吵嚷，把他們趕到鄰居去看管，並囑咐病榻上的老母親不要出聲呻吟，然後一夜歡飲。」李龍第抬頭看著這個說故事的人，他看來像六十年代面熟的如今已有些老樣的落魄書生，還繼續留著一頭長髮，眼睛紅紅地瞪著大家，露出憤慨的表情。

李龍第付完帳閃避地步出店子，他有些煩厭裡面七嘴八舌所道出的陳辭，他更緊要的是還要去跟隨遊行的隊伍，擔心跟丟他心中掛慮的晴子，但他真的迷惑了，人羣太多，使他有寸步難行之苦，卻望著遊行者在路中央如波浪般浮動而去。他舉目所望，無法識別在那路一隊是那一隊。他盤算只有一個辦法可行，不再依循著跟著他們，他轉進巷衖，預計著他們可能的遊向，抄捷徑趕到前頭別條街路去等候。

他一面打聽遊行隊伍的路線，一面加緊地趕路。他看見戒備的警方在某些路段設置的障礙防線和他們的防身戒護裝束。他想這種圍堵措施恐怕會失效而釀成大災禍，因為這種明顯排陣式的準備本身就是認定對方為敵的心理顯露，將成為激怒對方的誘餌，只有逼迫對方走向衝突的途徑而別無選擇。如果不是有戰略上的考慮，顯明的是極為愚笨的戰術，聰明而有誠意的佈置者絕不會有這種考慮。記憶中打不還手的前回對抗事件，一方是膽大包天，一方是蠢相百出，事後是新聞界如泣如訴請求全體百姓的同情和譴責的呼聲，整個是一場醜戲，並沒有多少真價。李龍第對這樣所謂改革的事需要陣痛的觀念莫不感到缺乏智慧。但要不是它的發生，他還不知道晴子存在的樣相如何。他的觀察還發現這些待命的警察和路障幾乎都陳設在各個重要官廳所在的附近。他們寧可成千成百地固守在那裡，也不早些移動去把觀眾和真正代言的請願示威者分別開來，使不交混而護衛他們順利地到達終點，並且接受請願的儀式。是不願那麼便宜的就化干戈為玉帛嗎？人雖是肉身組成的形體，卻包裹著一種真理和感情的熱力，當這股力量聚集形成像滾動的水流向前奔馳時，只有導之成河，讓它流到海洋，使之歸於安靜。相反地，任何阻擋都會構成敵對和破壞的狀態，雖有可能被壓制得效，但這也表露著因屢次的衝突而造成不共戴天的事實。而以高壓和欺瞞的手腕處事，不只使歷史學者良心不安，更令社會學者為百姓抱屈。至今竟然還任官僚談笑風生，說出要賺錢不要空氣和環境乾淨的瘋話，還任厚顏無恥者坐在高高的議席上擺出清白的面孔說謊，鄉下人皆知其霸佔著特權和賄選，在選區出盡糗事，大筆選票錢被黑吃黑，甚至還有因嚴重背信而被槍殺。難道還不想自我嚴整紀律重建清廉形象嗎？難道腐朽還不剷除，衰老還不請退任其阻礙社會的革新嗎？這些長期以來因循苟且、隱瞞弊端、弄權玩法之事均使沉默的多數人產生無奈的感想，像李龍第者流。他回憶自己做公費寄宿生的時候，有一次因全體學生在餐廳抗議伙食被剝削而用筷擊碗，當羣情激憤時，他跳上餐桌舞蹈，教官們躲在門縫窺視，捉他以鬧學潮為由開除出校。他被宣佈為學校的毒瘤和盲腸，應該加以割除。這個畢生的烙印深深嵌在他的心靈上永遠存在。他親眼見到，甚至大多數同學都知悉，每天早晨採買車回來，教官和廚夫紛紛上前割肉帶走，以致當伙食委員的學生也效尤在深夜時盜賣米包給糧商。不廉政是國家的濾過性病毒，影響深遠。那次官商勾結所造成的禮堂倒塌而死傷的無數女學生，她們的冤魂知道最近的重大貪污也也獲得減刑時不知作何感想。有人說國家的稅款部份納入官員的私囊，當然此說還無確據不可盡信，但是現在在城市中追逐聲色的到底都是誰和商人在一起呢？那種膚淺的文明外表都是什麼東西在支持的呢？公務員的微薄薪津怎麼足夠為鋪張的慶宴和賭博的支出呢？還有他們的子女及早出國去的生活費用呢？教育部四十年來最大的恩澤就是免除全國小學教師的值日夜勤務，這個特別選在元旦發佈的消息，給一向不甚明白小學教師到底在做什麼工作的人感到意外和唐突，可是命令下達之後，小學教師依然在鄉村在偏遠的角落頑固地還在執行勤務，每週分配有一到兩次，他們莫可奈何地苦笑道：「紈袴的官員啊，請你們不要開我們的玩笑，和隨便玩花樣好不好？」當國家的外匯累積到數目驚駭寰宇之時，國內地方的小學教師服務屆滿依法請退，卻推說無錢無法照辦。高官和立法委員之間的買賣，玩百姓於股肱之間，以百姓為芻狗。這時，李龍第看見幾乎各種人等都有的請願示威隊伍的前頭者已經臨近於警方架設的嚴防陣地。一個外國青年，自安全島的樹間匍匐過來，手拿著利剪，正在剪開拒馬的鐵線，但他被警方發現，把他架走了。警方的麥克風大聲告誡著：

「請理性的遵守秩序，停止前進，不要越區走過來。」

理性一詞就像那些曾經宣佈的官樣文章一樣，只有命令下民做到，從來對當政者本身不必有相同的要求，因為理性的浮表意義就是不能動粗；的確他們都是受高等教育外表斯文的紳士，凡事動口不動手，這叫粗民怎麼有辦法在事情上說得過他們。遊行者也備有一支回話的麥克風。

「警察先生，請讓開，請你們理性地守護我們的權益，不要橫擋我們的去路。」

這樣的對話很可能因為任何一種意外衝動起來。李龍第欲想離開這個區域，以免滾捲進去難以脫身或遭到池魚之殃。所謂理性，並不存在於雙方對峙的空間裡，也不存在於身不由己的警察和羣眾之中，理性早已用盡在事前的時間裡了。李龍第因為還沒有見到晴子在隊伍中，他才知道今日的遊行是一個全面的運動，以抗議過去頭痛醫頭、腳痛醫腳、寵壞貪婪者、無視沉默大眾的敷衍似的革新措施，各階層的團體和人數之眾是難能僅在一個廣場或街角就可以看到全貌。他心中想著這種擺明態度的熱鬧現象，即不能說成正義或不正義，亦不能辨別孰善或孰惡，只像是風雨或高低壓互相推移和替換。將來的社會，在朝或在野，均能產生失敗者反撲的現象。這種朝代歷史已成為陳舊話題，內容毫無新意。真正使人思考的是人性的問題，一切事態背後的主因都是它，它使人正義，也使人腐敗。即使熱血沸騰的事物也會使人痛恨入骨，尤其那僅就表面或一時存在的現象。想當年三七五減租實施時，李龍第正值年幼，生長在鄉下，他看見家鄉的農夫得意地駕牛車到街市，把牛綁在榕樹下，丟下一把草料，便走進酒家歡樂通宵。如今那酒家還在，但人呢？卻因為時代的變異，把農產品和禽畜拋向街市，以表抗議沒有保護他們的利益。這在李龍第看來至為可惜的是那些被當作利器的作物，而人本身也有被當作工具來操縱和利用的。真正使他惋惜的是這人性的墮落和淪為物具而使用，他想逃開的正是這種物化而廝殺的場面。一切戰爭無不是如此。所以他見不到晴子大為慌恐，怕她成為這波浪潮的粉碎花朵，喪失為人的價值。

綿延的行列正陸續的從一座橋下通過，還在後面的晴子，不經意地抬頭掃描那些站立在橋上觀望的人羣，她像觸電般震抖了一下，感到有些意外。她再注意看清楚，是他不錯，但有點懷疑。李龍第出現在陸橋的端頭，走向中間來。他陰沉不快樂的臉上，顯然多加了一層尋望的表情，在這樣的場合中，他根本沒有一般人那種戲鬧騰熱的表情，這種天生的容貌曾使晴子喜愛認識他，也曾使她痛徹地恨他而與他分開。這時重遇他那並無更改的容貌表情把她的過去無情地喚醒。晴子心中直呼著：

「你這天殺的李龍第！」

他再度找到她了，他從上俯下看到她們的隊伍正從遠而近地移向陸橋來，可是他沒有來得及接住她看見他時的眼光，他們是個別地辨認到對方。陸橋上不但擠滿人，連帶附近火車通過的平交道也壅塞不通，火車被迫駛回車站，一切陸上的車輛交通都停擺了。他站立在一個可以斜俯注視隊伍穿過陸橋下的位置，清楚地看明昂揚的步態。他冷靜下來凝望和思索他所見到的她那容貌煥發的意涵。但是晴子奇怪自己為何還不容易在諸多面孔中忽視他，她內心中的納悶使她不要正面和他交視，她不願露出分神的窘狀來。她這樣想卻不容易這樣做到，她心裡有不斷要想到些什麼事情的激動，這和她此時的社會使命感產生著激烈的拉扯。這種內心的衝突使她對他的氣憤超過她平時痛恨某些社會不公平現象，使她打從心底裡翻騰起來對他憤怒，令她幾乎昏厥失控。他們的對比情緒，在熱太陽下，在充滿騰動的人羣中，他們彷彿透過無形的空間在進行對話。

「晴子，妳看起來很好，比較從前是不相同了。」

「你怎麼都沒變，還是那個老樣子，甚至比以前更深沉陰鬱。」

「晴子，歲月應該使妳衰老一些，但妳的精神很旺盛，妳的身體也很健康，我記得我們在一起時妳常生病。」

「只有天知道，你到底擔當了什麼重擔，使你比以前瘦弱，是老了？我想你的生活一定過得不好，像我們以前一樣沒有吃好。」

「晴子，我雖清楚地看見到妳，但我缺乏自信認妳。妳當然是妳，但對我而言，好像妳已經不是妳。」

「我還能一眼就辨識你，但是你的存在對我已經沒有絲毫的意義。」

「晴子，我是否該為那次的洪水而後悔？我相信我們是可以永遠在一起的。」

「我們過去是有一段貧窮的美好日子，但與現在相比，懷念它是矛盾的，最好認為它根本就不曾存在過。」

「晴子，不論怎麼說，我們確曾在一起生活，這在心中是永遠抹滅不去。我說妳曾屬於我，或我曾屬於妳，我們互屬於對方，這是否與事實無誤？」

「你到底怎麼想我不管，說有許多許多的證據證實我們曾在一起，說我們原是分不開的一家人，但此刻我和你的明顯分隔不是更重要的證據嗎？人分兩地，你的證據說的是過去，我的證據擺明地指的是現在，是現在可以知覺的每一分秒，這你要怎麼說呢？」

「晴子，假如我們能為了締造將來，過去是不能被我們忽略的，不是嗎？」

「我依稀記得我們一些過去的言談，那都是夢的話語，與事實連不起來。要不然，就是夢和事實混淆不清。我受不了你的善變。」

「晴子，人的希望不因有中斷和分離而變異，尤其分開的原因是不可抗力的情勢，妳應該瞭解這一層。」

「我當然可以理解。但你可知道你的行為表現得真的是空前絕後，你現在憑什麼理由來填補這麼大的缺憾和空洞？」

「晴子，妳只要想到這一點：我們出生在同一個鄉村，童年進過同一學校，成年時是朋友和伴侶，共同經過苦難的歲月而相依為命……就憑這一點罷。」

「你說什麼我也不感動於衷，是當初你把我割棄了，我現在的自立依靠的是自我的肯定：不論如何，我不再回到過時的關係去。」

李龍第默默無言，眼睛望著晴子和隊伍通過陸橋下。他由這邊橋柵移到另一邊橋柵，望著晴子的背影和那些如長蛇的行列漸走漸去。假如他是為她而來的話，晴子自忖，他應該會向她打招呼，但他絲毫沒有表現出這個人常的舉動，所以她完全相信自己對他人格的判斷，對他設想什麼純屬多餘。她幾乎在這一想法的瞬間要大聲喚出：

「兄弟姐妹們，前進，勇往直前地走下去！」

她有衝動卻沒有真正喚出聲都是因為她看到他那凡事理該應為而卻無為，或相反亦然的違背期待的態度，她甚至發覺自己有著那種越不想理會他卻越氣他的情緒。

「想想我自己，我現在非弱女子，亦非過去觀察老闆臉色的店員。我鍛鍊自己站立起來，男人能做的，我們女人照樣能做，這是個人要求而成為時代需要的天地。你，李龍第，看來你還曾給我這個機會呢。可是，至今你還是那個差勁的角色，使人對你產生輕視。現在的時候，誰不為自己本身的權益走向街頭呢？現在的世界到處都是這個樣子，獨你是個例外。你酷像夢遊者，不知自己身置何處，亦不知自己是否有生命。」

有如意料，前行的隊伍被阻擋了，掀起嚴重的爭執。當幾個領頭者跑向大建築物前廣場和排成人牆的警衛比手畫腳地交涉時，突然不知從何方向拋出一塊飛石，劃過人們的頭頂，它繼續升高，然後微微弧降衝向建築物，穿破緊閉的窗玻璃，發出堅清脆散的響亮聲音。然後是一陣譁哄和謾罵交混的轟隆人聲，配合著石頭磚塊，就不停地拋擲起來。後面的人擁擠著前面的人而擁向那堵人牆，一場打鬥就這樣輕易地展開了。李龍第原想奮力邁向前去，卻推不開那混雜而密集的人潮。有高舉照像機拍攝這等亂相者混在人中，卻被搶下機器摔壞在硬地上。奇怪的是，原從人群拋向建築物的石塊，紛紛的又從建築物的破洞窗口拋出來，落在人們的身體上。李龍第閃避不及被一個磚塊打在前額上，血液很快沿面頰流下來，他退到路邊走廊下，掏出自己的手帕把傷口包紮。此刻，他遲疑著到底是向前或退後，因為在混打中晴子的形影被遮掩不見了。預先停在廣場邊的救火車，開始發動馬達噴出強勁的水龍，用來驅散羣眾。李龍第在流連不捨的情況下只好退後迴避，在他離去的瞥望中，看到空際霧茫茫地充滿水花和碎珠，地面上有倒下被踐踏的人，也有沾血的石頭，血漬被水沖淡化開，像桃紅色絲帶，被吸進排水溝。

午後展開的這一段打鬥場景顯得十分混亂和多面，變化迅速而形態多樣，幾乎不能盡述。之後，帶點小傷的李龍第四處奔走，始終沒有再看見晴子的蹤影。他有時走進人多嘈雜的商店，聽到的盡是謠言。其中最嚇慌人心的傳言施琅再來了。李龍第倚立街邊，目睹軍隊的卡車開過來，在人多的街頭停下，從車上跳下持槍的士兵，他們配合警察驅散人眾或逮捕向他們擲石的人。在天黑之前，有一段時間是寧靜的，其實不然，那是使人想像該是平常晚餐的時刻。在鄉下，他可以看見半邊天是黑暗，半邊天是光亮的彩霞，這是梅雨後的夏日景象。李龍第坐在一家西餐廳的角落感傷沉默著，他額上的血早不流了，用手輕按那疼痛處，感覺手帕上溢染的血凝成硬塊。那施琅再來的言談在這飲咖啡和用餐的室內被當為主題，他們溫和的語聲已經掩過午後的暴動。但是入夜之後，城市的游擊戰開始了，從遙遠的某些巷道傳來零星如炮竹的槍響聲音。

施琅從海上來的政治寓言溯源久遠，它曾是明末清初的歷史事實，不料時間的推演使隔岸對峙的形式又成彷彿。彼時鄭氏從大陸沿海退守海島，意想精勵圖治，企望有朝能反清復明。但傳至二世三世，因內部不和，終被渡海而來的施琅打敗投降。至清末年間，海島再度易手於外族，經半世紀的統治，由這外族釀起的大戰慘敗後撤退歸還。但是如今人們對這一同族敵對的情勢所反映的心理依然分歧，從最初省籍的分野到晚近的異向抱負，這種爭論從學術界的立說到普遍民間的意向，從一黨專制到多黨分立，從戒嚴到解嚴，政治上出現著多彩的藍圖。雖然如此，當海島的終屬沒有確立之前，施琅的魔影會始終盤繞在想像的領域之中，隨著由海上吹來的風的恫嚇而箍緊人們的神經。目前既無法自決也無法超越，被迫在約限的範圍裡浮沉。因此，施琅再來，在城裡傳言甚囂，可能或不可能，兩種說法都足以表露他們的心態。

通往城外的交通孔道都封守關閉了，午夜之後，整個城市的電力也被切斷，只靠天空的半輪月光昏微地照著城市的各角落。不想惹是非的人緊閉門戶躲在屋裡不敢外出，在破亂骯髒的街道都必須結隊行動，以免遭到攻擊時沒有援助。在誰敵誰友不明的狀況裡，單獨的個人可能被無辜地殲滅，因為猜疑的氣氛濃重。

李龍第處在極度危險的境地中，在互相攻擊和躲藏的情態裡，他有如喪敗者單獨地貼牆而走。他既疲乏又憂心，想尋覓一個可以暫時歇息的住所。不久，他就感覺難能清醒，在陰暗的街角被一拳打倒，隨後倒地的身體又被許多隻腳踢打而昏歇過去。在黑漆不辨面目的情況下，是晴子的小隊把李龍第打倒的。她看清楚是他時趕快叫停，並吩咐他們把他抬進一個地下室去。晴子告訴同伴迅速地行動，要他們去打聽是否有離開城市的路徑，她留在地下室看守他，她說她原是認識這個人。

李龍第昏睡了有一個時辰，他醒來偷偷睜開眼看，他能在幽暗的地下室空間看清楚形體，他知道有一個人靠著另一個牆坐著，因此不敢動顫來引起對方的注意。然後他頗感意外地認清是晴子，他閉上眼睛，放鬆僵硬的身體，輕微地慢慢嘆氣。直到此時，他所經歷和目睹的一切對他而言都完全明白了，他自覺他根本沒有什麼客套話可對她說。而對晴子來說，她把他打倒像是在無意中報了私怨，可是在目前的特殊情況下，他躺臥在地面上卻是個麻煩透頂的事，她不知道他的傷有多重，最好的辦法就是送他出城，一切不干他的事，以眼不見為淨的態度處置他。

她打發去探問出城路徑的小隊人回來了，她驚訝他們把阿傑一同帶來。他們說情況十分糟糕，全城宵禁，有些人毫無道理地在進行破壞公共設施，顯然是地下小混混在幹出氣的事，而當局正在循線捉人。晴子看著年輕的阿傑，心中湧起一陣不可抗拒的酸楚。她在聽著他們的報告，頭腦也在盤算著某些決定。在幽暗的地下室裡，有一種複雜神祕的氣氛籠罩在每個人的知覺裡，誰也不知道如何去戳破那埋藏在心裡的祕密。阿傑兩顆雪亮的眼睛注視每一個人，詢問地上躺臥的人是誰，但晴子不答，誰也無權應答。她讓阿傑留下看守李龍第，如果他醒來，不要干預他的自由行動。李龍第看他們走了，把上身抬起坐著。阿傑退到牆壁邊好奇地看著他。李龍第想著：我要離去回到鄉間又何需晴子的幫助呢。他心裡有點荒謬之感，想到初衷來到城市有點滑稽和諷刺。他擺頭看著阿傑，覺得他只是一個不十分懂事的純樸青年，他的模樣完全是新時代教育下被照顧得很好的產物，但他又暗自搖搖頭，否定自己剛才的想法。

「你叫阿傑，是嗎？」李龍第開口問他。

「是的。你是誰？」

「我？」李龍第想了一下。「這不重要。」
「你受傷了，感覺怎樣？」
「我還好，但我現在想走。」
「你不等他們回來？」
「不等，他們有他們的事。」
「你不是和他們一起的？」
「不是。我受傷，他們救了我。但是我非走不可。」
「那麼我要怎麼說？就說你走了？」
「不錯，就說我走了。我現在就走。」
李龍第試著站起來，覺得自己的身體有些疼痛和不舒服，他用手扶著牆壁遲疑片刻。
「你真的不要緊嗎？」
「不要緊，我還好。」
他想了想，再看阿傑一眼，他還是遠遠站著靠在那邊牆壁觀察他。李龍第重新坐在地面上，這一次他把背貼在牆壁，使自己覺得舒坦一些。他對阿傑說：
「你知道在這個城市裡所發生的一切事嗎？」
「我大概知道一些，可是我不明白為什麼要演變得那麼壞。」
「你覺得它演變得很壞嗎？」
「是，這是我的觀感，你不是也受傷了嗎？」

「其實我和他們毫無干係。」

「那麼你為何受傷？」

「這也許難以解釋，我受的不僅是皮肉之傷。」李龍第停頓一下，又說：「這說來話長，今早，不，現在什麼時候？」

阿傑低頭看他手腕的錶說：「清晨四點鐘。」

「那應該是昨天午前的事了，我搭車從鄉下進城來……」他抬眼看阿傑，接觸阿傑看他的眼光，那對眼睛好生熟悉，使他一時領悟過來。「對不起，這也沒什麼好說的。我覺得時間都過去了，我應該現在走。」

「好吧，你走，我會跟他們說你走了。」

「等一下，我很想說一些話，你或許可以轉告……」

「沒問題，你就說吧，時間還早呢。」

「其實我想說的，只是對那位晴子說，你能轉告她？」

「當然。她是……」阿傑機警地阻住自己說下去。

李龍第裝作沒注意，只顧自己說下去。

「她也許想知道我到城市來到底想做什麼。」

「你和她原來認識？」

「認識的是另外一個人，他叫李龍第，我是亞茲別，他的朋友。」

「哦？」阿傑審慎地對他看著。

「李龍第已經死了，我來城市就是為了告訴她這件事。大概在你未出世前，在六十年代的時候，這個城市曾發生過一次大洪水，把李龍第和晴子沖散了，從此他們沒有再見過面。後來他移居鄉間，生活在他誕生地的天空下，他生前日夜盼望的是能再見到晴子一面。他的遺憾是我來城市的理由。但是當我見到晴子，她的模樣已非他向我描述的形象時，我一時懦弱而不敢認她。但事有湊巧，我意外受傷，他們救了我，把我安置在這地下室。」

「你的感想是什麼？」

「我看不到李龍第對我說的純然女性的樣子，我看見了盲目的衝動，像所有一切有目的的作為一樣的盲目。」

「你的說法不合邏輯，你不能把昨日的事視為盲目的衝動。」阿傑心裡升起一股敵意。

「為何不？白蟻黑蟻之戰就是盲目的生命衝動，他們依靠的是本能。」

「他們是為理想，為這個我們居住的地方爭取我們應有的權益。」

「這個說法當然是帶動群眾的理由，不過另一方也會說，是為了國家、道統和民族啊。你說誰是誰非？」

「那是騙人的口號。」

「不，凡是有理由的事都可能騙人。雙方有理就等於雙方也都無理。」

「可是目前我們要有基本自由的權利。」阿傑說。

「這我贊成，這是依法有據的權利。但是我反對那種暴亂的爭取方式，就像我亦反對故意容許暴亂發生的措施。就像人是應該樹立尊貴的存活，但如果你並沒有合乎尊貴的條件，那就會令人產生反感。就像政府是維護和實行法治的，但假使它不維護和實行的不好，那也不配稱為是好的政府。所以當你要反對那樣的不好政府的時候，你要做好反對的角色，使人知道你確實比他們好。當你批評它不好時，你本身要做好；你說它不合理時，你本身要合理。」

「當權益都被剝削和奪去時，尊嚴何價？」

「社會要靠另一批菁英把權益取回來。可是這也並非永遠有效，當他們獲得權力時，他們也會隨時間腐敗。」

「那麼社會不就是要不斷改革、更新和取代嗎？」

「不錯，除非用和平方式。」

「也要不惜用武力。」

「我不同意。它會惡性循環，像過往的歷史一樣。武力從不曾帶給社會進步，也不帶給人類同等公平的生存權利，那是用某些人的痛苦和死亡換來另一些人的暫時和平。」

「我以為人類的歷史是有進步的。」

「這是片面的說法。但從全面來說，當人用集合的力量征服這個世界時，或民族和民族進行戰爭時，就像草原上的野狗群那樣去圍攻食物，牠們看起來卑鄙極了。」

「可是那是為了免於飢餓、被消滅，是為了種族的生存而做的事。」

「如果說一切為了生存，而不擇手段，那不是很好的理由。」

「為何？」

「人當然不是野狗，是有智慧的動物，人可以講求優美、技巧，甚至對自己可以進行瞭解和約制。」

「但是人也會虛偽、狡詐和自私。」

「這是人的美與醜的兩個面目。人是應該學習美的表現，而如果表現的是醜，那就沒有價值了。」

天亮了，有微光透進地下室來。李龍第和阿傑走出地下室來到街上。昨夜的宵禁已經解除，街市上雖可見到滿地凌亂的跡象，但行人和車輛都像往常一樣活動。李龍第和阿傑互道再見分開了，他們在地下室最後像朋友般的談話，所以道別後各走了幾步又回頭來揮揮手。李龍第趕到車站，搭上昨日來時同路線的班車。他上車坐在舒服躺靠的椅子就睡著了。他只是睡了一會兒，做著夢，醒來時車子還在高速路上奔馳。他想到昨日的事，晴子的新映象浮在他的腦際。他極想罷休不去追究他親眼見到的事物卻不可能，他眼望著窗外，同樣好看的綠野像進城時一樣映入他的眼簾，那移動的景物和他湧出的心事疊合成一個畫面接連不斷地出現。他如此想著：晴子，對於人世的事物，我是又愛又恨，就像我再見妳的情形一樣，在我的心胸裡掙扎著，不知要偏向於那一個方向，這是我對選擇的困難，也是我始終沒有選擇的態度。我不像現在的妳，凡事投下決定，抱定一個有利於己的真理，或為了傾洩心中的積鬱，把從現實中遭到的不滿足想法冀圖再從現實的改換中獲得解決。我持有改革現實的理念，但我又不贊同殘酷的辦法。我不是害怕競爭，我恐懼的是一種無規則。當我們把競爭視為一種遊戲來玩時，我們要有一個競賽的規則。事實上，我們都知道也有一個規則擺在那裡，是大家一起決定的，大家也同意為了進步和利益而承認那規則的合法性。不過，那定下來的規則也並非永遠不能修改，它容許因時空和人事的變易而加以更正使之合於實際的需要。但阻礙它往前進步的是來自霸佔和毀約的行為；那暫時負責執法的人的私心作祟，產生了永遠把持和專斷的妄想，並且認為執法者可以自己不遵法，不依法辦事，成為法是管理他人的利器，對自己和同黨的人可以不必有這種約束。我憎恨的就是這種不公平的遊戲態度。每每我們投身去競爭，所獲得的是偏頗的待遇。我們在實際生活中看不見權利和義務的明確劃分，我們付出的多而取得的少。我們親眼見到那些專橫的黨人的優越感，他們處處有特權，而我們見到一般人總是居下風而深感苦痛。所以，我的心中也有一份熱情，呼籲執政者拿出誠意和公平的作法來，在同一個標準的規則裡互相公正地競爭，使人生的遊戲富有激力和趣味。可是我感覺現象並不如此，執政者和改革者雙方都缺少那種依規則公開競爭的共識，在暗中耍詐，以打擊消滅對方為目的，而不是以和平相處為目的，這是我所憂鬱的。我無法在兩個不高尚的陣營裡去選擇和讚賞他們，像看兩個打混戰的球隊比賽一樣，我深感喪氣和悲哀。我退出實際的遊戲是因為我見到雙方都不誠實，一個理想的高貴並不在它理論上較有邏輯和真理性，而在它的實際作法的正確和優秀，就像真正的存在是一種表現，它的理念和手法是合一的，使存有的事物都能依照它的需要法則而產生出來。

汽車從高速路滑下交流道，在一個休息站稍事停留後，就顛顛跳跳不平穩地駛進鄉村。

一九八八年・六月

思慕微微

一

都是我不好才使你染上了這麼一場非常痛苦的病痛；也是我太堅持要你一起去宜蘭看國際童玩，完全沒有理會你出發前的預感；你一定還記得，當你坐在車上，你一直在說你心裡非常的不安寧；我那時還十分不明瞭，只是心中盤算著如何走上高速公路，以及認為這趟旅行是我們早先預定好的，雖然我們原先預定的旅程是到花蓮，但因為你的時間不夠，所以只縮短成一天去宜蘭。在車上你一直表示你心中有一種不耐煩的感覺，然後你躺下來；我說你最好安靜的休息一下，我來專心開車，到瑞芳時我去買藥。我表示我的喉嚨不適服，你說你也是。後來你說你好一些了，天氣非常炎熱，你又不太喜歡車上的冷氣。然後我們在瑞芳停下來，我去買藥，並且去洗手間。當我們再上路時，已經是下午五點多，我說我們能在七點到宜蘭算不錯了。總之，一切並沒有那麼順利，主要是我不是很熟悉那個地方，比我預期的還要遠，因此我們在頭城停下來吃晚飯，問了路，又遇上一場大雨，到達親水公園時已經八點多，也只有在那廣闊的公園裡觀看表演而暫時忘懷了疲憊和苦難。

之後是一整夜的折磨，在那個設備不良的旅店房間內，我們的快樂不能戰勝那種隆隆不息的噪音的侵襲。我的敏感所造成的煩躁不安影響著你的休息，你屢次醒來看著我起床去洗手間，打開窗戶，又關上窗戶，直到天亮，我說我們要趕快離開那裡。我們終於走出旅店來到清晨的市街，車站前的馬路上已經有許多的行人，我們在騎樓下的走廊吃早餐，那些菜和清粥都不好吃，我心中非常冷淡，想到我帶給你的不舒服而覺得很慚愧，我們唯一的辦法就是趕快回台北才能真正獲得調息，於是我們再回旅店拿下行李，離開那個像夢魘的鄉土地方。

現在我會重述這段經歷，無非是要留下記憶來表明我們平常所遭遇到的種種無奈，因為在我們生活的時空裡，這是常常不斷地會重複碰到的事。我只是心中感激著你和我一起經歷的，一起面對的苦難，而你，顯得那麼溫和不發脾氣，好像在替我支撐著，分擔著我的不幸似的。我曾經表示我非常痛恨生活在這樣的時空。你默默不語地看著我，比起你來，我是一個十足沒有耐性的人，你的沉默使我覺得你是個非常優美的人，想到這個，我心中充滿著對你的愛意。

雖然這幾天我都在病痛中，無法出門，但我知道你病得比我更嚴重，當時你在機場打電話給我，說飛機延遲兩個小時，我有一股衝動想開車去看你，我吃了幾口飯想支持體力，然而咳嗽和鼻涕一直不停地發作，我想我不可能去開車，即使我能見到你，恐怕只會讓你看到我而難過，因此我打消了這個念頭，我開始倒酒喝起來，想藉酒來緩衝身體的不舒服。後來我接到周的電話，他說在機場，我鬆了一口氣，因為還好有人在那裡陪你們。

事實上，這幾天你的苦痛十倍於我，因為第二天晚上，我和周碰面，他告訴我你的班機延誤到黃昏，在菲律賓你們又等候到深夜才見到你的乾媽。我聽到這消息幾乎要哭出來，這都是我不好，在這段時間沒有好好待你，因此使你連續不斷遭遇了那麼多莫名其妙的痛苦。

剛才在電話中聽到你的聲音覺得非常的高興和安慰，不過有一點是非常難以想像的，那就是你已經在遙遠的對岸，並且要住在那裡兩個月，而這種事實是難以抗辯的。但我希望這段學習對你是有益的，把自己修養得完美就是對人類的一種愛，就存活而言，沒有其他門徑可以效法。最近我們常談到奧修對佛經的詮釋，他是個很有魅力的解說者，我已看到最後的一章，對我而言是受益匪淺。自釋迦牟尼以來，佛教已經發展得十分龐大和多樣，它的深奧有如《心經》上的單純語法所含蓋的無窮無上的意涵，因此，思考不密就有可能誤入歧途。奧修也誠懇地說，沒有經歷、經歷、再經歷而超越是得不到智慧的。也就是說，雖然有人告訴你人生最重要的是要有智慧，但這一宣示並不代表你已經有了智慧，沒有人可以給你智慧，只有單靠你自己的努力去學習和經歷才能獲得。總之，只要我們活著一天，這是最好的告誡和叮嚀，不論是快樂或痛苦都是重要的經歷。我希望我們在一起的時候也把它當為一個學習的課題。祝你早日康復和身心愉快。

二

昨夜（十九日）十一時十五分我打電話給你，其實在十時左右時就想和你通話，但我曾問你你們的作息時間，晚上十時正好你們下課，一整天下來之後，這個時候一定要去做你們私人的事，電話可能也忙，因為你們人多，可能都會想聯絡什麼人。我想像你可能靠牆壁坐著，閉上眼睛靜息下來，先讓別人去做他們的事，你不會先去佔用電話或洗手間或什麼的，你自己覺得累要靜息片刻舒緩氣息，或想一點什麼心頭的事。所以我想延後一小時再撥電話給你，這樣的時間，也正是你在台北時由江子翠要回家，是我們在晚間要聯絡的時刻；你現在雖然在泉州，但卻沒有因距離遙遠而遮斷我和你的通話，只是不能約會來見面罷了。這樣的期待總有些興奮和心急，我心中並沒有準備什麼特別的事要告訴你，只是想到你前一天之中就給我兩次通話的機會，讓我知道你的狀況，我是心中帶著感激和回報的想法要和你說幾句話而已，可是我獲得的卻是不能如願以償，我連續試了三次，並沒有人接電話，好像你們所居住的屋子空無一人似的，沒有回應。我想你們一定出去宵夜去了。我沒有覺得十分失望，因為我心裡有個合理的解釋，就像以前在台北的日子一樣，生活是自由的，並沒有特別的約定綁在那裡，非依照例行的定規按時做這樣的事不可。真的，我們不要太過呆板去約定什麼，讓生活順著某種自由的節奏去進行就好了；我敘述這件事並非想要約束你，相反地，我更希望你是自由的，自由才能創造一些什麼事體，不自由反而會去破壞某些事體……

後來我躺在床上自然地聯想到我第一次見到你的情形，你的出現是那麼讓我覺得意外，事前博含也沒詳細說什麼，只說團裡有一位小姐想為團中的事問我一點意見。我說見面可以，但我可不能保證能回答我不能做到的事。你的遲到是首先給我一點心頭的疑問，約二十分鐘後，前廊比較高的地板傳來腳步聲，不像是一般人走路的聲音，因為背著光，我抬頭見到一個有些微斜側走來的人影，灰黑的衣服加深了那個影像的奇異，她在第一步下階梯的同時發出一個細緻而明亮的笑音，博含回頭說菱仙來了，可是還是因為背著光，我不能十分看清楚你臉上的面目；你踏下階梯（有兩級）就很快地從博含的椅子背後移到我的右方的位置，我已經站起來，當我們互相對看的時候，我才看清楚你特殊的特徵，你的微笑和聲音同時再出現，說抱歉延誤了時間，坐下後以及以後的交談都讓我覺得你完全不似一般女子，你的態度一直在想放自然和某種猶疑之間移動著，你的聲音是一個極大的特色，笑容和唇形成為我觀看的目標，你的目光在游離著，閃耀著一種特別的光點，是一種含蓄的投射和思索，當我看你時，你就閃避到一旁，轉到我對面的博含身上去。博含保持著她的愉快笑容觀察我。這是一個下雨天的午後，在那樣的一個陰濕的春天時日，我的心情敞開著去聆聽你的語聲。吃過晚飯後你走了，我和博含轉到一處日本人開的店喝了一點酒，之後我又和她分手獨自回家。

我曾經不只一次向你表達過我對你初次的永遠不能忘懷的美好印象，像是一個女戲子的出場那麼含羞待放的姿容永遠地留在我的心頭，即使有一天你離我而去不再理會我，我都會為那奇異的一刻為你感到光榮，是我生命中少數美麗的記憶的一個，這個印象的存在也因為之後我們愉快的相處而變得愈形重要和有意義。

在《般若心經》的最後一章裡，奧修這傢伙變得十分風花得意，有些放蕩不羈有如一個藝術家般地在揮灑他的語珠。〈門徒〉這一章當然是萬分精彩的表達出他的見解，是整部書的結論和落實去實踐的所在。不過奧修這個自大又自負的人，倒是對耶穌有些推崇，還有對蘇格拉底也有敬意，把佛教和西方的某種精神連接了起來。關於這一點，與我一生的學習和生活有不謀而合之處。但像這樣的一位被世界公認的大師，依然不免有輕率之處，洩漏出這麼一部絕無僅有的經典教義的遊戲性，也因為他過份的表演性質而降低了哲學精神，那就是他的墓誌銘授意要刻上這些字：奧修，從未被生下來，也從未死去，只是在一九三一年十二月十一日至一九九〇年一月十九日這段期間拜訪了這個地球。這樣做實在太孩子氣，太演戲性質了。從這部書一開始，我見了他的照片（他還喜歡穿華貴的衣服）和各種表情，配合他解釋經文的話，我就在注意這件事，不料到最後他還是不忘露了這一手，神聖一般地跟大家說再見。可是，菱仙，別以為我在嫉妒他，坦白說，不論我是否故意挑他的毛病，我還是喜歡他。我也喜歡你，菱仙，菱仙子。

三

這兩天的黃昏我都外出去散步。前天午後我的姐姐來看我，談到她的兒子長久以來放蕩的事，近日已經釀成要與妻子離婚，我的大姐為他去請教算命的先生，說這個孩子要到四十三歲才能回頭轉好。這些事使我的大姐在我面前哀嘆她的命苦，做女孩子時命不好，嫁了丈夫也不好，丈夫死了，現在卻是這個孩子使她心煩，眼看著她一生的辛苦積蓄都流失了。她離去後，我換上布鞋走出去；我朝東北的方向走，走到隔街，在長長的圍牆中間隔的柵欄縫洞可以清楚地看見一所學校的運動場所具備的一切：綠色草地、紅色跑道，體育設備和邊陲地區的樹木；許多人在運動，他們移動的身體有快有慢，他們是這附近地區的民眾，有男女，也有老少，大都是在繞著橢圓形的跑道快速地行走；他們不是跑步，是競走一般地繞圈子。我進去看那景象，看看他們的面孔，很久很久他們都沒有停止，非常沉默地專心向前走，所以這個景象是非常引人注意的。我站在一棵大樹下做一些體操，擺動我的手腳，一面在觀察這整個大操場中人體移動的情形，那景象是非常有趣的。當我有置身事外的觀感時，眼前所見的一切都會使我驚異不止。那個劃有規格跑道的圓周，好像是圍繞著一個星球的光環，朝著相同方向行走的移動人體彷彿是形成光環的游動物體。我發覺一個年紀老邁的男人坐在升旗台的一邊面向著這個大操場，他像一尊坐姿的塑像，沒有動顫，沒有任何變化的表情，也無視於他前面跑來跑去吵嚷的小孩們。他的模樣使人覺得他是靜止的，沒有思想般地存在在那裡，使人有一種尊敬的感覺。我開始走進那環繞的潮流，先走了一小段距離，再抬起腳步慢跑，又停下來走路，這樣子繞了一圈。我無意像他們一樣毫無止境地走下去，因為那是一個圓圈，沒有終點。我不以為他們很愚蠢，只是我自己沒有興趣那樣做；他們看起來是認真的，有一位端莊的女人穿著汗衫和白色短褲挺著胸膛邁著堅毅無比的步伐比別人走得更堅決，有時隔著一段時間再去看她，她依然如此勤奮，因此她有幾個不同位置和角度的姿態是很動人的，在各種各樣身材運動的行伍中，她是一個引人注目的形體。但是我沒有長時的耐性，我的身體比起他們來是虛弱不實的，有如我的思想，它是幻滅的，好像我的身體裡的電力常感不足，力薄身衰是我的特徵，與那些自強不息地在跑道上競走的人相較是慚愧的。我走回來時感到十分的疲乏，好像一個星期來的病弱（感冒）到此已經可以看出一個證實的結論。回來時我心中想到你來，我看不到你，完全不知道你的樣子現在如何；你也曾在同時病得不輕，可是你年輕又有目標，你有精神和毅力去克服環境；你雖帶病出去，但你已經在工作中漸漸康復，你的語聲是愉快的，只是比以前細弱了些；你是那麼使我想念你，我的生命快樂全都寄在你的身上。有時，我會想到我現在已經失去你了，我再也見不到你，因此我會去回憶我們曾經在一起的光景和時辰，我們的夜遊和睡眠，這些記憶此刻變得如此真實和重要，也如此地快樂和悲傷。

昨日黃昏我擇了另一個方向的路徑來到了河邊，這條河道已經因為兩岸的過度營建和破壞而顯露不自然和污穢的樣貌，河水黃濁不清，堤岸內的人工設施乏善管理，雜草叢生，侷限了河流應有的寬舒的景象。我順著內堤中的水泥道行走，從一座橋下經過，陰影裡坐著一個面容憂苦的青年，手中拿著一卷書紙在閱讀，看我走過，停止了他的用功。我無意打擾他，因此依照原有的步伐速度走過了他的面前。轉彎後，我在一處平台設施的石凳上坐下來休息，望著傾斜的坡堤和流經過那裡的河水，對岸上是一帶還未完全開發的荒涼地，那裡一條高速公路的橋梁長長的橫過兩座山之間的谷地，漆成紅色的鋼橋像是一道雨後的彩虹。我的視線回到近前的水面上，發現三隻水鳥棲息在岸邊樹影下的石頭上，有時牠們在石頭之間短程地對飛著，像是躲避和遊戲，有時有一隻會走進水裡，但並沒有看見牠覓食，牠們是兩隻大的，一隻小的，像是一個小家庭的成員。天空一直佈滿欲雨的灰雲，氣候十分鬱悶和炎熱，我外出時攜帶著雨傘，但一直沒有撐開來用，有幾滴雨落下，卻無法形成雨陣。這條河十分漫長，大概是打從深坑蜿蜒而來，在這一段將進入景美區，然後與新店溪會合流入淡水河而去罷。我的行走不及我的想像的百分之一，我無意想要去完成什麼我想到的事物，有如我想到你，菱仙子，但我實際愛你的行為並不及我心中想像的那麼熱烈，我的心一直燃燒著愛你的熱情，在我寂寞孤獨的時候，它是痛苦而可怕的，有時我會來到鏡前端看自己年歲的面孔，它使我感到痛恨而流下淚來，我常常在絕望中去愛人，自己沉溺在想像的絕望深淵裡。

四

這幾天我在調整家中的佈置；我幾乎常常去變動家具來安撫身心的感覺，例如在你去大陸之前我把睡床由原來的臥室移到書房，而現在我把書房的一座櫃子和放酒的架子撤出這個睡眠和放書的地方，這是因為每當躺在床上時，總覺得面對的那面牆上的那張風景畫沒有足夠的空間以致顯得有些擁擠和壓迫，自從我把畫中的天空放亮以後，它像是一顆心靈由灰暗朦朧轉變成清晰明亮，它需要大半的清潔牆壁來襯托它的悠然存在，與牆壁下半部的雜陳書籍形成一種均勢的對比。真的，移走了櫃子和架子，在視覺上像拉平了地平線，展示出寬闊明朗的天空，而在心理上像是撤除兩個高高站立的守衛，心情變得自由而舒坦和放鬆了。不僅於此，在颱風前，我就開始做木工，鋸了一些木板把屋子前廊花架下空蕩的部份遮掩起來，使外界道路和室內之間更形界分而有保障的意味。你記得罷，有時我會睡在客廳上，要是打開落地窗就會覺得由外面就能透視進來；有時我們在天亮前，兩個人還躺在地氈上互相愛撫，我們需要更多的空氣來調節我們加速跳動的呼吸，可是我們不要洩漏我們的私有祕密。當我在做這些防護設施的工作時，我總會憶起我們相處時的有限時光；我是那麼細心地愛著你，端看著你的美麗面孔，欣賞著你美好而完整的肢體；你是那麼調皮地喜歡遊戲，喜歡溫柔地挑逗我，使我快樂，使我沉醉在你向我袒露的胸懷裡，並且在你最神聖祕密的處所接納我；當我要進入時，我總是跪著朝向你，並且對你發出讚歎的聲音，讚美它的優雅和神祕，因為它是那麼美觀和可愛，我用手輕觸著它，撥開它的門戶，看見那細緻的寶石，一股電流經由我的指尖觸引它的醒敏，這時你臉上的表情變得嚴肅和專注，好像兩個天體在進行相接時，突然屏息和肅穆。然後隨之而來的聲音是你發出的嘆息，好像我在那一刻刺破了你的帷幕，讓我的武器直進你柔嫩的天地，你終於把我緊緊地抱住，開始動容起來，有如你設下的陷阱得意的捕獲了我的攻擊。你的眼睛發出迷離的色暈，眼眶周圍現出粉紅的色澤，皮膚展現無比的彈性和光滑，而我們的意識集中在下體銜接的地方，感覺它的靈敏刺激，彷彿魂魄在那裡交合和發情，呈現著緊張和快樂。你不斷地發出嘆息，從鼻孔和口腔排出氣息，當我們接吻時，你是那麼用力，緊強地吸住我的唇和舌頭，並且大量地交混著我們兩人的甜蜜口液。事情總是無法結束，誰都不想中斷那份得來不易的激情，而努力地持續著，變換著各種姿勢，發展著各種身心的感覺，讓它盡情地奔流著，像歌曲一般地唱著，並且發出一種節奏和響聲，像一首戰曲般進行著一種你來我往的衝刺和拍打，使我們的頭額和身背流滿著滑溜的汗水，那時你會傾身下來，好像憐憫我一般再度吻我，表達出你強勢的柔情美意，和一種使人心醉的豪情淫蕩，再度伸直你的腰，挺出那純美的乳房，我們雙手牽握著，你開始從那刺痛處傳來呼救的訊息，這聲息有如來自遙遠的處所，一直傳到現今，在眼前展現著一種美妙的赤裸姿容，無法脫逃似的，又無法放開（棄）似地，緊緊地持有著對方，一種愛似或恨似的交織，不情願但又非愛不可地投射出來給對方，以一種心跳的加速，以一種犧牲和解放交給了對方……

我常會發自我的心田來讚美你，你看，菱仙，我常這樣做開頭來稱呼你，當你和我獨處而袒露你的胸膛時，我會不由自主地賞識你身上最優雅最純真美麗的所在，有如你的聲音，永遠地表達著你處女時的樣態，永遠地給人一種從未有過的純真和貞潔感覺，永遠是新鮮和美好，永遠地使人有初次衝動的感情來擁有你，這是你最值得驕傲和使我滿意的地方。我是如此貪婪地記憶起你給我的一切，當你現在不在我身邊時，我會無時無刻不在我日常的工作中停下來沉思，就像我隨時隨刻坐在沙發上放下我的書本，然後注視前方，以為你會由浴室赤裸地走出來，手舞足蹈地向我拋來你的媚眼和笑容，轉身走進臥室，躺在草蓆上等待著我。我永遠記住我們在早晨的時光裡，進行著從昨夜以來不斷演奏的愛曲，而第四樂章的終曲總是在最清醒的晨間進行直到中午的來臨。我希望我們擁有的是死亡的愛戀，有如奧修所說的，沒有過去沒有未來，只有現在，而這所謂的現在是真空的，是一種死亡和永恆。平時我們的清醒意識是為了事業工作和存活，我們辛勤地累積這一些存活資本是為了永恆的忘我，愛戀就是永恆的忘我和死亡，我們是多麼心甘情願去幻滅，因為我們是經由愛戀這條途徑去走到存活的盡頭，只有愛戀才使得我們不反悔，也唯有愛戀才能使心靈昇華。

你電話來，使我早先透露正在進行寫這封信，你告訴我已經接到頭一封信，我很高興我的信能到達你的手中，讓你知道我的心在想念你。我的手有些僵硬，握筆有點不自然，這是因為許久沒有做木工的關係，現在握著鋸子鋸木板，經過長時間工作，事後（第二天）手掌會覺得十分堅硬，寫起字來就有點不順暢。我有喜歡做木工和修補家具的興趣，可是我只有簡單和基本的幾件工具，沒有更精密的器具，單憑體力已經不能勝任比較技巧性的工事。以前在鄉下居住時，我曾做過餐桌和椅子，現在想起來它們實在太粗糙拙劣了，也曾經養過一隻狗，而牠的死實在令我太傷心了。我現在居住在城市裡，沒有事幾乎沒有走出門外，因此有時會想到鄉居時的一些點點滴滴的事情來。有時我甚至會想到我在山路上相遇的那些蛇來，有一次有一條漂亮的蛇橫在路徑上中央不讓我走過去，我和牠互相對視著，牠一動也不動，我只好退回來。我不喜歡城市的夏天，可是我喜歡夏天的鄉村，因為我喜歡海洋。而城市的冬天是可愛的，在鄉下就顯得孤寂而冷漠。我常在鄉下的冬天懷想夏日的海洋，在那裡是我唯一快樂的所在，在戲水之後坐在沙灘上看日落，有時我會深入樹林裡，睡在那裡聆聽海潮的聲音。現在我卻在城市裡的屋子每日想你，每日都在數著你可能回來的日子。我想我是在害著相思病，像冬天在鄉下相思著夏日的海洋。有時我覺得快樂的代價高過我們的能力，常常需要付出長時的等待才能面對它的降臨，就像我在鄉村過完漫長的冬天才等到夏天的來臨，但現在的記憶是美好的，好像等候是一件美好的事一樣。這最後的幾年在鄉下獨居我常去散步，坐在山中的水池邊注視水裡的倒影，感覺歲月在我的身邊流逝，我以一種呼喚高聲的歌唱，我希望你回來後選擇一天我們去我曾住過的鄉村走一趟。我唯一害怕的是我不知道那鄉村現在變得怎麼樣？我想我一定是誕生下來時就害著相思病，有如冬天在鄉村想著夏日的海洋，有如隔著對岸思戀著你。

五

那天博含來問我什麼是愛情，起先我不知道怎麼回答，後來就這樣說：愛情或許可以分成愛和情兩個範圍；愛是心靈的抱負和熱望，情是一種被履行的事實。愛與天地同休止，是博大而永恆的，沒有時間和空間的限制，而情有其時空性，落實在某一個情況。愛存在於心理的理念中，情是有形的事件，由是一個人心中有愛，經由他的身體具體地完成一件事情，這是愛情的簡單的說法。愛是與生俱來的，凡有生命都有愛的因素，情則是個別性的，每一個生命個體所譜成的情曲是獨創性的，有著長短和深淺的區別，其結果有圓滿有殘缺，有歡樂有悲壯，有偉大有平凡，有順利有曲折，有豐收有犧牲，甚至有生和有死。也許有人會說愛情有美好的和醜陋的，像藝術品有被讚賞的和有被排斥的，在愛情的過程中，有迷醉動人的，也有煩惱和痛苦的，不論怎麼說，愛情維繫著生命的存在，是單純而又複雜，是一切事功的來源（動機）也是它的最後報償結果，說來說去，愛情是有意義的，也是無意義的，因為它有時是「有情的」，有時卻是相當的「無情」。幾乎沒有人不會對愛情有抱怨，有傷感，有至深的痛苦。其實這些傷感、痛苦是愛情有價的地方，也在這裡顯露著它的責任和義務來。情愛是一種潮汐，高低地起伏著；情愛的生活有如在海上行舟，到底是任其漂浮呢，還是要有所掌握，完全因人而異。愛情所分泌出來的汁液，常使人勇氣百倍，但是愛情的存在要靠反省，是一種記憶，經由這份心靈的思考和身體的經歷，愛情才能至死不渝，忠誠到底。

六

我沿著堤岸的步道走，在颱風過後的第二天，是黃昏的時候，天空上佈滿著散亂撕碎的雲塊，我剛到郵局去給你寄信，然後轉到這個河邊來散步，我心中盤繞著你的形影，有說不出的對你的懷念，你過去給我的快樂與我現在思戀的悲愁形成著對比，而在這個繞彎的河道堤岸上，我只能想法把悲愁轉變成一種寄託的希望，好像記憶中的快樂又再度回到我的心中來一樣。昨日匆匆趕去寄信，怕耽誤了郵班，只寫了一些不成文章的愛情的看法，愛情如果落實在人生裡，有時會成就了生活，有時會毀滅了前程，好像它是一種藥，可能會治癒病痛，也可能毒死要人的命。我這樣說你或許會不高興，對一件好事情偏偏講了那麼多的消極和可怕的話。愛情在觀念裡是美好和優雅的理想，但它落實在人生裡卻充滿了瑣碎和不足取的事，現實中的生活繁瑣取走了想像裡愛情的優美，疲乏會把快樂的情慾拉倒，甚至臉上的一顆疱痘會把愛情的美夢粉碎，還有許多無窮的懷疑和猜忌，以及垂涎和貪圖更多的異性的滿足，甚至有著社會、家庭等環境因素的壓力，造成一種愛情的腼腆和困難。雖是如此，好像愛情在人間是不可能完美的，卻適得其反，只有人間才有愛情，沒有人不相信從污泥中長出美麗的花朵。河中的水流悠悠地往下流走，對岸的樹木還是完好和翠綠，我再度看到水門附近的那三隻水鳥，這個家庭並沒有為強烈的巨風所破壞和離散，有關愛情的事真是沒完沒了的，看來那三隻鳥也有些不安和爭執，牠們的叫聲使我聽起來有些恐慌，我開始認真地去辨識和尋視，只見到兩隻，牠們突然飛起來交錯爭執了一下引起我的注意，在原先的思想裡（幾天前首次看見的印象），牠們是三隻的，好像我的視覺和我的思想產生著極大的矛盾和錯誤……

是的，去談論愛情的事體，和我本身思念你的情懷也產生著極大的不平衡。我沒有任何可取的愛情觀，我對你的愛也沒有什麼章法可循，我只是落入於情慾的迷陣裡不能自拔罷了。這種反省和自白正說明愛情的奇幻和自由性質，不應受任何的觀念的約束，也只有自由可以包容愛情的存在。情慾是身體的體現，沒有它根本不知道愛情的甘甜，使我心甘情願去受它的誘惑。是的，我的心在狂烈地呼求著你，好像天空中的雷響震撼著大地，當我愛著你的時候，有時我會達於瘋狂，有時我會陷於最幽暗的憂傷，好像飲酒時那身心的麻醉和清醒，這種矛盾和對比的感覺也同時存在於情愛的天地裡，要以最溫柔來撫摸對方，也要把對方置於死地般的撕裂，只有愛情可以看見美的殘酷，只有愛戀可以意會核子的爆炸。讓我永遠愛著你，菱仙子，你已經存在於我的思想中，我已經把你記得清清楚楚，我常常在心中呼喚你，像今天我再度去河岸散步，在這所屋子裡，沒有一刻不是充滿著想念的情愫，世界上沒有一個人像你能讓我說出愛你的理由，我因為思念你使我對你的思考成為具體有用的思想，你的存在使我的生命充滿喜悅，我戀慕你的美妙的身體，你的笑容，你的聲音能打消我的憂鬱，只有你能挽回和恢復我的青春與愛。

七

有意與無意之中在第一次見到你時，我曾談到青春與愛的事，說到浮士德出賣靈魂去換取他逝去的青春，為何我也有這樣的迫切願望呢？原因何在？那是因為遇到想愛的人，而那個被愛的對象的美麗都顯露在她青春的身體上，她的面孔和身體都在告訴他青春是生命最珍貴的東西，只有愛可以達成青春的快樂，這種快樂是心靈和身體的合一，是世界上唯一經由愛才能獲得，而沒有其他的事物可以跟它去比價的。你的青春使你顯得富有和驕傲，你想要的是經驗的自由，在你的腦海裡編織的是綺麗和奇幻的夢，並且把它移轉到現實的光幕上，你成了這愛的故事的主角。反觀我這漸漸褪色的面孔和身體所僅有的是一個自覺衰老的顫抖的靈魂，開始面對著即將來臨的死亡而緊張，眼前已經沒有壯麗的風景要我再去行走冒險，我已經快要用完我的生命財富，剩下的是苟延殘喘罷了。我的命運似乎與浮士德的遭遇同出一轍，魔鬼已經前來與我做了出賣的交涉，當我第一次見到你的嬌美和聽到你的亮音時，我已經和魔鬼暗暗地眨了一個成交的眼色。後來，每一次你在我眼前出現，我擁有的是與你同等的青春，我們在幽夜裡牽著手向山中走去，在樹旁相擁和親吻，讓我感覺到青春的液汁在交合中互相交流，讓我們存在於忘我的永恆裡，在那樣的時空中，愛終於體現在那裡。

可是在文字裡的想像範圍裡，事情是循著一個思想的邏輯在進行，所得到的效果是去明白一件事情而已，無法完完全全去和現實所發生的事做比對。所謂現實是無法被凌駕的，它的存在是唯一的，而且不能模仿和複製，也未曾被完完全全保留下來；所謂現實只能被預期（當它還沒有來時）或被記憶（當它過去的時候），所以它是不可靠的東西。因此，在思想裡人生是荒謬絕倫的演出。更加不可思議的是我們還不斷地被所謂的現實押著走，意識裡通知我們何時做什麼事，到什麼地方見什麼人，不論情不情願，意識總是駐在軀體裡主宰著我們。尤其當兩個人相愛的時候，這些意識的感覺顯得更加的明確，更有一股衝動去成就所謂的現實，沒有什麼能抵擋這份驅使的力量，心中自然產生一種慾望經由思想的安排使夢成真。現實從來就不停留和存在，只能和感覺相接觸而已，可是我們的人生卻從來沒有一刻脫離所謂的現實。想起來人生實在充滿了無奈，因為我們都在現實之流裡浮沉，我們無法在最美好的感覺中叫停，然後保全它的完美，我們無法保留相愛的高潮的那一刻，要那一份美妙的感覺再來，只好重新學習和等待，每一次甘甜的經驗都要付出努力的代價。有時我愛的是文字裡的思想世界，它不像所謂現實那樣複雜，那麼弔詭，雖然美感的刺激是最高的，可是它也會使人哀怨至極，痛苦難當。沒有人能迴避人生現實的糾纏，包括你喜歡的奧修，我敬仰的耶穌，包括釋迦、蘇格拉底、老子和許許多多的人，沒有經歷人生現實的嚴厲考驗無法成聖。

親愛的菱仙子，有時你卻想去做壞事，你不止一次這樣地告訴我，當我吩咐你不要去做壞事時，你說你偏要去做，而且強烈地要鼓動自己蠻幹一番，這不只是想嚇我，你是真的有那份想法把積壓的沉悶衝破，脫離目前的藩籬去享受你的完全自由，你好似已經瞭解了現實，也懂得了你自己，因此你想要的是不重複的新奇經驗，你的身體充滿著豪邁的意欲，只等候機會來時做盡情的表現。但是，我可愛的菱仙，據我的經驗所知，內心中的這股意欲想發洩在現實生活裡是多麼不容易的事，即使你有機會，然而在面對的那一刻，你的內心又會產生著異樣的感覺，完全不能符合原意的指望，還不如獨自一個人來海邊面對著蒼藍的大海發出全力向它拋去一顆漂飛的石頭，你會聚精會神去聆聽那石頭在觸破水面的音響，彷彿你的心，願藉著它沉入海裡，這世界上唯有你自己才知道你自己的祕密，活著竟然是如此的孤獨和寂寞，卻是所有的感覺中最高貴神聖的體會。當你從那樣的海邊回來，你已經領會了生命的奧祕，你有所明白現實不再是你一廂情願的依靠，現實是一種過渡的手段，經由它你領會生存的某些意涵，你心中的苦悶和憂鬱都須透過轉移來清除乾淨，你想收穫的是美，藉由藝術的表達，你感覺美存在你心中的源頭，從那裡發出表演的力量，把你體會的人生情態詮釋出來，你會驚覺你自己穿著戲裝舞蹈在戲台上，唱出哀怨與希望，當你回到後台時你能明瞭你整個演出的成敗，這時你才真正得到那股意欲的滿足。也許有一天，我會等在戲台下，當你的精彩演出完畢後，我會拉著你消失在黑夜裡，奔向黝黑的山頭去做一番壞事。

八

或許每個人都應該在尋愛的過程中去清楚一些屬於他個人的愛戀的意涵，由這層自我肯定的思想來約限自己的愛情的行為。每一個人都會不相同，甚至在他的每一次戀愛中也不相同，這是至明的道理。而且兩個人相愛，這兩個人的立場也不一樣；三角關係中的每一方則更加有其個別的意義；一個女孩同時愛上兩個男人，她對這不同的兩個男人必然有著不同的意涵和感受，演變到某一程度，她可能做出某種選擇，有趣的是被她放棄的一方，可能成為她未來永不消失的印象。一個男人同時愛上幾個女人的情形更是多見，其結果的狀況往往不甚美滿。人類的生存大都沒有善終，不是自食其果，也會遭後世的人批判。我們自始至終都在有意無意的尋愛中度過，自然給我們的是不變的意義，我們給自己的則是個自不同的事件的感受，沒有人有資格去指摘別人的愛情是否得當，但是沒有人能逃避他自由戀愛的苦果；不要誤會這句話的表達，就以吃果實為例，你不是偏愛吃苦瓜嗎？所以自由戀愛並沒有錯，只是代表一個時代的趨勢而已。總之，愛戀的意涵是沒有對錯的，可是能不能去思考它則與成敗大有關係，因為在愛情的進行中，心靈是呈現慌恐不安的狀態，美感和悔恨總是交替地來臨，這種折磨唯靠思考的支撐，才能平安地度過。兩個相愛的人是否能長時結合和生活在一起，也唯有靠這份思考的力量。思考是一種哲學，它無疑主宰著我們一生的存活。

如此，相愛是神聖的，以自己的部份或全部獻給對方，來表彰信任和忠誠，給予和接受兩者都有相似的感動和快樂，因此，也能吃一切的苦，和為對方犧牲。這小小的結論就做為這段日子以來我對愛的想法的終結。我知道你這小靈精一定有你更為精闢的想法，大致上來說，女人有較直覺的體會，不論男人怎麼說，不說的女人是比較深奧和含蓄，她們有一條所謂保留的後路，以便在不合心靈的需要時可以撤退。

昨夜，我突然外出去散步，社區大都已經沉寂了，我開始步上那條沿河的道徑行走。我只有穿著背心和短褲，讓涼風能接觸到我赤裸的雙臂和腿部。在暗黑中步行是一種適宜的愉悅，所有的感覺和思想都是安和的，自身的存在是如此的絕然和寧靜，彷彿世事都不再與我相干涉。沒有愛的嫉妒和生活的負擔，心境是和平的，抬頭望天，幾顆星星細細地鑲嵌在高高的天上，我突然憶起童年時代認星的一段往事。我們都把草蓆鋪在黑橋上，在夏季的夜晚，睡在那裡乘涼；我們的眼睛自然地往上注視，滿天星斗，繁多得讓人吃驚；我沉默地睡著，卻意識清醒地聽大人在說話，談星子的故事；有時他們會指出星的位置，因為色澤和亮度，所以很容易辨識；有一條白色的銀河橫在天中，因此兩岸邊可以找到牛郎和織女星的所在，而在北方，最大的一顆星就是太白金星了。這些回憶也突然讓我覺得悽楚和心酸，這不能再回返的童年此時使我十分嚮往。這一覺醒同時使我想到遠方的你，雖然我對你的記憶都是愉快的，但心中總覺得有不如意的未來。在這深夜中，我不停地往前走，比以前在白晝裡走得更遠，沒想到起先安寧的感覺消失之後，糾纏的思緒隨之而來，到底要怪星星，怪你，還是怪自己呢？

九

小麒麟，小妮子，我的至愛，我的妹妹，我至親的朋友，我非常非常的愛著你，希望人類世界的美好和幸福都能使你擁有，使你能有表達和快樂，沒有絲毫的憂煩和痛苦，當你想要和平平靜的時候能有這份心情，當你想要愛戀的時候能有這份滿足，當你想要朋友的時候能有一大羣人圍在你的身旁，當你想要休息的時候能有甜美的睡眠和夢，當你早晨醒來時能有音樂和果汁，像夜晚的時辰你能去山上散步和沐浴，且擁有陶醉的愛。我在我的內心裡，當我認識你而知道你的存在時，我祝福著你，假如能經由我的手，我會雙手捧著獻給你，假如能經由我的心，我會祈求你能永保青春和愛。這一切我都希望我身在遠處的另一個區域不干擾到你，只是透過我的思想和意志傳送給你，當你現在處在憂思裡，不能撥開糾纏的煩擾時，我只是一個在現實中不參與任何決定的人，只希望你能再度明朗和快樂，去愛你想愛的人，去做你想做的工作，簡單而純潔，不必用狂野的衝動去衝破心中的障礙（這會越做越複雜，甚至毀壞了自己的身心），假如我是你現實中一個阻礙你往前走的人，請你不必客氣地推開我，我會自覺羞愧地走開，並且向你說對不起，我不是有意的，我不會再讓你對我感到煩惱，但是基於愛你，我應退到一旁，為你祝福，鼓勵你，為你重握幸福而歡呼。當昨夜在電話中，你透露你近日來的憂悶和不平靜的心情時，我直覺到這可能是我的過錯，因為這一陣子來，我可能太過先聲奪人，太過偽善，太過表達我對你的愛，這些壓力整個淹沒了你原本的衷情，你原初的理想和愛戀，你單純的生活和平靜的日子，混淆了你的思想，敵亂了你的理念的秩序，使你產生狂野的心思，甚至產生對世界的厭煩，對人的不信賴，意想毀滅你自己來平息這一切的纏絆。菱仙，我不希望你有這一類的憂苦，因為面臨某種抉擇而痛恨你自己；我愛你，是基於能使你快樂，且從中分享你給我的快樂；如果我愛你是基於我個人的自私，這是我的卑劣，且不配你也能愛我，因為沒有人能從別人的痛苦中獲得快樂和益處的；我更希望你能有一份理智去分辨，是否我以虛偽的言辭來迷惑和陷害你落入不拔的境地的，只是想佔有你而故意表示我的寬大的胸懷。我不能確知我的心胸是否坦磊和爽快，一切都得由你去判定它是否真偽，不能為我的一番美辭所欺騙。你也不必以某種利益得失去選擇你所要的，應該請問你自己的心，由它去決定。有些事是十分弔詭的，眼前好未必有利於未來，面前的困難或許會帶來更大的美好未來，這種謎團只有你的心有穿透力能預知長遠的前景。哲學會把任何的選擇都說得完美無缺，也能把它們都說得一無是處，好似在美學的宗旨中，藝術品只有美沒有醜，而現實卻只有醜沒有美，因此才需要去創造，而創造本身就是美。愛是一種創造，所以它美。選擇也是一種創造，它同樣是美。而創造和選擇唯有靠你的心，不是被迫於外力，才能達成目的。菱仙子，你只能對你自己的命運忠誠，所以沒有所謂正確和錯誤的選擇，人不應站在十字街口太久，只有上路往前走是對的，一切路程中的甘苦都由自己去嘗，自己去承擔，自己去肯定自己的價值，不必跟別人做比較。當你去瑞士時，我只有祝福你，為你寫詩作證；當你回來時我仍然愛你，比以前更喜歡你。是的，當你來到我身邊時，我把你視為天使，當你離我而去時，我心中默默為你祝福。我少不了我的一些脾氣和難過，但它會經由我思想運轉而消失，我知道我內心要平靜和安穩，只有把思想轉到愛你的上頭而祈福給你，嫉妒和怨恨只有讓心思折騰。所以，相似的道理，你應該去愛那個讓你愛起來心境會很平和和安穩的那個男人。事實上這一點是不需要我來告訴你，你自己也十分地明白清楚。總之，我不希望你現在把大好的時光用在這裡來折磨你自己，你還有身負的責任要去完成你的事業，愛情如果不能和你的工作相輔相成的話，要暫時拋開它，愛情會隨時而來，也會隨時而去，但成就你的事業只有一個，它需要全部一生的時間來建造。我希望我是你的好朋友，當你內心不高興的時候，可以讓你來窮開心，打罵和驅使；我也希望我是你的愛人，當你為愛情操煩時，能讓你狂野一番而平息了心靈。最好是我能被你視為親人，一天中看你進進出出，為事業或為愛忙碌，關懷你的健康，為你準備溫暖。其實我什麼都不是，你和我根本沒有分別，我這麼嘮叨愛說話寫字為的是要變成沉默，那時我們是合成一體的，有的只是氣息在交流；當我的生命漸漸老去時，我的心中只有愛，只希望這個愛能轉移給你，憑著這份思想去追求你的事業和幸福，去愛你的青春和愛你心愛的人，但別浪得過火。

十

如果我使用了虛偽故意表現出一種寬厚風度以贏得你的青睞來隱藏我的私心（前信提到這一主題），我要你以你的感覺去評斷它；然而私心與否和你的接納與否並不互相影響，有的人還認為強烈的佔有慾是一種魅力而屈服認同它，這個意味著愛情的存在並不依據道德標準，強盜也有愛伴，什麼樣的人就有什麼樣的愛情對象是本有的慾求而非憑靠通俗的知識做取捨。愛情沒有私心是令人不能接受的說法，甚至讓人聽起來感到毛骨悚然，大大地對它產生猜疑，完全是不可信的論調。當然我是有私心，我要單獨擁有你，不想和別人去分享的心理是自然的事，在自然界則要產生爭奪，在人類則更擴大為戰爭（特洛伊城的毀滅是因為與希臘爭奪美麗的海倫），中國人的諺語還說「人不自私，天誅地滅」（這絕對是錯誤的，幾千年來誤導一般人走向人格的絕滅境地）。但是讓我們來瞭解什麼是私心罷，私心的存在到底佔在什麼心理位階，它是否應該被徹頭徹尾地視為真理而自始至終去執行這項指令呢？這個問題和置疑態度就能使我們明白，私心只是心的一種，不能視為心的全部，「心」中有私心，但它不能完全代表「心」。所以在我們的生涯中摒除了全心而只有私心是不夠的，也是危險的，對私心的懲罰必定是嚴厲的，最後會是後悔莫及。私心雖是個人慾望的源頭，卻端看展現的行為而定，私心的存在是天經地義的，卻從行動中分出善與惡。我們看不到心的形象，但行為中我們體會了對方心的存在與好壞，「心」被加上好與壞後，「心」的存在就明顯而具體了。所以「私心」不能承接所有壞心的罪名，我們也不能全部以私心做為藉口來度過這一生，因為當後果來時，真正的「心」會批判一切。再說什麼是「心」為何它那麼了不起和權威？它的存在又為何？人人都有「心」嗎？有沒有假心和真心呢？簡單地說，一個人要知道心的存在和完整要待到臨終的一刻，一個人一生的所有工作意涵是塑造他想要的那一顆心。心是一個藝術品，我們活著就是做為一個造心的匠人，日以繼夜，分秒必爭地趕工打造，在任何場所都不能忘懷這個神聖的工作，不論你是做什麼事（也不論工作或休息），那個心的樣式是逐漸在形成，做愛或殺人時也不曾停下來，罵人或抛煙蒂也是，我看到在我散步的堤道上，有人在木新水門的牆壁上用噴漆寫著：雞巴，幹！這個人無疑在他的塑心過程中是狠狠地把他的心鑿了一刀。我們不得不小心在最瑣末的事物中破壞了心的美好。要成就一顆藝術品的心似乎要謹言慎行。你我都明白台灣人的無知都在無形中做出壞心的行為，更多的人類無知於善心善果的修行，成了惡魔的代言人。我承認我有私心，我想要你，想要你的全部，無時無刻我都想佔有你，以逞我的私心之快。可是，親愛的菱仙子，你不是一個物品，把你當成獎品來和別人爭勝負，你是一個人，和我一樣有心靈的人，你也有私心，也有塑造心的工作在存活，那讓我羨慕的魯道爾夫也是；然而我們大家在私心的意涵上是各不相同，各個有境界上的差別，誰愛誰或被愛有它不可偽詐的適合性，每個人只好各憑本事和運氣去找到他的愛，絲毫沒有僥倖的餘地。同樣地，誰也不能為誰擅作主張，去決定什麼事，因為人都有他的自由意志可憑去選擇他意願的的事。因此，我的朋友，你何患憂愁和苦悶呢？像我坦拓地愛著你，沒有獲得你的回應，這與我有何損失？在我的思想裡，已經沒有私心的存在，它退到角落裡，在全心的照射下，私心像個小小心一樣躲起來不敢見天日。你沒有回應或拒絕，這也表示我們不能心與心相映，我應該自知回頭或打消佔有你的念頭。這不是羞恥或打擊而產生痛恨，這是經驗，沒有這層一次又一次的經驗如何正確地塑造一顆愛心呢？這個世界也許沒有一個適合我的愛人，可是我有一顆愛人的心不是同樣地重要嗎？在我的思考裡，單單愛什麼樣的人不是頂重要，而是培養愛人的心靈，這顆心靈會知道愛什麼樣的人。所以即使我沒有得到你，我仍然有這顆愛你的心，這才是真正重要的，也是誠實的。你不應想不開，你更應該快樂，因為有兩個正在愛著你，也許更多，時間會通知你去選擇你要的伴侶，你何不學學狡猾和靈活一些，去挑逗那些追求你的男人，誰給你最大的快樂你就去愛誰，沒有本事的人自然就走了。當然，你近日的憂鬱不完全是這個也說不定，每個人都有他不可言說的苦衷在心頭，我也有，這是每個人心中的祕密，暫且尊重個人隱私權而不去討論。所以，博含常對我說，「你的謙虛態度我受不了」，我有時也受不了他的江湖氣一樣；因此，這可以說每個人都有他的風格，使人喜歡或不喜歡，那麼我的風格是來自我的思想和生活經驗，如你所感覺的那樣，並非故意裝成以贏取你的好感，如果你不要我也難得逞，事情就是這麼單純明白，無庸再提了。讓我們為此而達觀起來歡呼和高興，我親愛的菱仙子。

十一

當我坐在親水公園的斜坡椅子上望著你離我而去，越走越遠，直到消失在遠處的建築物的黑暗處，我的眼睛一直沒有離開你的背影；然後突然在我的視野裡是個沒有你存在的吵雜世界，整個晚間的表演已近尾聲，不耐煩的民眾到處四散地行走，大同小異的節目雖然還在舞台上進行著，對我早已失掉了興趣；我靠在那小小的椅背上感覺不甚舒服，疲乏的意識有幾次幾乎征服了我而睡著，但是我的眼睛還是一直望著你消失的地方，希望看見你重新出現。之後，我們沿著可通達的路徑去觀覽整個公園的規模，我們說話的聲音已因身體的勞累而變成沙啞，腳步十分的蹣跚，我們朝向傾斜的草地艱難地走上去，我的意識又開始模糊，我站在那高處望著前方的講台，四周水銀燈照在那一處地帶有如白晝般光亮，我聽不清楚台上的人到底在辯論著什麼，無論什麼事現在都無法讓我喜歡去投注，我轉身尋找著你，發現我是孤單地一個人站在那裡，一路上去來我們都互相牽著手，我記不得什麼時候我們斷了相連，我有些恍惚不解你會再度離我而去，這一次我完全不知道你到底走往何處，我心裡充滿著恐慌，在這麼偌大的公園到處都有黑暗，除了周遭有限的光亮，視線無法到達幽暗的遠處；我想著如何去進行尋找，因此我開始向四方呼喚你的名字，那叫喚的聲音好像無法傳播出去，而是消散到頭上的黑暗天空。我站著不想離去，怕你會回來時看不到我。許久許久，你都沒有出現，我開始有些黯然神傷，低傾著頭不知如何是好。我覺得我的意識又在進行著模糊清醒、清醒模糊的交替，當我一回身突然看到你在我身旁，彷彿你並沒有離開，只是隱形不見，然後再現形出來。我責怪你為何沒有跟隨我而擅自離開，你說：「是你在跟著我而你沒跟上來，還怪我。」我的意識完全無法記住到底剛才我們走過來的情形，因此我想你是對的，只是我因為心慌而有些混沌不清罷了。我現在追憶起這段往事，不覺對我自己發出這樣的疑問：為何沒有你在身邊會讓我產生那麼深廣的悲愁呢？

我似不止一次對你提到此一特質和性格，在我的思緒裡或在某種環境中顯露出來。這可以追溯到孩提時代膽小的天性，我曾問及母親為何在學齡時期拒絕去入學而慘遭父親的毒打，她說是怯懦使然。那時所表露的行為是害怕黑暗和不合羣，事實上後來的成長由於沒有受到開導而一直累積著，受到學習環境的打擊不斷地加深著，可是到了極限時，我開始由認知中去進行反擊和改善；然而它像是傷癒後的疤痕，一旦撫觸到這些傷疤就變成思想性的刺痛而呈現悲愁。那孩提時，我恨大人們單獨留下我在夜晚中看守屋宇，讓我遭受各種恐懼的想像，在無助的狀態下產生暴怒，以摔打東西來發散那份危機意識。不論你如何對我的此種性情評價，它的存在是真實的，它是一種依賴情感的方式，想獲得常性的陪伴和撫慰以消除孤獨和寂寞。

我知道提到這些事本身十分無謂，也不能提供給你什麼愉悅的感覺，反而讓你意會到我的種種弊病。從人類的本身來看，每個人都有他個別的憂患和病痛，常需藉助於愛情或藝術創作來抒解那份拋離不去的苦悶。宗教上的修練也常常被視為消弭這種痛苦的必勝祕方。其實每個人都有他的生活之道。而所有的一切措施都是短暫的，不論是世俗的這一套繁瑣，或宗教上的那一套終極思想，從宇宙的觀點，人類的存在猶如太陽系邊陲地帶密集浮懸的星塵，每兩千五百萬年被所謂的復仇女神星的一次巡行而騷擾攪動，紛紛脫離原有的位置而失控在太空中成為隕石（流星）；人類發生於地球在於白堊紀之後的年代，恐龍是白堊紀之前主宰地球的最大生物，牠們的滅絕在於一次隕星的撞擊；復仇女神所帶來的週期性的毀滅和新生，人類是這一期裡從外太空帶來的品種，萬物都由單細胞演化而成，只因地球滋長條件（氧氣和水）而存在和演進；然而下一次復仇女神的降臨（一千五百年後）可能就是人類和其他萬物的絕滅。

不論有多少的認知知識，我們的生存離不開那種可愛又可笑的動作，譬如蘇格拉底被他潑辣的老婆掃地出門後投往到那小老婆去。人類的心靈無疑渴望著愛。具有焦慮性格的卡夫卡在他生命的後期，自從認識馬蘭娜後，常常乘火車由布達佩斯到德國來和她約會；由於時間有限，他們只能在車站候車室或附近的旅店見面，然後再搭火車回布達佩斯。馬蘭娜總是由她的丈夫陪伴著，見到卡夫卡下了火車，她的丈夫便自行離開。有一次，天氣十分寒冷，他們在旅店交談，在街燈的映照下，他們靠近窗邊坐著，馬蘭娜拿出手帕擦拭卡夫卡臉上的眼淚。回家的路上，馬蘭娜的丈夫問她卡夫卡為何哭泣，她回答卡夫卡快死了，他的肺結核已到末期。但是，卡夫卡並沒有先死，不久，馬蘭娜和她的丈夫被捉進納粹集中營，從此沒有訊息。昨日黃昏我再去散步，堤岸下有一對男女在花叢的遮掩下互相擁抱，我遠遠望過去，他們擁抱的樣子好像是一種絕望。

十二

我以為沒有人真正地見到天上牛郎和織女星的相會，所有的情形大都是如此；不是在仰頭向上看時他們還沒有相會，就是當你想看他們時已經相會過了。七夕的夜晚一定有許多的男女守候著在某些地點想看這兩個星座的接近和會合，最後都沒有人能說出他們那會合的真正情形如何，總覺得他們根本沒有會合過。到底是錯過了還是他們沒有會合？這件事幾乎被愚弄了幾千年了。而現在的男女則無知地瞎跟著，在西方的情人節這遊戲上嫌疑著自己沒有自尊，乾脆也把中國的情人節搬上來，在台灣每個心癢癢的青春男女一年可以過兩個情人節，這是特殊還是無聊呢？應該是既特殊又無聊。我也乘著這機會出去風騷一番，在我給你打完電話後，不久，有一通電話進來，這時我已經在看書，差不多十點半，他是桃園的沙究，那個早年害羞答答老年患了焦慮症的有學問的人，他說他帶了一個女伴在外頭，想來台北見我，要我出去和他們見面。十一點半我們約在泰順街的博夏瓦會面。我們三個人終於在那不舒服的座位上喝酒聊天，裡面的座位也都擁擠著男男女女，看起來都有些異樣的快活，有人還比手劃腳地跳舞，平常冷清的地方今天卻熱鬧多了。後來有幾位見過面的人圍過來，談論七夕的事，我才說根本沒有人見過牛郎和織女相會，沙究解釋說星座的軌跡，造成接近和分開，這實在是一般的常識而已。我又說他們相會的時辰是夜盡天明的那一刻瞬間，而沒有人捉得準那一刻是什麼時候和景況，因此幾乎沒有人見過他們的真正相會。更神奇的事是天上會落下幾滴雨，雖然是晴空無雲也會，那是織女的眼淚。

落淚的傳說是我童年的記憶，那時在鄉下，沒有情人節這種玩意兒。我才五、六歲，喜歡跟隨年長的鄰居姐妹們晚上到黑橋上乘涼，鋪著草蓆坐下來說故事和唱歌，她們已經長成肥胖高大（在我的年小印象裡），穿著薄薄的衣衫，可以隱約見到她們的肉體的誘惑和神聖，有時靠近她們，我的高度就在她們的腹部和大腿的地方，可以聞到她們的身體發散出來的氣味。其中有一位姑姑，把我拉過來抱著安慰我（我在悲傷飲泣），我的臉就壓在她腹部下方的凹處，張開雙臂圍抱著她的大腿和臀部，而那一三角地帶正好可以放著我的頭，我的臉埋在那裡感覺到一股奇異的魅惑，哭泣的顫動正在摩擦著那裡的陰毛而發出細細微微的聲響，但似乎只有我可以聽得見，因為我的耳朵也貼在腿股上。我的鼻子正好伸進那下陷的隙縫，她把我抱得更緊，幾乎使我不能呼吸，把氣吹進那雙腿的隙間，她的手放在我的頭上，好像要把我的頭壓進去她的裡面似的，我抬頭望她，她俯著看我，對我說：不要哭，姑姑疼你。所以，我懷著童年的記憶再看看現代的人們為這節日那麼盲動雀躍，就覺得他們實在太幼稚可笑。我曾對你說過，我不過任何節日，也不過自己的生日，並不是我不喜歡它們，而是我的心太悲傷反而顯示了一種冷寞和無情罷了。後來，我帶沙究和他的女伴去吃宵夜，吃完，他們牽著手走了，我獨自開車回來；我覺得好累，想打個電話給你，看表已經二時十五分，我想吵你們是不應該的，因此打消此念頭，熄燈，走進我的臥室。祝你平安，我的愛。

十三

這幾日來，我覺得自己好懶散，心中充滿著許多悔憾的事；雖有句格言說，你要獲得別人對你的信任，你必須對別人先有那份信任。人世之中，也許每個人都覺得自己付出太多而收穫太少。這種自私的抱怨常常在我們的心裡啃蝕著我們的心靈；想求得公正公平的心有如天秤一樣，你在一方加著什麼，另一邊的籌碼總會浮上來，而你如加重籌碼，則那一方又會嫌著不夠，屢試幾次依然不能平衡。人活著如此地義憤難平，無法獲得恆久的寧靜。從心情上去評量，我的日子過得時好時壞，有時快樂有時悲哀，有如身體上的健康，疲乏和旺盛的感覺互相交替著，並沒有所謂的常態。這半年來，自從認識了你，我的情緒起伏得更是巨大，難免有患得患失的想法。為了安撫這股熱情不至於把自己燒焦了，我規劃一段長時的自修來權充穩定的力量；這份學習對我而言固然是吃力，不論成效如何，還是能持之有恆。這種隨伴著愛戀而存在的學習精神，即使有一天熱情平息了，愛戀的對象分道揚鑣，這鞏固的精神還可以撐得住這傾塌的身體而不至於毀亡。人生裡所經歷的事物，不論結果如何，最後留下來的是人格的存在，而在那個時候，藉助天秤根本無法為你取得公正公平，反而去自覺自己的人格存在才能獲得自我的救贖。

菱仙，生活中的點滴並沒有那麼多可以在書信中去陳述，何況我的生活本來就十分的單調乏味，想到外面的世界去攫取什麼快樂，到頭來只有討得一場無趣罷了。有時我自以為心中有了你，勝於有那整個世界的繁盛和多樣。我很珍惜這份你給我的感覺，有如我們重視活著的那份存在的意識，雖然存在本身沒有絕對的甘甜和快樂，反而佈滿著荊棘和苦痛，卻是心甘情願的想要活下去。我是那麼感激你給我機會向你表達了我心中愛你的情意；當我這樣思想時，我就不會再去計較你到底有沒有多少真情反映給我，你心中是否有其他的愛的存在。即使你一點點也不給我，可是我有的是那份愛人的精神，這雖是一種幻覺，但幻覺和真實在存在的意義裡並沒有什麼多大分別。甚至，幻覺比真實美麗多了，可愛而單純多了。

昨夜，我故意遲了一步外出丟垃圾，讓垃圾車開走到下一站去，我走過去把手中的袋子拋進車後的口洞，然後離開去散步。我還是沿堤岸行走，涼風吹來拂觸著我的臉面，和剛洗過澡的身體。我抬頭仰望，像是晴空萬里的模樣，然而天上卻只見到月亮和金星，它們是十分明亮地排在一起，十分的接近，比起許多年前我依照天文的報導說那夜是月亮和金星最相靠近的時辰更為相近，而今夜不是，卻看起來更是，為何？從地球的角度和天文的解釋相較是兩碼子事。我們的肉眼所見的景象有時和事實並不相符合，相對論已經盛行多時了，也沒有爭辯的餘地了，可是我們卻仍然相信內心的那份感情所願意承認的事實，有如昨夜我所見到的兩星相近的喜悅。是的，我是那麼的快樂，那麼的感覺滿意，可是別受這語言的欺騙，其實我內心是那麼的痛苦和悲哀；當我的精神是那麼的高揚快樂時，相對的，我的身體是那麼的深沉痛苦，在那樣的一刻是抑制不住會喜極而泣的。祝你安和健康，我的愛。

十四

昨日（二十七日週二）花蓮之旅與朋友乘火車前往，我的私心裡是懷著對那裡的思念，比較去年和老梁沿路開車而去的情形大不相同，那一次沒有這一次那樣具有懷鄉病的情緒。時間是那麼有限，一天中早去晚歸十分短暫，只能安排探望兩個地點。午飯後迅速驅車到太魯閣，兩旁的林蔭馬路依然如昔，青翠陰涼與新鮮的空氣，我馬上憶起生活在那裡時陰雨的冬天開車經過，雨刷反覆掃著淋濕的車窗，彷彿在擦拭我滿臉的眼淚；那些日子裡車子在馬路奔馳，單獨的我總是沉悶地思考著，望著風景意識著孤零的存在。上了公園房舍區的坡道，我由側邊窗戶望西邊的山區看，那始終讓我懷思和沉沉屏息的陰核山座清晰地映現到我的眼簾，如此美麗地凸出在兩側邊太像陰唇似的山座中央，沒有人知道這個景觀有如此地隱含著綺麗的象徵，如此具體地擺明著這麼使人想像的意味，如此地龐大，像是一個巨口，要吞下所有具有靈魂的生物，由那河道進入，使人陶醉在美好的安慰裡而死亡。站在公園徑道上，我去觀察我曾取景的那些樹木和山巔，我畫下了一張富有交響詩的秋日午後的油畫，那時我的思想裡充滿神祕的想像，在金黃的樹葉間飛行著一隻象徵的鳥。這是我在花蓮的最後一張畫，心中已經打算離開這美麗之鄉，像那隻鳥要飛出樹林，心中充滿著徬徨、掙扎，以及探尋未來的愛情的願望；在那張畫裡的那隻鳥發出哀鳴的叫聲突破了自然的交響聲音，彷彿一種告別的音符來自我流浪漂泊的心，向自然和美麗說再見，到人世熙攘的大城去尋覓投胎於人的麟獸，像傳說中尋找墮落天使的使命，當我遇到她時一定能認識她，她有奇異的外表，奇異的聲音，不可測知的性格，有如我在雨天的午後邂逅你，我就知道你就是小麒麟，你給我的快樂和痛苦就是那麼具體和神奇。愛情就是一種聯繫，把古老悠遠的來源的兩個元素結合在一起，有愛情才能產生一種視野，認知人世和自然，知道人心和象徵，知道誕生和死亡。啊，人間無疑是那貪戀的纏綿和繾綣……

日落前我們來到七星潭海濱，我坐在佈滿奇石的海灘注視捲動的浪潮，這是我離開花蓮前幾個月每日黃昏必來散步和沉思的地方。我那時已經結束了創作，已經沒有靈感，一個喪失愛慾和心靈的人，一個憔悴和悲傷的人，有如醜惡和卑鄙的靈魂在辜負秀麗壯大的自然，我感到羞恥，所以我必須走，走往一個骯髒污穢的大城去，只有那裡能再一次的試煉我的心志，只有那裡才能凝聚破碎的心，再度尋回青春，才能完成使命，如果我心愛的人在那裡，那麼總有一天我會在那裡看得見她，在千百萬人中辨識她，從她身上我會看見一切自然的象徵，我會撫摸她的全身，熟讀她的肉體的韻曲，服侍她，彷彿服侍我那顆驕傲的心，使她和我都充滿了燦爛和歡樂……

回憶的無窮使現今能產生一股希望來，回來時我馬上給你打電話，告知我的今日的行蹤，有時去回味和重睹過往的景物更能清楚地認識自我的形象，那時的寂寞和孤獨在現今的心靈中變成一種無上的享受和驕傲，我相信我能認識你，是我自來苦心的報酬，讓我能真心誠意地愛你，珍惜你。

十五

如果我沒有再補一封，那麼這是你在泉州時我給你寫的最後一封書信，當然這是九六年七、八月的事，明年要是你再來學習，也許我會如法炮製用書信來傳達我對你的想念和愛意。有些人採取某種行動會有濃厚的目的論調，這是很正常的辦法，我想有時我也是，然而當我這樣做時，是否會獲得它應有的結果，已經是另外的一回事，真正的重要性是我有沒有去實踐這個行動，去做這件事本身才是它的意義所在。我不知道你是否會覺得奇怪，難道我給一個女孩子寫情書而不想獲得這個女孩的回應，到底所做何為呢？我不否認我是要她，渴望的不得了，但是到頭來，終於得到這個女孩的愛與寫成的這些書信已經是分開來的兩件事。如果沒有得到這個女孩的愛情，事實上與這些書信也是分開來的兩件事情。我們姑且不去論說到底要多少的份量才能獲得愛的回報這一方面的事；以前常常有這樣的事因為聘金的數目談不攏而取消了婚姻關係；就像到底要寫多少或多久的時間才能感動一個女孩的心，這是很難去界定的。在我，更不可能自我以為給你寫信就能感動你，然後去索求你給我愛，事實上我給你寫信只是讓你多方面認識我而已，如果我們平常都能見面，也就不用寫信了。我們心中能受感動的往往是美的本身所呈現的行為，美的行為是生活的最大意義，如果它能帶來報償當然更好，如果沒有，那過程的存在已經無所遺憾了，這點就是我所要說的主旨。我高興的是我能如願的完成我的這份自許，我感激你的是你成了我敘情的對象，如果不是，我說不出我心中愛你；當一個人由衷的叫出我愛你時，不論你在不在場，它已經完成了。當你在讀我的信時可能會知道這一層意涵，好像音樂，它只存在於演奏或歌唱的時空，那一刻就是它的一切和永恆。

近日來的午後雷雨是往年不常見的現象，就是有也不會連續四、五日這麼多，而且是很短暫的時間。這樣的雷雨自今夏以來，出現了許多次，我記得七月底的賀伯颱風之前有過，之後的是八月十日左右，後面的是現在，整個下午即雷鳴雨下起來，到黃昏為止。雷雨是自然氣候的兩面性動作，雷聲低傾時十分可怖，帶著懲罰威嚇的意味，但那嘩啦啦的雨聲撒下時，一股涼氣自屋外侵入屋內，有時我躺臥在床上（午睡），感覺它撫涼我的手臂的皮膚，漸漸我的全身都能透涼起來，好像一種慰藉似的觸透平息了剛才威嚇的雷吼。昨日的情形更是兩者同時到來，兩種感受同時在心裡滋生著，在這樣的時候想到你，想像你來到我的床邊注視我的貪婪要求，在你下狠話對我的同時，你的手已經被我拉住了，你的笑靨表情掛在長長的嘴線上，假裝的凶狠眼光與獻身的動作同時展開，以及我越要求你越抗拒的扭動也一起連續出現；是的，你的矛盾的表達是引起我接受最大誘惑的關鍵，假如有一天，我會情不自禁地而安息在你的懷裡，這是非常有可能的事情。假如這是預言，我也心甘又情願。

你即將回來，在今天之前我不敢在這裡提到，怕我自己喪失了耐性。人有時會在思念過度時崩潰，男人會精神錯亂和自瀆無度而自毀，女人也會在渴望過度時，一觸而血崩不止。只有人類會為愛情而死。當你回來時，我們應該有一個新的開始，而且它必然是一個嶄新的境界，那是一個使心智成熟的努力，情愛不僅是身體慾望的享樂，它更是心靈運作的滿足，這一切都是應該學習的課程。

昨日（三十日）我開車到民權東路六段的時報廣場去觀賞漢唐樂府出國前的演出，我抱著欣喜和期望的態度坐在那設計平凡的劇場座位上，節目終於演出了，一個接著一個，也終於讓我的心變得冷淡和無趣了。這個被宣傳包裝的劇團，其整個內涵實質卻使人完全的失望。這是一個藝術總監的涵養不足所造成的膚淺結果，漢唐樂府就像餐館菜單上輝煌的名稱，當那盤菜端上桌時，一旦吃到口裡總是和想像的有一段距離，這是國內藝術團體一貫的毛病，在演出不精準的情形下，使人對樂曲本身的精神產生懷疑，好像漢人的心靈自來就是那麼貧弱和無奈。他們有非常嚴重的訓練錯誤（如演員身體的移動和走步），雖然有特殊設計的服裝外表，卻無法從內在湧出該有的律動來產生美感，個個有如傀儡般呆板而無生命。這種藝術力的不足，只有讓人對南管精神的平凡誤解，他們應該去為蜜絲佛陀化妝品做廣告，去展現面龐和身材以引起購買的慾望。在五個節目中，我只看到一個單獨個人有個比較有水準的演出，她抱著琵琶，一面彈一面唱，聲色和形態都很美好，可惜另一個表演者的木訥卻難配稱那淒麗的音調而合成為一個完整的作品。有些不耐煩和看不到特色的觀眾，在節目與節目之間的暫停時間紛紛離席而去。散場時我走出來，心中也覺得這樣的表演到底是怎麼一回事？

今早，我站在窗前凝思，我好盼望你現在就回來，和我一起吃早餐。因為昨夜去聽漢唐樂府的演出，我現在不由得記起我們在海灘躺仰在車子內，你為我唱了一段樂曲，曲中敘述一個女子在趕路，蝴蝶怎麼飛舞……整個是那麼生動和明亮，加上你聲色的嬌美，你知道我是完全被你感動和蠱惑了，我從來沒有喜歡事物像喜歡你的唱聲，我好珍惜你這一點，這是自然天生的，用這樣的聲音罵人，也完全能使人高興和享受。回來罷，菱仙，回到我的身邊來，和你在一起就像沐浴在銀色的河裡使人陶醉和快樂，有如在圖畫裡一樣那麼美好，想到這個，我就想放聲大叫，呼叫你的聲音越過高山大海，傳到你的面前，傳到你睡夢中的情境裡，讓你聽到我的聲音而醒來。我的心的所有籌思都在為迎接你而準備，我希望每一個黃昏都有你和我共進晚餐，每一個夜晚都能擁抱你，每一個早晨都能看見你醒來；你的每一個字音都能被我收聽，每一個眼神都能被我瞭解，而且瞭解的最深最遠，讓我們的快樂和疼痛都能夠共鳴。真的，在我的生命裡，世界上沒有任何一件事比我愛著你更重要，因為你存在，帶給我內心的光明，讓我產生清醒和理性，讓我意圖重建我的青春之愛，也讓我肯定愛你的價值，使我所做的每一件事都是為著你，為著我，為著生命的價值意義，為著認知所有可以感覺的一切，為著創造，為著自然賦予我們的能力去表現，當一個人愛著另一個人時，他就是在愛全世界的人類，這是那麼地微妙和神奇，那麼合理；菱仙，回來罷，我在等你。

十六

請聽我唱：

我心內思慕的人，你怎樣離開阮的身邊，叫我為著你瞑目心稀微，深深思慕你；
我看見思慕的人，站在阮夢中難分難離，引我對著你更加心綿綿，茫茫過日子；
好親像思慕的人，優美的歌聲擾亂阮耳，動我想著你溫柔好情意，聲聲叫著你；
心愛的緊返來，緊返來阮的身邊。

古代的希臘人，尤其是那些哲學家，把人活在這世界上，思考出一個認知上的秩序，首先是智慧，其次是健康，再其次是財富，最後是愛情。他們這樣說是很有道理的，但是可別誤會愛情是最不重要的，所以才排在末尾；以為智慧又是最高的境界，所以排在首要的地位。依我看來，真正在這人間上，愛情的境界最難達成，它雖然每個人都在奮力追求，卻無人能說出愛情的滋味是什麼；每個人心中都在盼望，卻無人知道愛情的真相；人們對愛情只能說處在一知半解中，無法完全瞭解清楚美在那裡，苦在那裡，樂在那裡，甚至到最後都紛紛地逃避愛情，去歸佛，去自殺，好像愛情是一場渾噩的夢魘，是人間最為流行的瘟疫，有的人整日都在它的病痛中過日子，情形十分悲慘，這到底是為了什麼呢？又如何去解釋呢？

沒有人真正看清楚它嗎？希臘的哲學家們因此不得不提出了他們的警告，要人們在人生的旅途中，定出努力尋求的目標，千萬別打破了進程的秩序，要大家最好先追求智慧，否則將來的誤失就太大了。

簡扼地說，他們要把智慧排在前面，無非是把它當作建築的地基，好比當它在蓋一幢生活的屋子；這地基就是清明理性的知識，瞭解環境和人事，一切是否都已經堅實而牢固，思考是否完備而沒有疏忽的漏洞。當屋子在起建時，猶如一個人要鍛鍊自己的身體，整個體魄是否能經過風吹雨打，常年健康無恙，使有巧健靈活的手腳，承受生活的負擔，這所房子住起來是否安穩舒適當然是十分的重要，就像沒有好的身體，對一切都不必奢望，而好的體格對什麼都抱著美好的希望。財富好比是室內的設計，而且財富也好比一個人心靈的豐富，要是一個傻瓜有很多錢就不是這樣的一回事，所以財富不但是真的要有點錢，更重要的是有明爽的心智來用錢，這才是擁有財富的最佳意義。那麼最後不言而喻，愛情的條件必須具備前面所指的三件事和工作，愛情的存在就存在那基礎裡，那樣的能有智慧、健康和財富的天地中，沒有就無庸奢談愛情了。或許有人會說，他不相信那樣的佈局，愛情是一種天生自然的能力，在任何情形下都能愛得很爽快，愛得很高潮。我不完全否定這點，問題是爽快和高潮下不能完全代表所謂的愛情，它們有些是畸形的，是短暫的，風吹雨打就散掉了。聰明的古希臘哲學家所為人類思考的當然是完美的愛情觀，這才是值得追求的目標，不然就不用去解釋了。

菱仙啊，請聽我唱：心愛的，緊返來，緊返來阮的身邊。

灰夏

一

夏季中每日習常有悶熱的感覺，但今年的七月末幾日和八月初幾日卻有平靜的陰雨在不預期中呈現是從來未有過的景象。印象裡和記憶中，颱風的吹襲和夾帶的暴雨是難能磨滅消失的。所以那些天，城市裡意外地顯露出一種像灑花似的適涼和淋浴過後的爽潔。柳君就是在這種時候由遙遠的鄉下進城來探望他的妻小。一向，他的探望過程像定規似地約莫每半年一次，前一日下午到來，翌日早晨離開，依時間計算合成一日而已；他從未曾在這麼短暫的時間裡轉到別處去，在火車站下車後接搭公共汽車，也依這反返的方式搭公共汽車到火車站乘火車離開城市。這情形是他的幾個小孩為了學業關係妻子必須前來租居合住照顧他們的生活起居之後，也是他自一個小工廠解體後感覺日漸老邁不想再服職而退居之後產生的，這麼自然地演變到分家和自我照顧的狀況，是誰也不至於會有片言隻語的怨懟。他之所以不願再回城裡生活只有他的妻子明白，二十幾年前就是他們夫妻相攜斷然由城裡奔走下鄉的，歲月似乎已經湮滅了往事，他已經變成了自認是個卑微的鄉下人，早就沒有那種城市人追逐奢望的心性和需求了。照說，在夏季時節，妻小應可乘學校的暑期放假回鄉來團聚一些時日，但幾個孩子由於潮流的關係還是分別忙於打工和輔導課程，因此，團聚的事就得由他前往城市去履行了。他是那麼幸運，預先聯絡好他要進城的日子竟會逢到了沒有半點炎熱，柳君的心境也是分外地與往常不相同了。

所以翌日晨他的妻子淑容在餐桌對面望著他的時候，他一反過往低頭不敢看人的態度，也直視著她，讓她意外地感覺他那憂鬱成性的呆板臉上有著一種不尋常的微微笑意。這怎麼說呢？淑容所知悉的他是講話和行事依照習慣怎麼去說做就那麼辦的人，有如他養成的沉默態度一樣，他是多麼厭煩於用語言解釋某些可以改變的事體，如果這事只是為了他個人的理由的話。這可知覺又似不可知見的笑容，使得淑容憶起他那年輕時離城說走就走沒有向任何人申辯任何理由的沉痛面孔正好是個絕然的對比。她想開口問他，卻又心中疑慮而不敢冒險去觸犯他，假如猜錯的話。這從未睹見出現在柳君臉上的神祕笑紋只持續了瞬間就消失了，他又低傾著頭來繼續吃著淑容手做的一貫習於他滿意的清粥小菜的晨食。淑容心裡雖然迷惑，但也疑問自己的老花眼是否加深了而眨眨眼睛，像若無其事般等候完成早晨的食事。而柳君竟然在這過程中沒有吐出任何一言來證實。但在臨近他應該出門的時候，他從客廳的沙發上拿起上衣要穿上，他才轉過身來對她說：

「今天之中，你還有重要的事要辦嗎？」

淑容倚在通往臥室的門邊看著他。

「你以為什麼是重要的事？」她這樣回應他。

他想了一下。由於他不善於流暢地說話，他常停頓下來想想他要如何措詞。

「譬如任何事都不能佔先取代的。」

「那麼什麼事想佔先取代？」

「我想……」

「你就說出來啊。」

「我想去市立美術館看畫展，如果你可以陪我去的話。」

淑容像搶答般說：「為什麼不可以。」就轉身進臥室換穿衣服。她知道要捉住他的真實性就要像這樣不容置疑地迅速確定，以免在遲疑之間喪失了機會。

當她從臥室出來時，再度停站在門框的一邊，看見他彎著背，在他的手提袋裡拿出他那舊記事簿在翻看，書桌上有一具電話就在他的旁邊。由於他的察覺，他回過身來看見她整裝地站在那裡，因此有點致歉和急迫地說：

「可是我想打電話……」

她有些不忍阻止他地回答說：「你何不試試看。」

他的表情充滿了嚴肅而態度自信地撥著電話。他看了記事簿然後再撥號，把耳機靠在耳朵邊，靜凝了片刻，再看記事簿，重新撥號，這樣反覆做了幾次，最後把耳機放回電話機上。他嚴正地對她說：

「這樣做雖然愚蠢，但這代表我的信念。」

「我清楚地知道。」

「也許有一天我可以找上他們或在那裡可以碰見他們。」

「當然。」淑容心裡慼然地說。

「好罷，我們應該可以出發了。」

「你有沒有想要怎樣搭車到市立美術館？」

「要是我們搭公車，你沒有反對罷？」

「沒有。可是卻要在某個地點再換車。」

「沒有直接到達的？」顯然柳君已經不明瞭現在城市複雜的交通情形，他心裡記住的是舊時的簡便樣態。

「我們現在木柵，美術館在圓山，必須通過市區，換車是必然的。」淑容的說明使他甚感訝異。

「那麼叫一部計程車會不會太貴？」

「這不用說，當然要貴很多，但……」

「如果你認為捨得就叫車好了。」

「我和孩子無論到多遠的地方都是坐公車的。」

他們對視且沉默了片刻，終於得以妥協地出門了。而屋子裡在這晨間會只有他們兩個人，是因為孩子們怕交通尖峰時刻會塞車耽誤他們的事而趕在前面出去了。

二

在美術館寬廣的大廳，柳君注意到廳內的人，有的走向展覽室，有的上樓和下樓，有的卻在覓巡想要認人，對靠近過來或走過身旁的人投以注目的眼光。而他心中亦存有想發現熟人的熱切。淑容注意到這點，同時配合他而放慢了腳步。但他們似乎是孤零的一對，沒有什麼人認識他們，他們也認不出誰來。他們的眼光透過大玻璃窗，見到窗外似乎注定永久豎立的雕塑人像，然後很自然地依循人們行走的方向，步進一間有燈光佈置的展覽室。

柳君在這面積遼長的展覽室裡見到牆上的畫幅，那心中的私切事物就迅速地隱遁了。可是，每一個畫幅與畫幅的空隔間，在他橫向移步的時候，那隱密的事物又會再浮現到心頭，不由自主地轉頭注意身邊附近的陌生人。他甚至想要去分享那些真的會在這樣的場合中相遇而停下來面對面說話的人的喜悅。他總是投出羡慕的眼光審視他們一下，注意到他們有的手和手交握的那種奇妙的感覺，臉面上堆滿了相見的歡快笑容，以致到後來他是越來越不能集中精神來看畫了。彷彿欣賞藝術品仍然無法與現實的快感做比價，美術品對人生而言只是次要和補足的作用而已。

淑容勸他在藍色絨布椅坐下來休息一下。他一坐下來就低頭閉眼沉思，好像是一個真的看畫看累的人的姿態。這設計上只是個沒有靠背的長板凳模樣的絨布椅，大概也是為配合展覽室的燈光和色調而用上藍色，有如坐在非自然世界的一片草茵上，其長度卻可以同時坐下五六個人，而且可以自由選擇不必同坐一個面向，因此它被兩人一組坐下，另外兩人坐向相反的位置，而有單獨一個人的話，只要有空位，也可以坐在兩頭中的任何一頭。這情形，好像在餐廳裡，有些桌子互相靠得很近，人來人往，互相間都是陌生，卻可以在那有限空間不避嫌地各吃各人的菜飯，各自之間說話的聲音，有時也可以聽得十分清楚。柳君和淑容的背後就有兩位中年女士在交談，由於這靜謐的展覽室，使那語聲即使放低音量，依然在鄰位上能夠清晰地聽聞到。沉默的柳君雖然閉著眼，卻無能關閉耳膜的響動。

「我大哥過世，寄出去的訃聞，竟然只有他退回來。」

「他對人說，他那時不在台北。」

「他在，我們判定那是拒收的情形退回的。」

「要是不回應也就算了，退回實在使人訝異。」

「那麼要好的朋友，真想不到。」

「他認識我大哥，當然是透過我們的關係。有一次，他的女兒由國外回來，有人為她安排私人的演奏會，他通知我們，但到了現場才知道他只招待音樂界有地位的人和我大哥，卻冷落了我們，使我們感到很意外和難堪。」

「現在又是見生不見死的態度。」

「就是。有時我們也不明白，他的太太打電話來，對鍾說：我們每天都在想念你。你想想，他們每天都在想念我們。而且每次見面，總是這句話：我們每天都在想念你。我對鍾說：其實他們每天都在詛咒你。鍾不知道在那裡得罪了這個女人，以致這個女人影響了他，使他們原先的友誼遭到如此的裂損。你知道，鍾在他們的女兒出國深造時，還贈送了數萬元贊助她。」

「世界上再也沒有那樣的友誼了。」

「真的是這樣。我們都知道，他和老楊一直關係很好，因為老楊的太太在廣播電台當主任。」

「這也無可厚非。」

「不錯。但鍾說，看人品就看在他的非現實性價值上。」

「現在已經沒有那樣的傻子了。」

「我常對鍾說，這個世界大概只剩下你一個傻子了，你一直相信你和他的那份友誼，幾次證明，根本就不是你想的那樣。」

「鍾惦念的是過往的那份存在，這是他可愛的地方。」

「這可是我為鍾抱不平的地方。」

柳君突然站起來，搖搖他的腦袋，好像要揮掉滯重的頭部的某些東西。淑容也在凝神傾聽中驚醒，跟著起立，然後跟隨在柳君往前走的背後，那樣子看來就像要繼續他們未完的賞畫之旅。

三

年輕時，柳君服完兵事，隻身來城市尋業，先打零工度日，遇淑容，公證結婚，後經由服務所安排在小學校當代理教員。服務所和學校都曾對柳君說明，依照他的學經歷，在新年度開始有空缺時將優先補正。這一保證使他無後顧之憂，可以安心工作，學校也分配一間空餘教室改裝的隔房給他和淑容居住。在城裡，柳君和同學陳君往來甚密，陳亦在另一所學校任教，和柳君時以詩文、繪畫、音樂等事相投契。自有定職來，時光箭飛，半年匆過，再兩個月，暑期將至。柳君獲知新學期已有一個缺額，補正已無可懷疑。此時，春後，梅雨前，與陳君相愛多年的家鄉女子，突來奔投陳君，迅速結婚同居一起。一天，校長告知柳君，現有教師入伍空下臨時缺，是否有友人可前來代教？柳君轉告陳君，其婦阿貞遂來校代課。暑屆，校園一片空蕩和平靜，柳君依然和妻住在簡陋的房裡，且長子誕生，只候新年度開學，一旦成為正職教師，薪金加增不少，就可在外租房有規模的成家生活。此期間，校內雖無學童上課，猶有一些愛運動的童子和青年在場上打球，其中有一位年紀越過三十的高個男子，球技精熟地混在羣中投籃，並且時時指點新手做些示範。好靜的柳君獨自在教室內讀書寫字，有時，不免抬頭望出窗外，看看操場上的動態。不期然，那男人闖進教室，繞桌椅，趨前與柳君搭訕。他自稱姓趙，曾投效過有名的籃球隊，現賦閒在家，正準備尋找合適的工作做。從此，柳君與趙碰見時成了點頭之交。校長常至校巡視環境，時常駐足在廊柱邊，觀察運動人的活動情形。不久，柳君從主任口中聽聞，校長有意在新學期開始養練一支籃球小隊。有一天黃昏前，那姓趙的練完球走進教室來，邀柳君同到校外巷子小吃店散酌；柳君起先加以婉拒，說妻子已備有晚飯，正待他回家；但趙者纏拉不休，拗他不過，只得與他同去。過一禮拜，約晨間九時，校工奔來喚柳君的電話，他心裡以為是陳君，接聽時才認知是那姓趙的；趙坦白說他昨夜來嫖妓，現在無錢被困在旅館內，請柳君帶錢過去。柳君聞言心中十分驚怕，而在旅社召妓價格頗高，他本人無多餘金錢，因此也透白對趙拒絕，掛斷電話。此後未見那姓趙男人在校園出現，即未見那人，驚心的事遂平淡下去。暑假結束前幾日，校長傳呼柳君前去面見，其言不悅，說有外頭人家投書來校，指名柳君在外面小吃店賒帳，因催討數次不還，只得投書指控。柳君辯言自己很少有外吃習慣，如與友朋一起也不曾有過欠賬，也未有人向他催討之事，如不信，可叫投書人前來對質。校長大怒，說投書人為了學校和他的面子計，只要他當面告誡，不便小事弄大。柳君不解，請校長說出投書者姓名，校長由怒轉溫，說如沒有就算了，要他退下。開學那天，柳君見陳君的妻子阿貞和那位趙姓男子到校，心中頓感莫名其妙，等校長發表人事和分配職務後，才了然補正的是阿貞，他與姓趙的都列為代理。那天夜半，柳君躺在床上未睡，他轉身推叫淑容，其實淑容亦未睡著，只是靜閉著眼睛；他要她起身抱好孩子，他也奮起把簡單行李理好；然後離開學校，呼叫路過的計程車，駛向火車站。

從市立美術館出來，已經過了中午。柳君從美術館的這邊望向馬路的那邊，覺得那一邊的一個段落像喪失了什麼而有些寂寥，只有三三兩兩或孤單一個人站在公車的站牌下，但是鄰近或遠處，在眼睛的視線可及之內，皆普遍有著繁華之象，他想了一下，才領悟原來對面的動物園已經搬家了。

「我們應該吃個午飯，」柳君對旁邊的淑容說。

「我不是覺得很餓。」淑容說，眼光也在看對面。

「這個時候是吃午飯的時辰，不然……」

「我不反對去吃點東西。」

「那就好。」柳君點頭同意。

「你以為去吃點什麼？」

「我想吃鰻飯。」

「那要找日本料理店。」

「不錯。鰻飯既營養又便宜。」

「我們散步走下去，看看能否找到料理店。」

「這主意不錯。」

他們一面緩慢步行一面說話，行人道上並沒有很多人。空際中佈滿著灰陰的氣氳，太陽始終出不來，午後可能會像昨前天一樣下一場雨。

「那時要是我們沒有離開，你說會怎樣？」

「什麼？你認為呢？」柳君臉色變得凝重和蒼白。

「我問你，你不會不高興？」

「我不會不高興；我難以想像我沒有離開。」

「最重要的是你保全了自己。」

「保全自己也沒有多大意義。」

「怎麼說呢？」

「有時事情越說越不明白，去向誰說呢？我覺得我自慼羞愧，在那樣的情形下留在城裡，我無法自處。」

「事情就這樣不了了之。」

「那當然，如沒有那事亦如此。」

他們在巷子裡的一家日式料理店叫來的鰻飯已經用完，柳君站起來去付帳，回坐時他說：

「此時去火車站恐沒有車班，我不如改搭高速公路車南下，也能早點到家。」

淑容完全知道他那待不住在城裡的心情，只得順從他回說：

「這主意很好，我陪你到車站，我也好搭那邊附近的公車回木柵，有一堆衣服還沒洗呢。」

淑容這樣說時，柳君突然靜止不動，意味深長地眼睛直望著她，在他的臉上隱隱浮出一絲笑容，有若晨間時她所意會到的樣相，這印象像報償似的成為她永遠的記憶而取代了漫長憂鬱不樂的慘淡生涯。回到鄉下後，到八月底，柳君在晚間因心臟衰竭而倒臥在客廳的地板上，結束平儒的一生。

草地放屎郎

●

柳源居市郊養花，自中年摒雜後，愛散步，不是晨間就是黃昏前的時刻。他走路的路線有一定，多年不改其癖。踏出家門，有大馬路，斜對面有岔口，是闢開相思林的下坡小道；走這小道百來步，接一戶農家，門前稻場邊有棵櫻桃樹，枝椏雜伸，交春後綻芽開著淡紅小花朵，十分美麗；樹下經常用鐵鍊銜著一隻黃毛大狗，對熟人不吠。農家側邊為梯田，走過田埂，繞過斜丘，開展著上下兩層的大片菜園；菜蔬排列整齊，青翠悅目，有草人站崗，有網具防鳥。之後，就是更自然的山野景致了。先是平鋪的草地，長著綠綠繁盛的尖尾草，有一條走成凹痕隱顯灰白的小徑，引向充滿雜樹林的山區。柳源就是在那遠避人車的世外踢步漫遊，繞谷而走，觀樹看鳥遇蛇，仰天聽音湧思，吐納調息，怡神自得，好不自在，直到足倦折返歸家。

•

有一日頃近黃昏，柳源走回到林野與菜園之間那一帶低窪的綠草地區的時候，遠遠地就望見有個男人放低身子，一動也不動地突兀在翠翠草坡上；再走近些，才看清楚那郎是蹲在那裡，而且正好直豎那條徑的地點上，左右的草高把他的下身正好遮掩了，隱約露出折曲的膝頭以下小腿部份的暗黃色，以及有點蒼白的一邊屁股。啊！他在大便。柳源心頭震動一下，這是他去山林和回家的唯一通道，雖然他闖見了那郎，卻無他路可逃，只有硬著頭皮照走，因此也不必露出驚惡的神色。

再邁近些，終於可看清那郎的臉目，嘴上翹叼著香煙，前傾的面龐上兩顆烏溜的眼球，像留意著來人，又像盯視著吊在近前的樹枝上的一件外衣；凝固的笑皮臉，那表意啊，像是擺明著：「怎樣？」而不知羞恥。

再走幾步，柳源就要面臨從徑上走開的抉擇，否則就要碰撞他。清爽的一條路，讓不合理的佔住。不過，當他繞了個小半圈，走過那郎的一刻，柳源發出語聲：

「為何不去旁邊靠些內角？」

那郎答腔：「我看沒人走。」

「爛說。有人走才有路紋。」

那郎便不答。柳源已走過了他，不去理會了，逕自回家去。

•

次日，柳源已難能舉足去散步。想到那郎的蹲姿，實在無可奈何；想到那條路的一堆屎，感到無比的痛恨心。怎樣消弭它，腦筋苦惱萬分。再來日，逢雨，柳源歡喜，想雨水可以打散它，然後滲進土壤，便恢復舊觀。因此，第四日微晴，他在晨間耐不住便出發去看究竟。

他的心還是忐忑不安，害怕不能如願。臨近那區域，腳步遲疑。天啊，它看起來有如堅韌的銅質的赤裸的小型雕塑擺放著。只得依初識時模樣，踏開到草蓬繞半圈走過去。但來到山林間，看樹不是樹，看鳥不是鳥。天庭無表情，心田中混淆著憎惡。敗興回來後，不能入飯，不能安枕，焦慮得像親眼看見愛人遭侮辱。

柳源憶起屎龜來，童年時見過牠的形貌，身體比別的甲蟲壯碩，土褐色，勇敢地爬上糞堆穿梭；他想那堆東西的特殊氣味應該會招引牠來食，金蠅雖小，也可幫些忙和分享。有這種情形，也似乎必須靜候個二三天時間。

但，奇怪，難道現代沒屎龜，或有也不吃屎嗎？不見牠們的蹤痕；那堆東西依然存在，色澤變了，深褐暗乾，縮矮了些，看起來堅實得像銅身轉成烏鋼。

柳源裝作若無其事，攜取鏟子出門；家人對他的突然行為頗覺怪異；不動聲色，尾隨，不使其察覺。當柳源走到站住要舉鏟的那一時，他感覺有隻腳的小腿肚十分刺癢，原來幾根硬尖的草葉從褲管口伸入抵觸著皮膚，這使他綻出微笑，意會到為何那放屎郎貪求適服的放蹲的聰明選擇了。他出口罵了一句：「你這夭壽阿格真巧。」他原本想暴力鏟除它，卻改換成謹慎，免得不小心自己沾了那污，像待寶般連那土座一起鏟起來，移到草坡內角的位置去，有如那郎原該放在此處的。回來的時候，他向家人故意展示：一株結成紫球的帶刺小植物。

家人笑問：「這算那門子的觀賞花卉？」

柳源暗自驚羞，答曰：「看你怎樣賞識啊。」

家人調侃：「人家找尋的是有價的百萬名花，你像是移花接木，搞得離奇的無價紀念品了。」

柳源推說：「有個別際遇，就有個別藝術。」

他將那有點滑稽的野植盛於花碗，置於後院花架下眾盆栽的最高層。翌晨起床不見，怒問家人，家人回應說：昨夜花賊來，大概手電筒照到它，以為什麼高貴的奇珍異卉而捧走了。柳源想想，點點頭，家人看明直問：「是否癒了心痛？」柳源才放聲大笑哈哈。

一紙相思

一

你說你要去住新莊，我聽到時心裡感到一股淒然；你說這樣的話可以有多一點時間和老師在一起多學一些東西。不論如何，你要離開木柵，這事使我想起去年你遠赴大陸長達兩個月去學藝，我一個人在台灣獨自生活心中懷念著你。你的離開使我頂難過。事實上，你每天出屋去工作，我在家總是掛念著你，尤其我不希望你太晚回來，深夜在這個城市搭車總叫人提心吊膽，直到聽見你的敲門聲才放心，每日都這樣演著失去你又重得你的悲喜劇。我們曾經談論過，換一個地方居住，靠近江子翠附近的地區，尋找可讓我們方便生活的屋宇，經過幾次探訪，總是沒有那種適合我們的經濟條件又可資我們心性滿意兩者都配合的房屋。真的，在這個繁華城市，我們工作的賺得永遠抵不過生活的開銷，你知道我的年歲已經無法再去多賺一分錢，你似乎也無能為力再掙取那最低的工資之外多一點的酬勞，學習傳統戲曲的技藝，甚至連演出的工作日也沒有額外的表演費。我不是為你特別抱不平，在現實環境中從事民俗藝術的普遍事實是不夠受重視，但為了這志趣也就心甘如飴。所以說要想辦法改善，還是一直留在木柵這陳舊的小房子裡，你每日那麼長路程的奔勞實在使我好不忍，心中唯一的期望就是你能愉快工作和平安回來，對你溫柔和快樂的與你交談，使你感覺在這個無華的房舍裡也能心身愉悅而勝於一切。所以你說你要去住新莊，對我簡直是晴天霹靂的一擊，我毫無招架的能力，只得眼睜睜地看著你帶著行李走，我沒有說任何話，也沒有力量說出半句話。

你走時正值中午過後一時的時辰，我只得躺在臥室的木床上流眼淚，雖然可能只是暫別，但我的感受與永別無異。因為那是我的過往全部生涯的體會排山倒海般地傾注出來，我是用著我的所有經歷和認知在愛著你。我愛著你正如我愛著自己，我看不到你有如看不見我自己。我認不得我自己，這個世界猶如虛空，那麼我的生命變得頓失了一切意義。有你和我生活在一起，我的日常工作是從容且帶著無比的欣快，即使是走到廚房去洗一個杯子都產生著樂意的感受；然而沒有你，一切似乎都變得厭煩，怠惰和疲乏跟著淹上來。自來我善於獨居，不論在年輕時或晚近的歲月，都有滿長的單身生活的時光，甚至發孤僻性排拒他人，在鄉下住有時好多天不想和人說話，只喜歡窩居在屋內做木工，黃昏時走到鄰近的山區看風景，夏天在海邊沙灘也是獨來獨往，這對我來說是頗完美的生活，只有這種方式的生活能充分地在思想裡關懷到別人，而且在必要時才去接觸人。直到我邂逅你，菱仙子，你是個仙女，一個在地的天使，雖然我的心田貧瘠，我的思想庸凡，我的體魄不壯，但我想著去耕耘一份或許是超過我的能力的愛，試著考我是否還能愛人。是的，去愛人和愛情原是兩回事，愛情在生活中普遍發生，愛人狀況不同，另有一番義理。這種愛與聖人的愛也非相屬；聖人愛眾生，高高在上地教導人們，且受到膜拜和敬仰；而我所言及的愛因為我是平庸，不為事功所導，只卑屈的示愛個人，直接地為對方服務而非遊戲享受。這種愛就像是有一種花長在荒地，由於易受風吹雨打反而固執奇異地茁長，它沒有觀賞價值，自知有限的生命，因此堅持單純的愛意，我思慮於此，盈眶而淚下。

晚上吃著自己做的飯菜覺得好乏味，沒有往日吃自己做的食物的那樣得意和興趣。我平日喜歡自己動手做餐，你知道我不習慣吃外面各種各樣的美食，而今天我特別感到自己做的東西異樣地平淡，像是缺少了熱情去做，也缺少了心情來吃。當然你知道為什麼，平常你去上課，我還是一樣一個人在家用飯，只是今日心中有愁意，所以覺得今夜的餐食已經多餘了。我倒酒來喝，吞飲下肚覺得醒事不少，我繼續喝，直到酩酊，神志又變昏暈。

醒來時我的心情十分地冷寞，生息微弱地靜凝窗外的幽明，見不到任何明顯的形體。這冷冷的心有如多年以前還住在鄉下一個人獨處的狀態，寂暗無人般被封閉的氛氳所包繞，只覺知自己醒悟的意識了然自己還活著，意會到一種綿長無止境的孤寂，時光是否前進或停滯已經不重要。我不準備去動顫我的身體，知道晚間八點半的清潔車剛過去，我憶起我是被一陣喧鬧和音樂所驚擾，不知道是誰出的主意收垃圾而採用〈少女的祈禱〉這節音樂，每天聽它，反覆不已的播放，讓我為貝多芬感到抱憾，遇到一個凡事都會作賤的民族誰都不必再生氣，只得讓心靈變冷變死。

我想最好是想辦法用一點時間來給你寫信，用電話殊少能傳達我對你的戀思和愛意，我化身為文字讓你有空時看到我對你思念的模樣。我最好能寫些輕鬆和滑稽的事情來使你展讀時發出笑聲，你曾說過我身上的一切顯示和說過的話都會使人第一次反應是覺得滿好玩，透過一陣發笑明白了真意。不瞞你說，我很早便知道我對周邊事物的看法和別人的感受有不一致的情事，我第一次由老遠的鄉村來大城市就學的第一堂課就那麼不合規矩地表現出來，老師站在講台上說課，同學們嚴肅而安靜地聽，然而老師的鄉音話和猴樣的動作令我忍不住發笑，他搞不懂為何我持續不停地發笑，他甚覺莫名其妙，最後他生氣了，罵我神經病。我的異於常態演變到後來同學和老師聯手痛恨我，教官捉到一個把柄終於將我踢出校門。這樣可笑的世界在那時沒有一個人同情我，出社會做事亦是一般，我像一個永遠被曲解和排斥而始終不知悔改的笨蛋，孤此一者自得其樂。我恆常在電影院一個人玩味地笑，等到全院為某一段落齊發笑聲時，他們回過頭來視我如何，我靜靜坐著，並不覺得剛才的影中情節或劇中人物有何應笑之處，好在你和我相識後已經頗為瞭解我的荒謬。我不知道我會不會持續履行我給你寫信的承諾，我不必肯定開給你這樣的一張支票，我只做對自己的期許，你也不必期待我的文字會合你口味，要是我的思緒顯露的只是一顆淪落的心，請別抱憾。像現在，夜已漸漸深了，我最好起身去散步，到河邊去看夜景，就待這夜闌人靜不必像白晝與城市的紛擾擁擠混雜的時候外出，在夜色中我不必看清楚任何有形的事物，因為那條河在夜中就像你赤裸的女體在幽明的室裡，愛你如像原本自然而存在的一塊大地，你是那意味深長的優美之河。

二

那夜我站在橋上俯視這條景尾溪的水流，濃黑的岸沿把溪水的形姿輪廓出來，由近而遠地看它，那修身的軀身以及意會到它流去的動向，有如親睹一位下床而去的赤裸女體的背影，昭示著美麗事物的哀怨本質。我非常驚訝地發現，以前我只感知它潺潺無休的流意，那些每一區段的色澤，每一個部分的不同肥瘦，在白日的光亮下巡視的是一種細瑣，沒想到在夜空的覆蓋下，它呈現一個完美的整體，更富於存在的史實，它幾乎魔惑般地令我心生遐思和感覺自己急促的心跳，有如你匍在大地上哭泣使我束手無策。這種驚覺加深了夜的神祕，彷彿我的心思更為淒楚了。此刻我思念你像注視這條河只有一份衷心的寄望。

一夜的失眠也使得我想及你在新莊的第一晚是否睡得安穩？記得去年春後我第一次引你走進木柵，你整夜不想睡眠，我們話談到天明。你去大陸之前幾天我變得冷漠極了，而你登機的那一天我又變得非常的激動，另一方面我們由宜蘭回來就與夏季的傷風痛苦地相搏鬪。現在想及那時的狀況，再體會你目前離開木柵去新莊，你不覺人生十分地無常和波動嗎？甚至我們也無法保持情緒的穩定，相處和分開就是兩種情緒，互為因果，由此端流向彼端，彷彿沙漏，倒來倒去，所有的就是那麼一些沙。我們的身體生命具體言之就是那些沙漏的沙子，我們的生存空間很狹窄，像玻璃容器。如此胡思和自憐才使得我有一種容忍的生存勇氣而不致無端地排放傷害到他人。這種不休不止的思念只有到死才能終止。

我的心思所做超過日常事實的假想，你不必為此而顧慮到我的安危，你最好把我寫給你的信當作我們面對面的款款討論，兩人在一起生活互相傾訴和關懷應該是一種必要的日課，僅只依靠角色的規範很快會封死情愛的源流，到了相互爭執所謂權利和義務的時候，恐怕一切已經無法挽留了。不論是誰提起一腳踩破了共築的巢窩都一樣，然而在我們生活的環境裡，似乎大都歸咎於男人的錯。你提到一位大學的朋友，畢業後放棄自己的事業前景和一位相戀的男友結婚，十年後的今天，面臨了破裂邊緣，丈夫在外有情婦，三人談判，說要互相接納和包容，我說天下有這樣好的事情，誰都想要那樣辦，恐怕內情不像說的那麼單純，可用容忍來成全一切。後來你道出事實，原來長久以來丈夫回家就不肯和妻子溫柔情愛地睡在一起。我非常同情你為你的朋友抱屈而說出了這一份怨情。當我們在討論這件事情時，我說出了我的見聞來：我在鄉下住時，街上有一對男才女貌、年齡相當而令人羨慕的戀人結婚了，男生是忠厚老實的鐘表師傅，因此兩個人共同營守那間光彩奪目的鐘表店，幾年下來恩愛有加生下兩個可愛的孩子。那女生在街市上人面十分好，因此被招募去做拉人壽保險的工作，不久因成績斐然而調職到城市的總公司去，起先每天都可以見到她早班火車去，晚班車回來，後來就因為工作繁忙的關係，隔天才回來，漸漸地，是三天，然後是一星期，之後就不回來了。有時我開車會路過那一條街，轉頭望一眼那家有些污損的鐘表店，老實忠厚的師傅不那麼英俊了，呆滯地坐在玻璃窗櫥後面，前面走廊上兩個髒兮兮的孩子在玩耍，每次我都覺得自己很慶幸，沒有見到那兩個可愛的小孩痛哭流涕。畢竟我離開那裡已經許多年了，要非你關懷起你的朋友，我也不會想起鄉下小鎮的這則故事。

你聽到這個見聞後完全默然，兩眼刺穿我似地瞪著我。你吵著不放過我，說我每次說出來的事總叫你心裡好不平靜，要我想辦法補償恢復你，我說又不是我負了你。幾萬年幾千世代過去，人類演化從古至今，誰也沒有佔到誰的便宜，兩性之間它的最神聖的公約乃是為了履行自然賦予的使命，認知它的源頭，相愛就成了必然而沒有怨尤了。

現在我不再跟你說這些，雨下得好大，前陣子雨時下時停，你走的那個中午暫時停歇，到了黃昏突然傾盆倒下，晚間的新聞都報出中南部的災情。而今天已經落下一整天，但我還是舉傘要去觀看那河在雨中的樣子，自然景象的美幾乎可以言喻我們的心靈結構，那溪流的相貌和姿態與我對你不在時的想念相溶合了。它漲升了，渾濁而湍急的流去，有漩渦和奇險，帶走半沉的雜物，看起來使人驚駭。這喻象可追憶釋迦對無常人世的觀察和覺悟，它一點點一些些地累積，啟開我愛你和關懷他人的祈願，這靈感一定曾經埋藏在我的心底許多時日了，在我的卑賤生涯裡，不時地翻掀出來鼓舞著我，使我產生不安的躍動和創作的慾望，我幾乎不能用現實的名利去驅動我的生命，反而在名利的無望中轉移去注視自然，從它的默示裡顯露著我的心象和用意，真確的，逐漸地去淡忘對人世名利的依賴，所獲得的是一種傾向實存的思想，從這一轉捩點去關注存活的人世，在那裡能夠去蕪存菁地認識和經驗到美感，這是我們應用著毅力去學習藝術的最高報酬。

三

每天我都劃分一段時間來練習琵琶的彈奏，自認識你後，我才開始體會南管音樂，我心中的感激無可言喻。南管戲曲的律動，當可比美西洋歌劇的詠嘆調。我認為你的歌聲是這類傳統樂曲所需求的最佳音韻，加上身段的表達，構成一幅動人而完美的唱曲藝術，沒有一次聽到你正式的演唱而不感動和讚賞你天生的才質優美。有時你顯得疲憊和洩氣，冷淡而漠然的神色令人恐慌和著急，我試著為你解惑，裝出我笨拙可笑的滑稽相來使你暫時分心，等到遊戲過後，我會回轉過來追究你懶怠的因由，從學習歷程、人事紛擾中找出癥結，平心靜氣地把實際的情形陳出，把目前的學習阻礙得以看清楚，好像我們在荒郊藉一根竹杖撥開雜草亂叢好找出一條可行的通道繼續前進。重新看到你的眼亮和笑容我總是十分的安慰，我們內心裡的蕪雜和混淆情事總需要有同伴的幫助才能快速的撫拭而轉成清朗。你獻身於南管藝術是你最大的驕傲，是你在人世裡最好的選擇，沒有任何財富可比擬，即使你生活中的愛人也不足以比它更牢靠和寶貴。我此時的學習自當不能與你相提並論，我的作為不在於成果而是一種認知，它增加了我的學習經驗，肯定事物的美善，充實我天生貧乏的資質，從我向你討教受你指點後，我彷彿有了新的生命精神，新的生活樂趣。

我們分別了幾天，你回來看我，與你一同來的是幾位老朋友，其中有一位法國來的艾茉莉女士，她是研究台灣民俗陣頭踩街的學者，十幾年來她與本地的交誼頗深，說的一口流暢的本地話。說來巧合，十年前，她與男友相攜到鄉下找過我，因此也算是認識不陌生，但在我的記憶印象裡，艾茉莉的模樣似乎改變了許多，由樸素蛻變成銳利，一個青澀害羞的女孩轉換為成熟的女人。我老是記住她曾說她的身體不會流汗，這事不僅特別，而且我總是把它當成很可玩味的戲謔。我問她現在還是不會流汗嗎？她回答現在好像在特別熱的時候會流一點點。這樣的事體不料卻添加了大家相聚的愉快，我也為你們的到來準備了菜餚和酒。一盤白切牛肉，一些煮蝦，涼拌竹筍，和一人一份的奶油蛋糕。你的回來，使我心花歡放，快樂異常，你的面容因為飲酒的緣故呈現桃紅色，兩頰光潤，更加彩繪出你臉上輪廓的特殊美麗。這些你不自知而自然顯露的神態，我還記得另一次在城內你迷誘我的印象。我們和幾個朋友相約在一家餐廳吃飯，你坐在我的斜對面，整個吃喝和交談的過程，我都在留神注意你神采逐漸的變化；在那裡，我似乎見到了一朵花，由含苞到展開，我的心在歡躍，肯定那是人的自然活樣，經由養份的催促和歡樂的心，呈現出結構和色彩的美好和明亮，這使我感到驚奇，喚醒我內在的慾求。

我有生將不會忘懷，深夜時分，從新生北路高架橋下附近的一條幽暗巷子走出了你的形影，已經是深秋初冬的時節，你裹著擋風的上衣和長褲，肩背上吊掛著皮套裹著的琵琶琴，這特殊的身影集中我的心思，凝注著你一步一步地走前來，我站在橋下停車場處等候著你。這酷似流浪兒的身姿直呼著叫人感動，有愛憐和疼惜在我的內心滋生著，眼睛模糊而濕潤起來。你走近來望著我，好像察覺到我心裡的顫動，你原本極為平常的態度突然因為這種感應而羞疑，我伸手要去解除你身上的背負，你扭轉開了，移到我的身側，問我：你怎麼了？我馬上展出笑容說：沒有什麼。回到木柵的家，解開皮套，現出琵琶那可愛的樣相來，從來沒有一種樂器像它那樣更像仿古代的仕女的模樣，我目不轉睛地注視它，摸它，舉它，試著挑動它的琴絃，它的清亮和果斷的音響讓我震嚇了一下。那樣的形態發出的又是那樣的聲音，將是我永遠不解的問題，也會有永不休止的思考。這就是了，彷彿命定似的，我會愛它和學習彈奏它。那夜你背著琵琶和我一起來木柵的印象從此沒有離開我的記憶。之後，我要求你教導我，從認譜到親手撥絃，從你的示範到我一音一音地學，每日用一點時間來親近它，來瞭解它。當屋子裡只剩我一個人時，它就像你對我的祖裎慰解著我有時候的寂寞，我滿心對你崇愛，愛你和愛這隻琵琶琴。

四

電話給你，問你：你跑了？是，我跑了，你回答。那麼我去跳河，跟河水走，我說。很好，你去跳河，跟它走，它比較溫柔，也比我美，你去愛它，你說，一直說，像歇斯底里說不停。我急了，我打斷你的話說：不，你比較美，我愛的是你。我說我去看河是因為你不在，我只是散步解悶。可是你說到它比說我的更多，它是那麼豐饒，那麼美麗，你不必再騙我，所以我跑了。你又說：總有一天我會跑的，你可要有心理的準備，這就是女人。是的，菱仙子，有一天你會真的走，離開我，讓我恢復我原來的樣子。但你不會寂寞，我走時你不會寂寞，也不孤獨，寂寞的是我，我從你身上看到我自己的寂寞，你愛我，所以你把你的孤獨和寂寞推給我了。我就是從這件事情上看到這一切的。你在嚇我，我說。是，我在嚇你，現在要好好地嚇你使你不安，有一天我真的跑了，你就不會太難過。你真壞，菱仙子，你現在距離我那麼遠，你就是肯狠心，忍心嚇壞我，使我活不下去。我的心好像響起琵琶的聲音，那斬釘截鐵的音句刺激著我，幾乎要使我變得惱怒和焦躁起來。你曾說初聽琵琶會有相互排斥的感覺，非得將琵琶入心才能接受它不可。你在電話的那邊，我開始聽到你的笑聲，美妙的笑音，你那演戲的聲音笑得好動人，我從來沒有會見過那麼美質的聲音。當一個人自認此刻擁有那美質聲音的愛，他就無法想像有一天那發出聲音的人離去了，愛不到了，他會變得怎樣的無依和寂寞。我也許不該提到我在散步中發現的河，我更不該把河做為比喻。可是它是真確的，我散步過去時看見它在大地上，我回來時它在我心裡被想像著，從客觀或主觀它都存在而不會消失。我屢次提到它，是為了讓你知道我想念你的心思是什麼樣子。有時，我們會互相說傻話，像在戲台上兩個人相互配合，把某種現實放進來考驗著我們，而且把那種現實當成是真的；可是我們真不知道它是否會成為事實，當接觸到它時，會是一種什麼樣名符其實的痛苦。我打電話給你，有時把我赤裸裸的心慌呈現給你，把我害怕的事告訴你。我的一顆心幾乎被所有可以意會到的恐懼佔滿著，我走到那裡，它就意會到那裡，不論是過去或現在或未來發生的，全都會把心佔滿，不論是發生在別人身上或自己身上並沒有什麼兩樣，好似全人類共有的是一顆焦慮而害怕的心。而你總會應和我，成全我心中的恐懼和擔憂。

五

說實在的，在去年底時，我並沒有保持十足的耐心陪伴你去為你父母的新家選購家具，時間拖得太長使我常常冒出急性脾氣，倒是相對的你表現得很沉穩。我想你那遇事從容的工夫是長期在劇場培養起來的，挑選時品質樣式和價格記載十分清楚。你很像將軍，我是你的僕從，面對商家，你顯得穩重和具有威嚴，有時我會按捺不住講價的拖拉戰術，但取得勝算的還是你。一個原本空蕩的屋子要擺滿各類的合適家具，不是一件在短短時間就能購備齊全的容易工作。像這樣全神投注和參與，是你和我頭一次合作的事。說來慚愧，我的過往日子，也曾經在不同的時空佈置過生活的家，但與這一次相比較，實在是太過簡陋和不完備，可用寒酸去形容。我的半世紀人生都在奔波流浪，在自己生長的國土遷徙生活，從來沒有賺得一個配稱舒適滿意的家居，與我共同生活的家人都只得一個基本的溫飽，當孩子出生時，總得想法去借錢做生產費，現在他們都長大成人，各自獨立生活；過往的辛酸經歷使我退休時決定與他們分開而居，更新生活意志，心中存在著眷念比日日為伍的膩煩更符合人性。辛勞和責任都過渡了，多年來的獨身生活使我有一份坦然和自由，將來的歲月只能用來回溯思維織就的現實，所有的過去、未來和現在都是現實，它們有一個共同的幻覺形式，透過思維去確認它們的存在。雖然佈置的是你雙親要居住的家，我好像是跟隨你去見習；每一個人家也許都有不相同的陳設特色，配合他們的喜愛，然而在同時代中卻存有一種共通的生活水平；有如每個人都有不同面貌，但在同一時空中卻有一種共通的思想意識和語言，這算是一種潮流趨勢，一種羣聚的共生現象，我們親自去經歷才知覺那份實質存在。我們幾乎跑遍城內所有的家具市街、經過三番兩次的重複觀看，每星期都出去兩三次，持續兩個月時間，在比較和選擇中，有著無數次的討論和更換想法；直到那一天，在家具運來搬入放妥時，我們才真正地鬆了一口氣，最後的一週，我們遠赴大溪，買到一張形式合你意的神桌，才算真的大功告成。新厝入屋的慶宴我沒有到場，因為那對我而言已經不重要了。我相信你還記得，在整個處理過程中，我曾經生氣口出惡言逼迫你，要你迅速決定某個選擇，否則我就不再理你；我甚至說那不是我要住的家，我怎麼可能辦理得完全讓你滿意呢？這些話現在回憶起來實在十分愚昧。不過如今，常常都是由你提起，你每一次回去探望父母，在新家過夜，你總是說你很喜歡那個家。

跟著來的，從年底循序至年初，布置好新家後就是撤離舊家的工作。你們原先住的是林森北路兩旁公園預定地的違建戶；配合市府的作業拆遷是必需的，市民當然應該守法；談到損失如果不去計較面前看得見的瑣細陳舊的家當，而有全生涯的思考，那麼有此機會脫離雜亂醜陋的生活地段，未嘗不是一件可喜可賀的事。之後一段時間回來觀看那裡種植的樹木和新生的美麗草地，必會有美善的感受。其實，同樣在那裡生活的每戶人家，都有程度上不盡相同的辛酸和艱苦。你的父母三十多年前打從南部而來，算是較早臨時設住所在那裡的人，做小生意，生下你們姐弟，與另類的人們，晚期從高山下來，從部隊退伍，以及所謂打零工的貧窮人或流浪漢，越積越多，越住越密，形成市場和曲曲折折的巷衖，所有的住戶都是違章建築，成了特異的社區，一任一任的市長都沒有魄力決心整頓，留存至今反而有所謂善心人士和學者為他們請命，說他們要住往何處如果趕走他們，計較補償金太少，即使市府保證負責為無家可歸者安妥住處，有人還是抵死不搬，要抗命到底，而據說這些人卻是驅前搶領補償金的人，回頭來再度擺出憤怒的態度，貼佈告詛咒市長下地獄。可是說起來還是有趣的現象，那就是如何去處理一些似乎定了根的事物，譬如神像和廟宇，還有一些生活中逐漸累積起來的習慣事體。每一個住戶的空間都不大，而堆積的物品卻異常多樣，看見那麼繁複的形物，不得不好奇這樣生活的人的思想是什麼？看起來似乎不合理和荒誕的現象，他們卻能篤定的把守著；在那裡赤裸裸地可以見到藏污納垢，雜混著粗俗的方言，伺機偷盜和使眼色的色情交易。拆除日之前幾乎很少有住戶動作，因為若無其事是他們的一種習性，而事到臨頭毫無章法也是他們唯有的作為；隔街相望拆除那天真像有大難的天災人禍，再加上有人放火，真是人山人海，煙霧和塵埃瀰漫，而熱鬧和忙亂已到了沸騰的頂點，像電視新聞的女播報員最喜歡動不動就說出來的一句話形容什麼達到最高潮；其時，喚聲四起，鄰樓是高瞻遠矚的麗晶酒店，這種事亦被目為一種不折不扣的激情表現。

就在這樣的地點，有一夜我們預先有相約，我和朋友先在天母聚會，等你下班回家在午夜前一刻給你打電話，卻始終打不進去，我離開了友人過來，車停在高架橋下，看不到你的人影，我奔進巷子裡，才發現那裡的巷衖錯綜複雜，辨不出方向，也不知道你住那一間，因為你從不肯告訴我住處。我心中很惶恐，繞來繞去無法尋找，折回高架橋下，心想今夜見不到你，孤單地回家必然感覺失落而黯淡，挫折感無可形容地損傷了心中的熱情。我不甘心地重返巷裡，在一座小廟旁試著再打電話，依然無法接通；此時我的胸腑充滿不能釋出的氣壓，在偶有行人的幽暗巷道上，只聽到自己按踩的腳步聲。我急中試著每走幾步路就輕聲呼叫一次你的名字，行到一個兩巷交會的地方，警覺中忽聽到一道細弱的聲音「我在這裡」傳來，我抬高一點呼，那回音又說：我在這裡。我尋聲走到一個門口，門開了，出現著你，我們喜極而泣，加上我酒熱情急把你擁在懷裡，那日的興奮如是一種重生的喜氣，沒有那一夜的重逢，我不能想像我們之間會跌落到什麼難測的谷底，分野就在那瞬間，你表示回家發覺電話斷線，有幾回忍不住奔出屋外但看不到人，正在焦心坐著絕望，直到耳聞我的呼聲⋯⋯。

六

菱仙子，我不知道我們對宇宙世界和萬物的認知是否可以約略畫分成三個觀念的時期，把它視為地球中心說、太陽中心說和宇宙整體說，而且重要的是地球中心和太陽中心兩種說法的界分和變遷的影響。以地球為中心是人類最早認知的觀念思想，那時以為大地是平的，視太陽為淩越天空而滾動的火輪，日落月升，滿天星斗，對各種現象的想像充滿神奇。在那最早的神話時期所產生的比喻，流傳至今人們猶興趣勃勃的莫過於對星宿那套宿命的論調，每一個現代人（尤其新新人類）逢人便問道你是什麼星座，做為交友和結婚、財富和事業、過去和未來的吉凶的依據，形成一種命定的生存法則。可想而知，這樣的應對作法，無論什麼遭逢，不是高興便是錯厄，如果不準確的話。每一個人歸屬一種星座是十足浪漫的想法；如不做此想，又顯得無依靠，認不出自己；信與不信在知識裡都是困擾和沉淪。而星座也有它們自己的浪漫故事，則是又新鮮又反諷的玩意。希臘神話有這麼一則故事，而且精神醫學上的變狼妄想，這個名詞的字源也是來自此地的人物。希臘的阿爾卡笛亞山區是個人情淳樸、世外桃源之地，賴肯是那時的國王，因為他的邪惡，宙斯曾經將他變異成一隻狼。他把人類的新鮮肉體放在桌上招待宙斯這樣的來客，而他的罪有應得卻同等可怕的折磨到對所有壞事完全無知的女兒卡里斯朵。事情是出在宙斯看到卡里斯朵在阿特姆（司月、狩獵、森林、野獸的女神）打獵的行列裡而與她墜入了情網。每一個人都應該明白希拉——宙斯在奧林比亞山的合法妻子的厲害。希拉非常激憤和生氣，在卡里斯朵生下兒子之後把她轉變為一隻熊。當這個兒子長大能出去打獵的時候，希拉就帶引這隻熊來到他的面前，意圖在他的無辜下，去射他的母親。而宙斯此刻及時逼近前來搶走了熊，然後放置她在星球上，在那裡她就被叫做大熊星。事後，她的兒子阿卡斯也被安置在她的身旁，並且叫他為小熊星。希拉還不肯干休，對她的情敵的那份尊榮憤怒有加，說服海神禁止大小熊星可以像其他的星辰一樣降下海洋。自此這光燦的明星孤單地永遠不被安頓在地平線下。

這曲折的故事多少寓涵著普遍的人世滄桑，當然不在話下。意猶未盡的倒是提到希拉，不單只是行嫉妒的本質而已。不妨順便舉個不同例子：希拉神像的女祭師賽底普渴望去看一個更為漂亮的女神雕像在阿格斯地方，是老資格的雕刻師波里可里特斯所作，被說是如同當代年輕的菲迪亞斯般偉大。但去阿格斯的路太遙遠了，對女祭師賽底普而言，從她的所在地步行到那裡如果沒有馬和牛拉動她的話。而她的兩個兒子比頓和克里歐伯斯決定好她應該擁有這個願望。他們將車上的軛套在自己身上拉著她漫漫長途經過了沙塵和炎熱的煎熬。當他們到達時，每一個人都讚歎他們的虔誠和孝行。快樂和驕傲的母親站在雕像的面前禱告，祈求希拉在她的能力下用最好的禮物回報他們；在她完成了祈禱後，這兩個年輕傢伙就沉入於地底。他們似在微笑，並且他們看起來像是如果他們是和平安詳地睡著的話；但他們是死的。

至今，人類思想已經行到了第三個時期，不以誰為中心了，宇宙是整體而又相對的，大概可以配稱為愛因斯坦時期，然而他相信上帝和一般人相信上帝有著不盡相同的內涵，因此不能以愛因斯坦相信上帝，所以我們都要相信上帝來進行說服。這是題外話。我要講的是：不論人類再往前是怎樣的思想觀念，無法泯滅的是基本的自然本質和性情，忽視了它就沒有所謂生存的趣味，那麼盡心盡力地去愛罷，菱仙子。

七

你對神話有疑惑，事實上我對它也同樣有著某種程度的理解困難。上封信裡提到兩則比較不受重視的故事，一則他們有玩弄的意味，另一則警告人們對神的膜拜不要等閒視之，以所謂對神的虔誠而向神勒索酬報。平時，讀讀神話是趣味盎然的，問題不在信仰與否，它完全供給你一種回溯式的想像，在那裡似乎可以找到我們此刻現存的情感和行為的來源，認同或不認同取決於我們個人的價值判斷，無人可以擅加干涉，因為現在的我們在約定的律法下存治，與古代人們唯靠那種傳諭的警訊過活的情形不能同日而語。神話的架構在意表不可抗逆的倫理，它的威力對當時的人們無不誠惶誠恐命定般地被約制，而現在對我們文明化之後而言，它有如焚燒過後的灰燼，我們在火灰中找什麼呢？似乎沒有十分具體的東西流傳下來，只不過有時在自我的情緒中浮出那假藉的形影。或許，對存在感而言，當你意會到你的情感的源頭是出自於那個端頭時，那麼自古至今，延續於未來，你是全程活著的，不但開釋了你當下的凝重情結，也為你的困境闢出了一條可行的前路。在久知其酷之後，我們對希拉的種種報復行為已經沒有惡感和批評了，並且對那件事的處置也很合理，最好的回報他們就是讓他們安息，像睡著般和平，以免再度過分滿足那女祭師的虛榮，一般觀眾也許只會附會鼓興，但對於一位神祇，祂不能不清明，因為祂也不忍。

雷聲轟隆驚醒了午眠，它也劈打了停放在道旁的汽車，使它們紛紛發出咻咻的叫鳴，而增加人們心坎上的驚慌。對自然現象的難測，我們表露了一種膽怯的心。有時那雷鳴太過臨接窗簷，厲裂的音爆直接地使人產生畏懼；有時它又逐漸退遠，斷斷續續的悶響讓人反而對它專注傾聽和沉思。今歲從五月中旬開始，歷經了六月，到七月初，午後的變天一直演示著，端午節前後的雨水甚至釀成了各地的災患。不僅天然災難無法避免，人為災禍也在不斷地增加製造。去年賀伯颱風大雨，山洪暴發造成土石流這名詞的赫然聽聞；今年的水患，積水不退，海水倒灌，把垃圾場沖散，形成垃圾流，使市鎮浸泡在垃圾湯中。然後每天打開電視，不外是什麼命案的後續發展，讓人知覺結案無期。我們雖然置身事外，卻每天縈繞於心對社會的大小事故關懷，有如那警訊般的雷音，雖然沒有直接打著我們，卻不能不感受而心情沉重。還有修憲的政治問題，還有……不斷滋生和併發的……一切的事均不能免除於我們的知覺和意識。從這些感想裡我們似乎明白從來就沒有安穩平靜的生活時空，好似從早到晚被叫賣的刺耳擴音器打擾，被深夜裡發動的摩托車聲音驚醒；而這一切都是由於那被標榜的自由國度而任所欲為的存在著。有如一種在所謂自由中必須忍受更多被侵犯的狀況，想想在所謂不自由裡起碼還有某些東西是被保障的，但是此時此地的所謂自由已經沒有一樣東西可以保障了。

「台灣明天會更好」，當雨後我外出散步經抽水站時，看見牆壁上張貼著這樣一張演唱會的海報。多少年來我們常常瞥見到如此這般字表明確和響亮而字義無所適從的呼求和唱吟，幾乎坦率地揭示著糟糕透頂的現狀，藉著笑鬧或悲鳴的形式壓伏內心的驚慌與無助。「明日會更好」，你會相信嗎？人人這樣忘我而行樂之。我真有隱遁的想法以規避一切的假象。然而，我不能迴避，只能在這衝擊和紛擾的時空中尋覓一處小縫以做養息，看來生命雖然可貴，但似乎沒有多少價值，在一個不斷洶湧的流變中，個人無力免除漩捲，只能保持某種的意識清醒，載浮載沉地隨波流去，直到身腐神滅。

八

那天你回來，我帶你去散步看河，站在木柵和新店交界的河橋上的那一點往下俯視，它的最婉怨的樣相會顯出來。雖然看河要在月夜才好看，可是昨日黃昏時我攜了傻瓜像機去拍攝它。有一天也許我會有空把河畫在畫布上，依照拍下來的輪廓素描，然後再將我思念裡的夜相添上了顏色。我習慣沿堤防的走道邁著步伐前往，彷彿要去執行一項堅決的任務。沒有人知道我的內心懷著這麼嘲弄的想法，要去設置一個地點，攝取一種眷戀的永恆。當然這已經不是今天才突然有的衝動，每一個人幾乎都像似一隻從外表的特徵就可判定他的性情的動物，像虎豹獅狼、如馬鹿熊鷹，讓人去認識牠們的習性，這樣你行走的步態會讓人意會到你要去做什麼事。我記得四十年前當我還是一個學生的時候，有一天早晨我同樣邁著決斷的步伐走過和平東路，第二天有幾位不同校的朋友和我碰頭，說他們在一家冰菓室向外看見我，我的樣子像是要去與人決鬪。現在還有多少人能回憶四十年代城市的蕭條街景，而現在街道上的擁擠不易明白地辨識某一個人的行止，但在過往的日子裡，幾乎每一個人的形象都不可能與他人相混淆。我一直保持這份精神形貌至今，一直在我的思維美夢中度日；四十年前我走過那條街是要趕往學校去上課，那樣子被目為有如去決鬪；而現今我邁向一座心橋，我不知道此時目睹著我的人會以為我急著去做什麼？不瞞你說，我是去留住一條愛的魂魄。

我難分愛你與懷想那些舊事物，我的生命打從那裡走過來，與那時的事物相接觸形成我意志上的情操，所以愛你與接觸那些事物所培養出來的思想沒有相違背。我想要把我從那裡認知的樸真世界提供出來與你分享，可是我必須謹慎小心以免觸犯你的自尊，並非我比你先走了一段路，就有資格和能力在實際的生活中引導你。讓我們互相瞭解並找出我們共通的觀念取向，你喜歡吃什麼食物和我喜歡吃的相混合，你具有什麼表現能力同時在我身上也能回響的，你有什麼正義感同時我也有相同的看法，把你的生存願望和我的同質思考相會合，使相愛在這個共同點上獲得一種啟蒙。我這樣說並不是我們要去建造一種異乎常人的生活，開闢一個理想新天地，而是去承認造物者應許我們的能看到、能聽到、能感覺到的尋常國度，在這尋常生活的繁瑣下卻多少與他人有神志上的不同，有思考的區分，有工作上的不同途徑，有我們自己的個性。自由與選擇的意義在此，即使我們和其他人吃同樣的米飯，穿牛仔褲，同樣搭乘公車，同樣去投票，然而我確認每一個人的感想必不盡相同，這是一種自認的私祕，如果我們不誇耀守著自律，不喧嚷侵擾到別人，任何人都能擁有這份自由和選擇。在那個我提到的舊時代裡，我喜歡看美國西部電影，我喜歡那些演西部片的明星，曾有一部片子同時有勞勃．米契爾、李察．威麥克、寇克．道格拉斯這三個人，他們與一群駕馬車的人們從東部往西去奧勒崗，他們中有一個人是熟習印地安人的嚮導，一個是隊長，另一個則是懷帶著建造新城市藍圖的建築師。千辛萬苦之後奧勒崗在望，建築師死了，大半生流浪在廣闊土地上的嚮導回絕了隊長的挽留，雖然他長久的眺望眼睛快瞎了，然而他單騎離去時，他說：我喜歡印地安女人的長髮和溫柔，我年老了，但我還可以和他們在一起，沿著長河，可以在河邊露營和釣魚；你們有你們的美麗天堂，而我有我的自由和選擇。

生命的成長有不可告知的微妙指引，有一面鏡子寫照出構成心靈材料的樣相。心靈的存在首先是一種功能的學習，有一個外在形式做為它的榜樣，它們存在於一切藝術的形式裡，我們最先開始會去接近已經被另一個心靈整理過的藝術作品，從那裡我們獲得一種訊息，感知自己的心靈存在，同時形式出自己的心靈模樣，從感動的某種事體裡辨識出自己心靈的品質。這個心靈形式的存在就是我們操在自己手中的命運。當我在那時看過《雙城記》這部片子，我的淚把我的受難心靈洗明了出來，透過這個感動手續，認同著類似的同質心靈。這個認知使我開始憐憫自己，同時憐憫受苦的人。這樣做雖然只能過著卑微的生活，卻無愧於這個安慰自己的心。我開始退讓，遠離那些可能為了爭勝而誹謗我的人，以及可能有的不義的批評。我發現心靈是個思維世界，越退讓越覺寬闊，甚至覺得獲得自己的心靈的支持，比獲得名利更加穩當和慰藉。這是個不必去宣揚和引人注意的思想，更不足以鼓舞別人，因為這是屬於個人自己的認知和命運，像這樣的心不會去觸犯人間的律法，不會破壞人與人之間的關係，甚至可以去愛人而不必索求回報。在影片中，我一直注視和感應狄鮑嘉那張悲憫而憂鬱的臉，當他救出了他愛戀的女子的未婚夫，替換成自己上斷頭台時，我的心同時在強烈地緊縮然後綻放，後來我由醫生那裡得知我有心悸亢進的病，也許有一天它會要我的生命。

那時的幼稚心靈雖然容易被啟迪，但對複雜的人世並沒有批判的能力；對一個學生而言，他的狀況還不具有完整的人格，因為他的思想還沒有經過自己的人生生活的檢驗。沒有經由我此刻的追憶，那時在那裡的各種事物無法看出它們的真相，而我現在擁有和清楚確認的是從龐雜和眾多中挑選和留存的，和我同時代的人也同樣做了這種篩選和攝取，形成他們各自發展的人格。這些從生活的經歷中留下來的精華，經過了大半生涯只有那麼一丁點記憶符號，此刻沒有集中精神還不容易去演繹和挑出這些意象，沒有我此刻對你的愛無法復甦一切過往的愛，我此時在此地落腳才能證實我曾在另一個地方住過。這好像季節，每一季有每一季的果實收穫，它滋養給另一季時的新的醞釀。生命從來不滯留，像河水，注視它時有一份悵然若失的心情，它的象徵和寫照同時給你一份由內心產生出來的憂鬱力量，去關注身邊的事物，去愛你能獲得的歡欣，去創造，去把自己洗刷乾淨。如果我不能從這簡單的生活意象裡獲得存在的意識，我就無法從他處再去學習和證明我曾經活過。

九

琵琶做伴常相憶，自去年底你帶它過來，教我彈它，學習看譜，到現在已有半年時間，我總算對它有著漸不釋手的喜愛。琵琶的造形有個比喻，但這個可不必把它說出來。我不明白是否調音關係，握轉絃栓的木桿（琴耳）與它的力道相抗而傷了手腕關節，或者是我們在床上相戲時因為支撐身體而壓折受傷，無論如何，要是現在做這兩件事的任何一者，都會在關節部位產生一些微恙的疼痛。起先我是追究它的造因，一定由某一件事開始，但兩者事體中不知道何者為先，然而硬要說出那一個是因果實在非常困難。我總不能在彈琵琶必須重新調音時，心裡把那疼痛的感覺指向因為和你做愛，或是，和你面首纏綣又推委給了琵琶。這種反覆移易的結果，你和琵琶已混成一體，再也分不開找不出理由了。我曾經在你與琵琶兩者之外去探求另一個可能導致的來源，我的日常工作似乎沒有那麼需要在那個部位集中用力，是支點同時又是力點，而我不做木工已經多時了，以前常做木工也未曾傷痛那個位置，甚至距離最後一次打架也已三十五年了。我為此而歡欣鼓舞，它不是傷而成為一種敏感的記憶，想及你那激奮的面部表情在黎明前那白白淡淡的幽光裡，我的心在甦醒後就湧起一股力量挑撥你的慾潮，猶如我在練習彈琵琶時必須自始至終所保持的情緒和體力。沒有所謂純粹記憶的存在，如果沒有聯想也就無所謂思維的事體；要是有一天你為了某種原因而必須離開我，那麼就留下這隻琵琶給我吧！

十

有兩次我似乎忤逆你的意，可能傷了你的自尊心。先是在去年還未搬離林森北路巷內的住處時，為了什麼我已經忘懷真正的原因，只記得從新生北路高架橋下走出來，我提議坐計程車回木柵，你說走去坐捷運，路不遠就在前面。我堅持說路很遠，前方雖然眼可看見橫向的高架橋，但行走還是有一段不短的距離，我告訴你實情：我的腳有點不良於行。你直望著我說：這麼一點路也不用走，我走路可很在行。我只好順著你向前走，不料剛才看得見的高架橋是建國北路的，走到那裡，遙望前方又有一座橋橫向在半空中，那才是復興北路捷運線。我們原是高興地並肩而行，有時還互相牽著手，一面走一面有話說，知道誤判路長，我隨口一句：你看，捷運還在前頭，路可不短。你聽了我這麼說，突然快速地跨出一個箭步，就這樣把我抛在後頭，不說什麼任性地往前走，我叫著你，你不但不應，反而越走越快。我也加速腳步，又叫你幾次，你就是不回頭，就這樣在我的前方越離越遠。我感覺那情勢就是我能跑著追你，你更會往前奔跑讓我趕不上你。我永遠不知道你所表示的是什麼意思，我自來不識女性的特殊心態，也十分惶恐女性的某種突如其來的行徑。年輕時曾有一位女朋友忠告過我，說我完全不懂女人，不識女性心理，我為她的說詞感到疑惑，我也不曾檢討我為何不能使女人心歡，她們的表達行徑總是超乎我的想像之外。我以為女人和男人一樣相處要講一點道理，不能凡事以女人自居，或以男人自居。

而這一次，我以為我所謂的要講道理可能太離譜了，如果是這樣，和我相處恐怕太嚴肅又太困難了。以前我留不住女人可能都是如此，像個小暴君，太專制了。我要在此追述檢討它，是希望恆久以後還能佐證這個經歷，以明示我的道理有多臭，使得讓你會遠遠的避開我，免得再度傷害了你。週六晚上你回來看我，我告訴你雅馬電話來邀約我們出去一起吃個飯，要你回電話給他，然後你和他在電話裡就這樣講定明日週日晚上在仁愛路四段的一家老西餐廳碰頭。翌日午後，我們都安排睡午覺休息，然後沐浴準備赴宴。進行做這些事的時間我在控制，時時向你報時，以便換衣服，整理房間，你看起來心情很歡悅，一切料理得很妥當。突然你問我穿那件家常的長衫可以不可以？我搖頭，那是一件你目前最喜歡在家不離你身的薄料衣服，應該說是夏季裡涼快舒適的睡衣，在外頭穿它恐怕有點不妥。你不說什麼，似乎同意我的看法，我也沒注意你有不悅。輪到我去浴室洗澡，出來時我向你的房間探頭，看到你躺在床上看書，身上還是穿著那件衣衫，沒有任何打扮和換裝的樣子。我走到客廳看鐘給你報時，就轉到我的臥室穿衣服，差不多是出門的時候，我再到你的房間看你，你站在鏡前端詳自己的穿著，問我說這樣可以嗎？我說不出可以不可以。你一身穿著灰黃淺暗的顏色，幾層上衣重疊著，雖然都是短袖衫，手中還拿著一件毛線衣，看起來很不輕鬆的樣子。為什麼？我發問著：你不能使自己寬鬆一點嗎？難道這樣不好嗎？你說著，把毛線衣用力丟回去。這是夏天，而且是夜宴，我說。好，你說，我該穿什麼？應該顯示一點得體的裝束，畢竟不是去郊遊或去工作，我這樣說。那麼我不知道該穿什麼配合你，你回答說。你有滿櫃子的衣服，為什麼只喜歡這個樣子？我只穿這麼一次，不是每次都這麼穿，你開始抗議。我說：好罷，你喜歡就好，你實在不必問我。我們一起走到門口來穿鞋子，你想把腳套進一隻斷了後帶的黑涼鞋，我看著很不以為然。我說：你可以不可以腦中有個觀念。你丟下鞋子奔回臥室，我知道我這下完了。

走出巷子，你超過了我，開始往前走，我呼叫你一聲，你根本不回應，只顧快速地走去。我想到前一次的情形，我在萬頭叢中盯著你跟隨在後頭追趕。這條巷子沒什麼行人，我能清楚地看著你的背影，一條暗褐色的牛仔褲配著淺黃的短上衣頗能把你勻稱美好的身材顯出來，而那雙短跟的淺綠涼鞋使你能輕便地走著。我心裡期望你不要在這個時候給我有什麼過不去的難堪。巷口接一條大馬路，設有紅綠燈，我看你在轉角的地方停下來，我心裡慶幸著，你能先攔車，像往常我們總是在那位置叫計程車，誰先到誰就招手，有一次你還開著車門等我快步上來。但是等我走到那裡，透過電話亭的玻璃，我看到你在那一邊遲疑停頓一下，然後也沒有回望就沿著大馬路的行人道離開了。我想趕上幾步阻止你已經來不及，加上我兩天前做木工，蹲在地面上釘釘子兩腿痠痛走不快，只得在後面大聲叫你。我似乎感覺我越呼叫你使你走得越快，當你始終不肯回頭望我時，我知道我的處境實在好淒慘又好悲傷。太陽在斜西，依然熱力很強，就這樣沿路追你，望著你越離越遠，在折彎的地方消失見不到你了。我不能寬諒我自己年紀老邁犯了這麼大的過錯還須在光天白日下在馬路上追趕一個年那輕貌美的女子，這豈不是醒世殷鑑自討苦吃？我只得繼續往前走，來到另一個十字街口，那裡人潮擁擠，我四處張望看不到你的影蹤，我想你已經走遠了。我攔住一部計程車，順著我們應該赴約的方向往前開，然後我看見你在前面不停地走，我要司機在超過你的前方停在路旁，我下車站在你的前面，我們相視而笑，你終於上了車。你上車後，從背後抽了一張手紙替我擦額上的汗，你同時也開始哭，無聲的流淚，我接手用同一張紙為你拭淚，就這樣一路上你的淚水不停地由眼眶流出劃過臉頰滴在赤裸的胸脯上。

十二

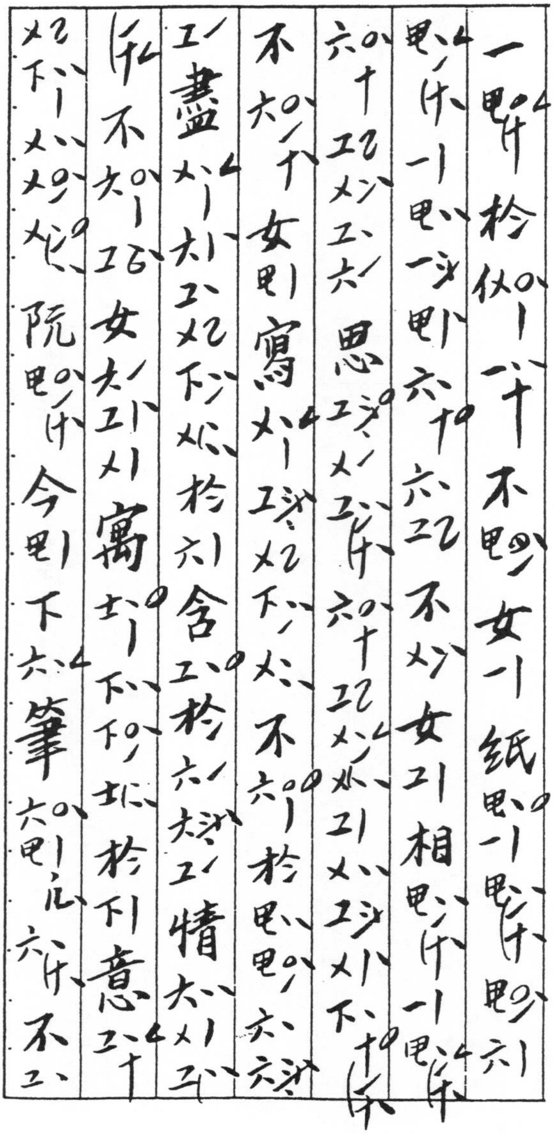

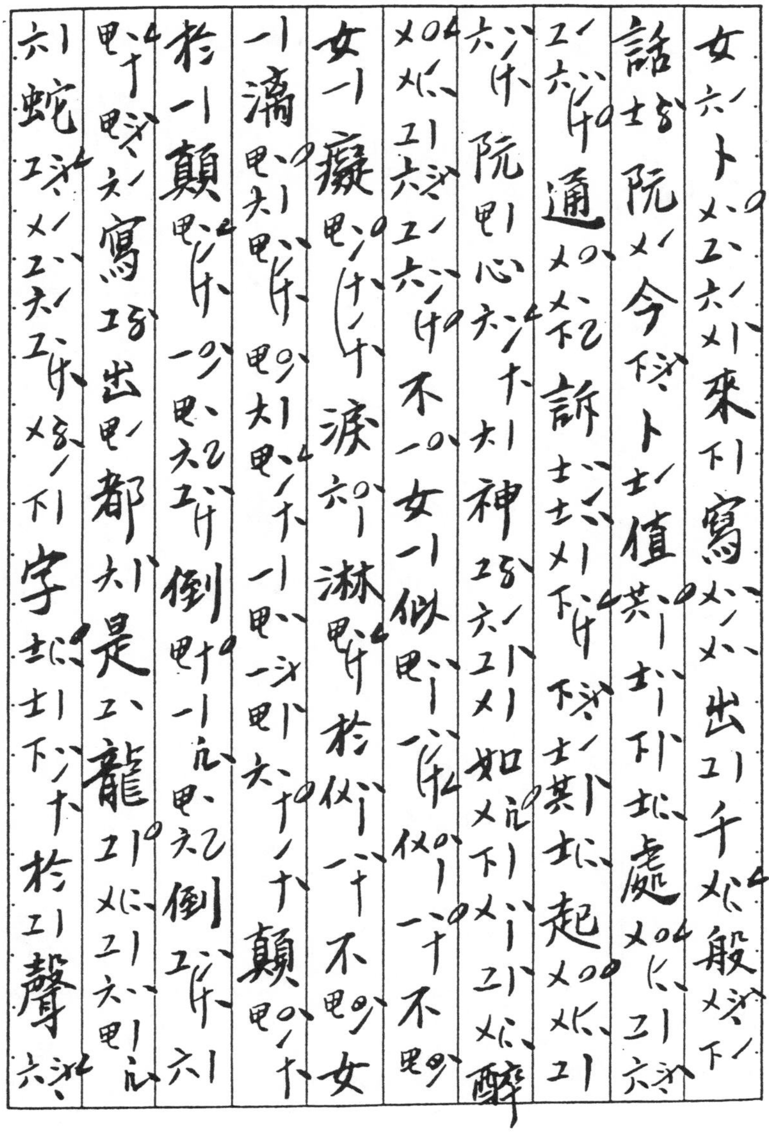
女卜來寫出千般
話阮今卜值處
通訴起
阮心神如醉
不女似不
女癡淚淋於不女
滴顛
於顛倒倒
寫出都是龍
蛇字於聲

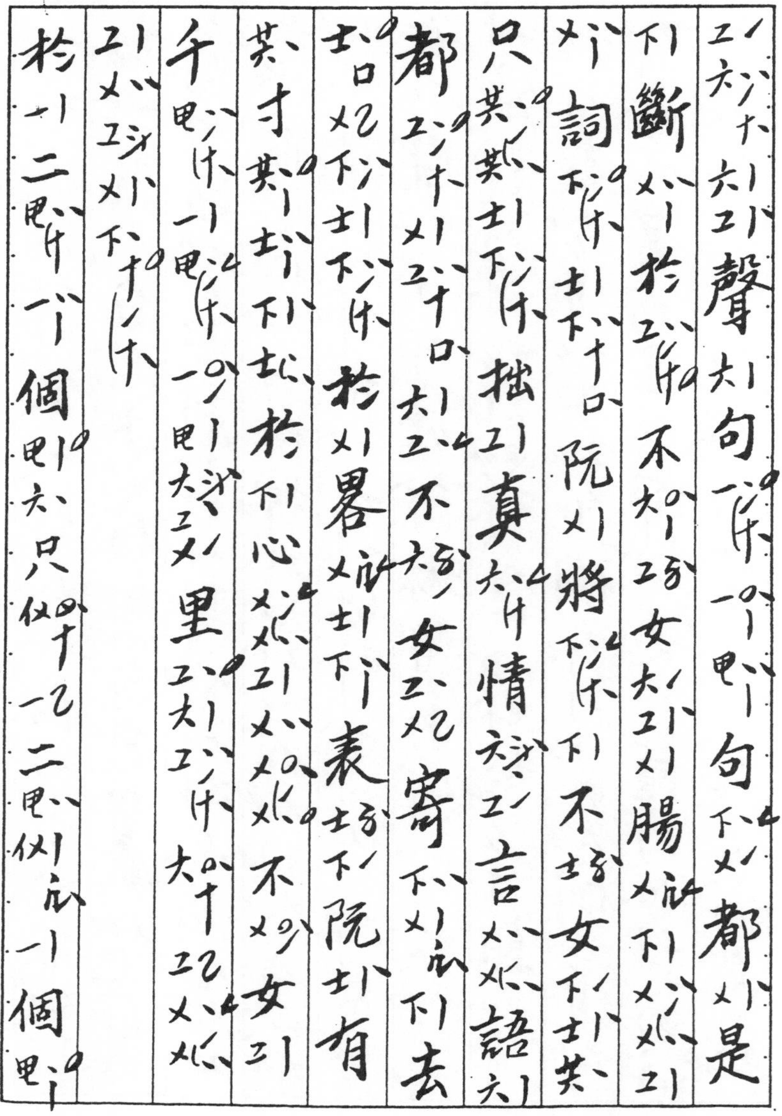
聲句句都是
斷於不女腸
詞阮將不女
只拙真情言語
都不女寄去
於畧表阮有
其寸於心不女
千里
於二個只似二似個

六野一電件　本一於大乙成大雙不

著於一風野打即

下會一拆件散見在下西

於一東伊下二個士許處

相戲於一障相下弄

都秩得通來共下於一伊

不女相一逢於

一哺個大軟一弱都

袂做得於一伊主

大下乞於一伊二

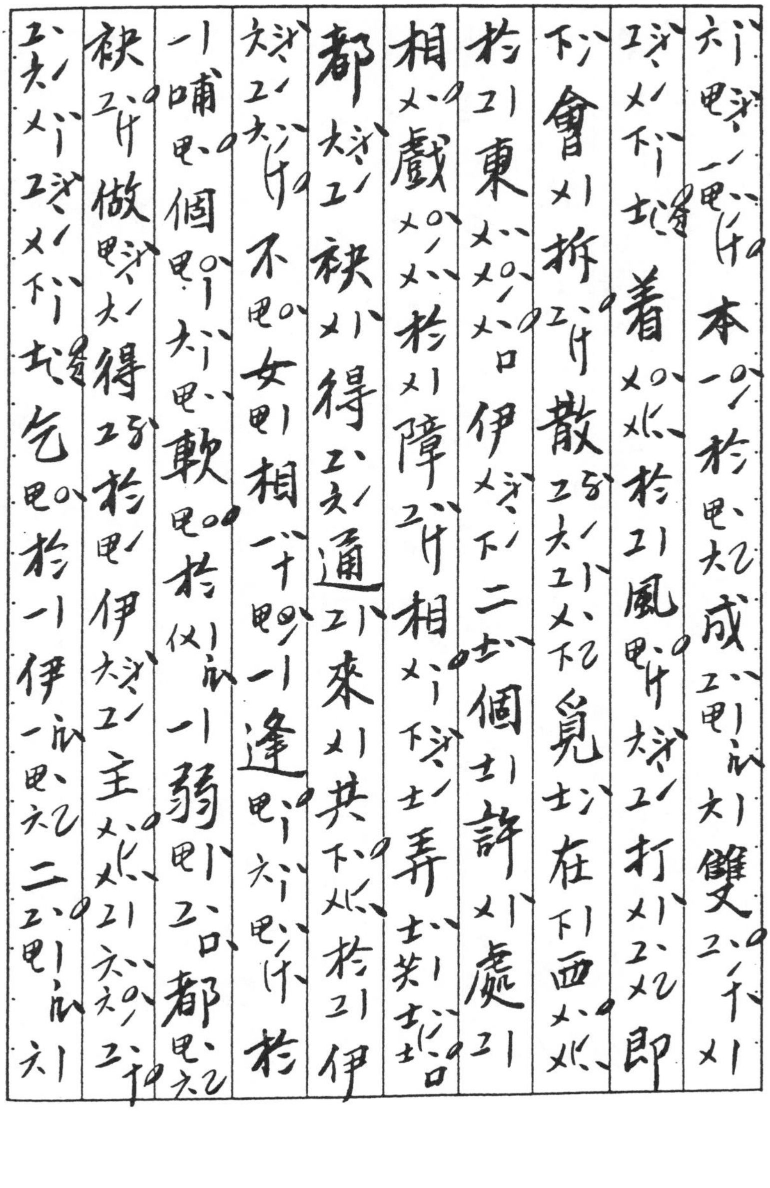

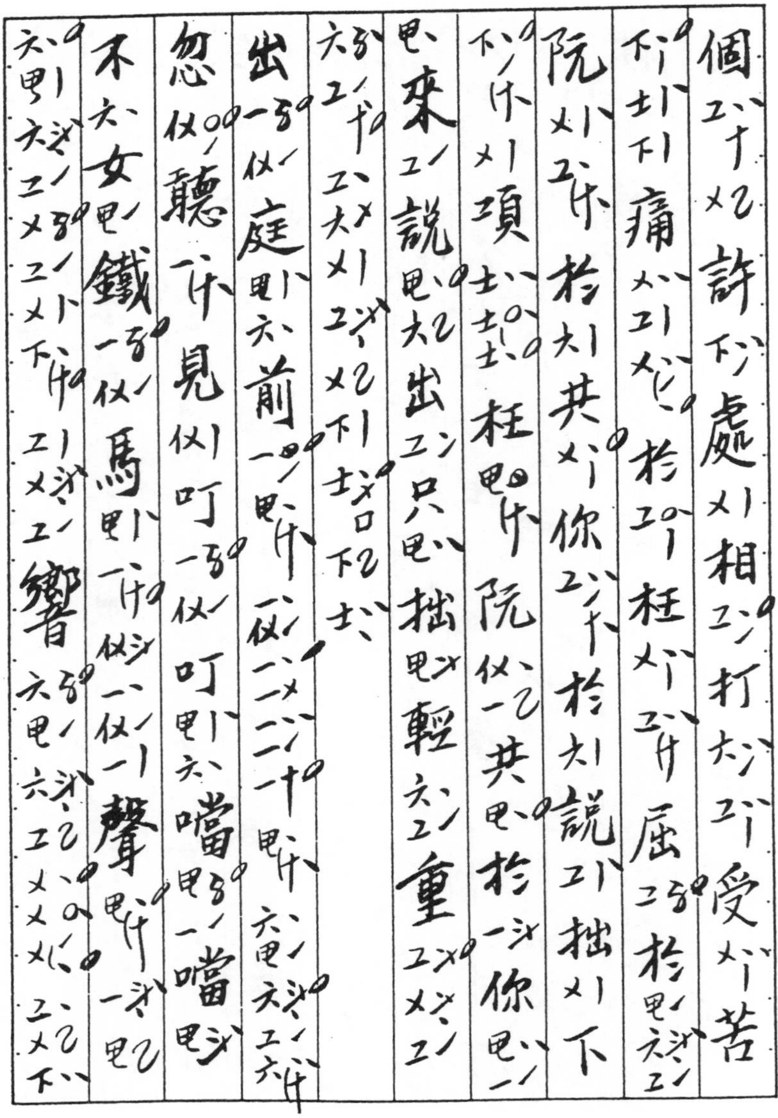

個許處相打受苦
痛於枉屈於
阮於共你於說拙下
項枉阮共於你
來說出只拙輕重
出庭前
忽聽見叮叮噹噹
不女鐵馬聲
響

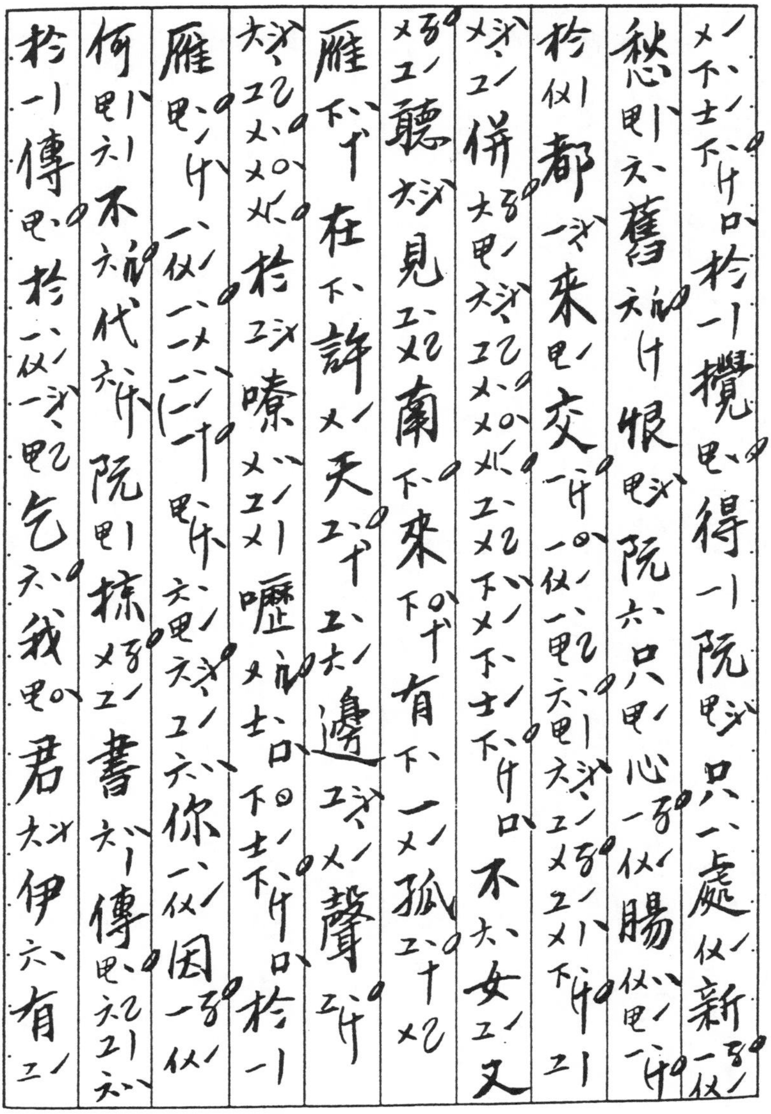
攬得阮只處新
愁舊恨阮只心腸
都來交
聽見南來有孤
嘹嚦
雁在許天邊聲
雁你因
何不代阮捺書傳
傳乞我君伊有

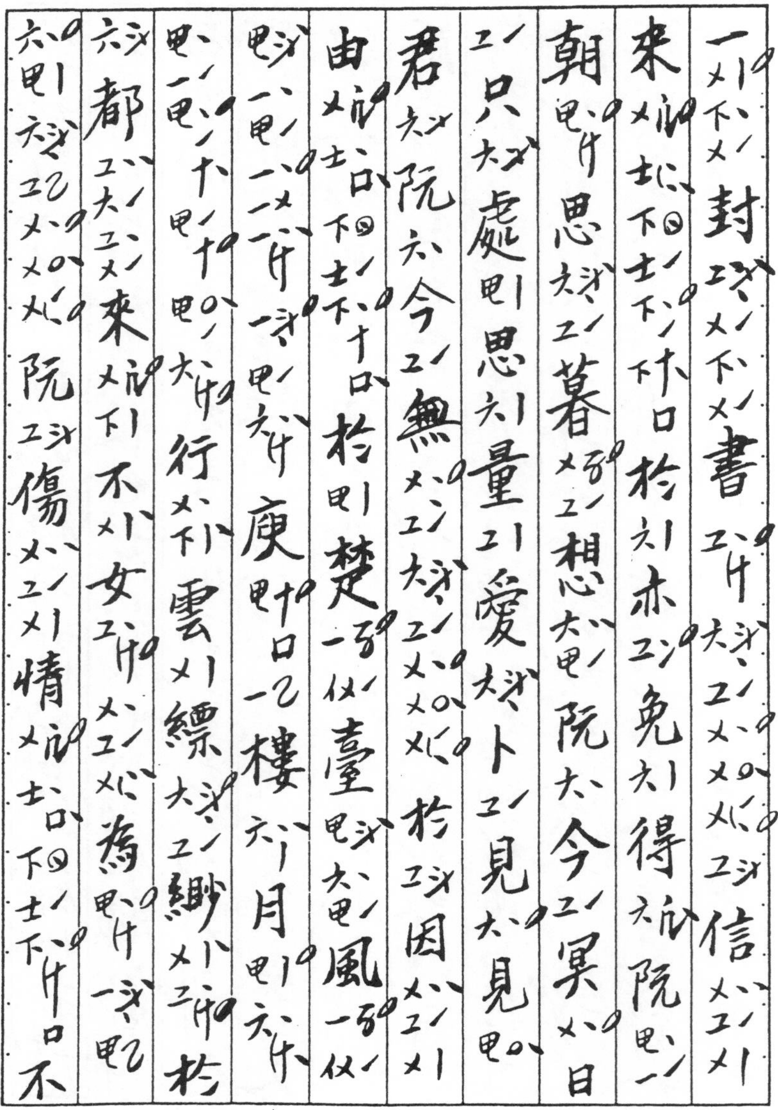
一封書信
來於亦免得阮
朝思暮想阮今冥日
只處思量愛卜見見
君阮今無於因
由於楚臺風
庚樓月
行雲縹緲於
都來不女為
阮傷情不

六女工幾ノ工對太甲太工寒メンエ鴉太け幾セ

墜不太け田太乙エ工太ぶエメメ処○扵エシ夕メハメノ陽

士ロ下士不ハ休傷セハ十け田ロ子ロ似一十田太甲刈

情エ処工太工ハ休深セ田ノ恨太ハ院セ田情メ人メメ

伊エ乊都メ未不トメ肯太シ工返メンエ太シエメメ処来

尤ロ家不分士不下十ロ鄉下トセ口鴛太奪太シ工群メロ来

エメ下け本ハ成エ雙太甲エ太け今ハ来田折

得太シノ院太セロエメシ下け守太ひ只エ工空太ハ房田太乙エ

六十ロ空ハ房田ハ青ハ清太シ田ハ只田處一悶メ扵エハ

一乙ハ散太セ田ハ在メメロ西工メ分エ東エシメ下け歝六

一十田ハ散太セ田ハ在メメロ西工メ分エ東エシメ下け歝六

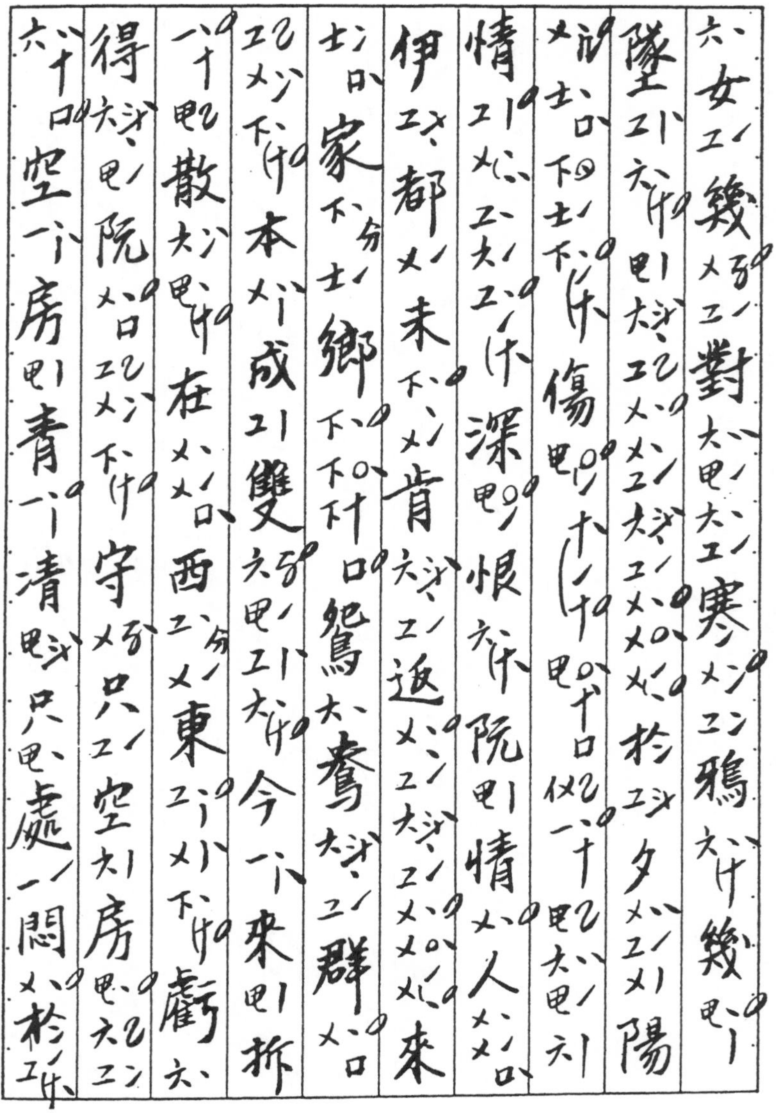

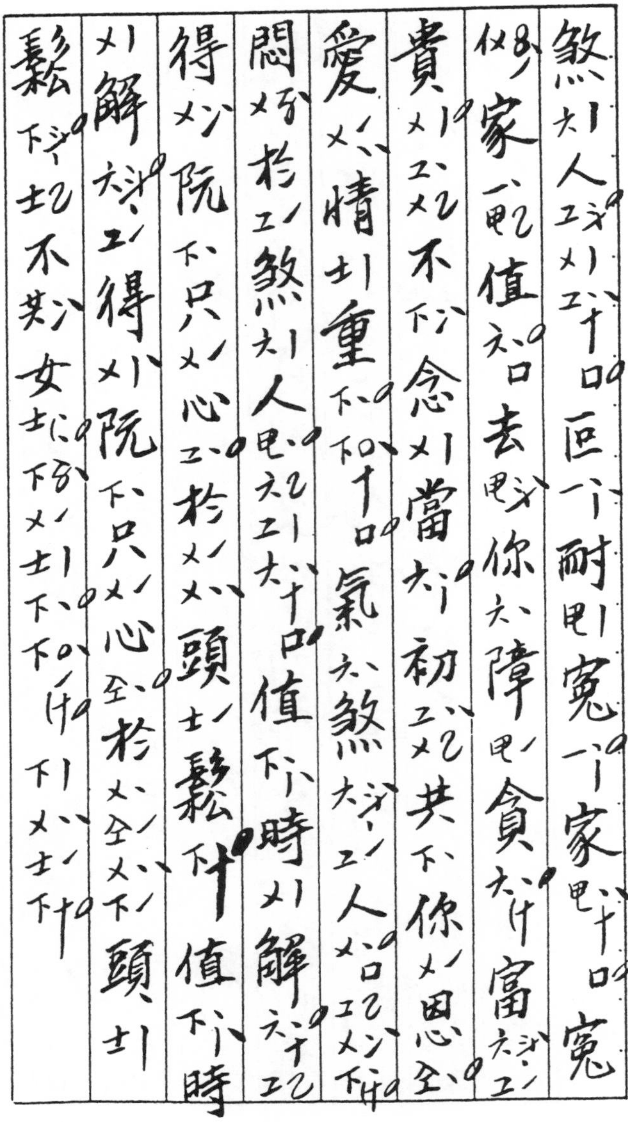

有誰會相信我會走進手彈琵琶放聲咿哦這種舊有曲徑的形式裡，你到底怎樣的看我？不談我現在還未學好的拙劣樣子，僅就一種想像我每日撥時坐下來玩弄的那模樣是否可笑，不論我將來是否學得像樣，我仍舊懷有一份喜悅，那就是認識南管曲式的美。不用我說，你當然更瞭解。可是當我們去接近南管人時，他們是親切而謙虛的，不像學者或有些管事的人那樣的神氣，把它說得不是人間存在的東西。其實這種南管唱曲，不拘形式的來演唱，應該是個人最好的玩樂和排遣，也就不必太講究他們所說的正確或不正確而自縛手腳了。自來無論東西方音樂，門派之爭是論說不完的事，我們也不迷信誰是正宗真傳，誰是旁門左道。放眼看去，曲譜上已經一清二楚，曲式上是自然脈動，自然發聲，依情懷而高昂和低迴，曲詞相纏合而為一。講究藝術的美善，那是個人才情的問題，我不想要評論它，我學它和去愛你是相輔相成的，完全為了我生活的愉快，只有私下個人的目的。要去愛一個像你一樣的南管人，只有鼓舞她往那曲徑走下去，為她服務一些生活的家常，成全她學完一段必要的課程，如此也就夠了。當我無法提供除了我以外的其他幫助時，我相信你一定知道我是那麼地愛著你，那麼欣賞你的藝術才質，每一次看到你在戲台上表演都是那麼讓我感動和佩服。我沒有財富來扶持你反而使我學會一點謙卑，和你過每一個我們能相處的平凡日子，就是這一紙相思，也寫不盡我心中的含情寓意，我不自量力的學唱這一曲，實在是感悟那曲式的脈動精神，這種情感與任何時況的存活息息相關，直到命火熄滅而曲唱無聲。

記得不久前有一天早晨，你起床後在浴室洗身，我坐在客廳，從木櫃裡取出一張唱片播放，你走出浴室對我說，那歌聲可真撼人心悲，我說這是馬勒寫的〈大地之歌〉。之後，我在一次晚上的散步裡獨自省思我現在對南管樂曲的入迷，簡直像是我在多年前聆聽到〈大地之歌〉時一樣，我固然不能學唱卻能像以往接觸交響樂一樣領悟那絕頂的造詣，如此的作品非有天才和豐厚久遠的承傳不能持續產生，雖是音樂卻是哲思。

我想你第一次聽它時是被那旋律和音色所動，像我在早年接觸西方音樂只知音調。那天早晨我沒有為你解說內涵，現在我試著把最後的一曲〈告別〉譯出來，或許你讀後再回憶那歌聲，與我一起將前者拿來兩相比對，才不會去偏愛誰。

日落山後
黃昏拖影臨村新冷
看，月如銀舟浮泛藍天海
柔風吹過松樹林園
黑裡溪流湍鳴佈音
幽明中花朵蒼容
大地深呼休憩
渴望做夢去
倦客歸家
眠中忘尋福祇
且去學知新春

枝椏棲鳥靜
世界已落眠

松蔭涼流我站待友人
等他來取別辭。
殷切，伴你享受美麗黃昏。
但你在何處，似離我而去？
濃徑綠地笛音起落，
哦，美麗！哦，世界！
永遠與生命和愛飲醉。

他下馬為他的告別舉杯
問往何處，為何必須？
他回答，卻掩語而說：
哦，朋友，命運在世苛我
無處去，我徘徊山裡落心。
我將盪回我的原鄉土地，去我家
我將不再在外流浪。
從始至終我等待著此刻時辰
任何地方，可愛的春地
繁花盛開，長出新草

任何地方，永遠皆是
地平線藍藍發著亮光
永遠又永遠………

一九九七年八月六日

【附錄】

致答譚郎的書信讀者的信函

自我寫作和發表作品以來，使我關切和有職責地回答讀者的來信總共有三次，一次是和大學生周世禮討論思想和現存的問題；一次是某讀者關懷我使我寫了〈再見書簡〉；這一次是〈譚郎的書信〉引來了新的讀者羣，他們熱情地寫信給我。新讀者幾乎是從未讀過我以前的作品。他們對我而言是一次前所未有的考驗，他們坦率的表達方式就像是譚郎的書信一樣。當然我不可能有時間和耐性給他們一一回信，這是我抱歉的地方，但是我研讀和思考他們的問題，就彷彿對我自己做著告解的沉思。我像他們一樣的好奇，不過我一生的好奇已經逐步從最低級的往上升爬，雖然還是保持著天性上的敏感和多愁，但慶幸的是諸事都經由不懈怠的讀者和寫作昇華了。面對這些繁富的信函，我日日縈繫的是如何不能避免的要回答他們。他們也許都會明白我可能不會回答他們，但他們似乎更希望我能開口說幾句話；我應該知道這是我不可推卸的職責，我既然寫了〈譚郎的書信〉獻給黛安娜女神，也該寫一封給全人間的讀者才算公平。

有關譚郎的書信

1. 你們心中最首要的問題是黛安娜真有其人嗎？

在這裡我要引用一段闡述柏拉圖「形式」的話。有許多個體的動物，我們對牠們都能夠真確地說「這是一隻貓」。我們所說的「貓」這個字是什麼意義呢？顯然那是與每一個個體的貓不同的東西。一個動物是一隻貓，看來是因為牠分享了一切的貓所共有的一般性質。沒有像「貓」這樣的一般的字，則語言就無法通行，所以這些字並不是沒有意義的。但是如果「貓」這個字有任何意義的話，那麼它的意義就不是這隻貓或那隻貓，而是某種普遍的貓性。這種貓性既不隨個體的貓出生而出生，當個體的貓死去的時候，它也並不隨之而死去。事實上，它在空間和時間中是沒有定位的，它是「永恆的」。

親愛的讀者，你們在過去和現在和未來，都是能夠深明這層真理的，我們會有永恆的「理念」思維留存下來，都是依據觀察個別的樣像推演證明的；這與曹植寫〈洛神賦〉和雷翁那圖．達文西畫〈蒙娜麗莎的微笑〉都是相同的情形；當「形式」已被創造完成，個人的隱私也已微不足道了。

2. 你們心中的疑惑是我寫的是你們？

你們之中有一位在信函中這樣寫著：「我把書從頭至尾連貫起來，果然是我熟悉的背景，因此愛不釋手，雖然人物不同，地點相異，但故事內容卻是那樣相似，或許這可能發生在每個人身上的故事，但我總覺得這些話像在對我訴說，我依稀又回到了某一段時刻，那段永難讓我忘懷的日子。」

3. 也有愛彈詼諧曲的例子。

「可惡的七等生，你總是在和我玩捉迷藏，氣死我！我不明白，為何凡事你總是要用悲劇收尾？雖然悲劇似乎比較容易打動人的心坎，但畢竟是一種淒涼的遺憾。可惡的是，有些作家似乎不加些鼓勵的興奮劑，卻反而渲染這種悲劇的苦澀美，這樣只會增加消極的意識而已。這種自我安慰的心態是會摧殘人的心靈，使青春生命老化得快。你就是這樣，雖然沒有人絕對是一個戰勝自己懦弱的強者，可是，總也不能讓這種腐化的意念侵蝕太多，否則，你的人生必如你所說的是『失敗』二字。」

親愛的讀者，我們都明白，即使熱切的直罵和批評也是代表一種關懷，來自焦急的愛意，這種心靈仍然是美麗異常，並且從發洩中獲得自由和舒放，而只有壓抑和隱埋的情感才會致病和有害。

4.比較溫慰的終局。

你們大都能有冷靜和智慧的思維，投來給我讚譽的回響，並且表達出清朗的生命喜悅。這又是你們之中的一位這樣寫著：「看您的書時，我內心充滿了感情。今晨起床後，為一首巴洛克的音樂感動著，那祥和的氣氛，使我內心充滿了感謝，感謝今晨我還活著，看著往來的人，一個個活生生的，深覺生命真是奇蹟。以前我從不知感謝，今天我為幸福的生活感謝，為我的存在感謝，懷著的是對世人的愛，自覺是滄海之一粟，為自己的渺小而忘卻個人。現在我更瞭解，並感覺到個人的存在，並沒有特別的意義，感情亦隨之而去，重要的是活著，事實如此。現在我活著，今晨我要安排今天一天的生活，要寫幾封感謝的信，感謝幫助過我的人，無論是事情的幫忙，或心靈上的安慰，都是我要感謝的，我感謝您的是我獲得心靈上的安慰。」能寫出這樣崇高感謝的信，我真為你們驕傲。

總之，從你們的反應上，你們是十分高尚的，並且從做人方面來說，你們全都是有良知和善良的。小說的價值已經從你們的身上獲得正面的肯定，做為〈譚郎的書信〉的作者，沒有比這個所獲得的回報更高更足安慰了。

有關其他的作品

由閱讀「譚」作，你們想索求我的其他的作品，你們坦白的說沒有看過和讀過，因此要求我順便告訴你們它們現在在那裡？在我未告訴你們它們的所在之前，我必須先闡述一些讀過這些作品的人與我接觸所談到的有關文學作品的事；我現在意欲多說幾句話以彌補我先前某些部份的沉默。

一個文學創作者首要的職責就是呈現文學性充足的作品給讀者；不論題材如何，作品的文學性的表達方式是文學家品格的要件。什麼是文學性，當我們述諸於閱讀時就能憑知覺感覺得出來。最早來到我的家鄉當面告訴我的是主持遠景出版社的沈登恩先生，他說他在高中的時代就喜愛我的作品而立下志願將來一定要出版我的書，他表示我的作品開頭的第一句就能深深地吸引著他。我想他的這種品評和辨別似乎就決定了他後來整個出版事業的精神和方針，使他後來傾力去出版台灣近五十年來重要文學作家的大部份作品，以及不惜力拚出版諾貝爾文學獎作家的作品翻譯集，如果沒有深重的外來打擊，十年之後，無人能在出版事業上的成就望其項背。近來有一位遍讀拙作的讀者遇到我時和我閒聊了一陣，他說明顯的文學性是我的作品的最大特徵；他為我抱屈，某些批評家過份草率和武斷地以為我的作品沒有社會性，他認為不然，他察覺我把人生的一切都轉換在文學性的熔爐裡，重組成抒情的肌膚，在細心的品察之下顯得更為強烈和深厚。我把〈譚郎的書信〉原稿在發表之前請教了馬森教授，在他首肯指正之後，我才做了比我預期更早地發表出來的決定，否則讀者恐怕永遠見不到它。我在這裡論說作品的文學性，它是創作者獨一無二的責任，不是在自我恭維，而是想告訴讀者其真正在做引導作用和啟發思維的就是這個被稱為文學性的不需言傳的存在物。現在我們調換另外的一個意義幾乎相等的詞「藝術」，譬如我們在展覽會場裡，我們幾乎無需爭辯地很直覺地認定出某些作品是藝術的，或不藝術的。藝術性成了創作家作品的生命，這是他的工作和品格學養的表現。每位作家都有他獨特的文學性，像柏拉圖的《饗宴》和福祿貝爾的《包法利夫人》的文學性不同；卡繆的《異鄉人》和莫瑞亞訶的《荒漠的愛》有不同的文學性差異；佛洛伊德的精神醫學報告《少女杜拉的故事》所具有的文學性讀來令我們深覺惻惘。而羅素的《西洋哲學史》的豐饒的文學性使我們窮追不捨那些所謂艱深的哲理。就像女人的魅力一樣，文學性使人注目，它是從內湧現出來的一種泉流，與個人個性的發揮合成為「風格」。

我不知道，我說的還不算，也許有人能夠明晰地說明它，但是至少我們能藉心照直覺地感覺到它。

好了，那麼那些其他的作品在何處？本來我的一派希望是順其自然的讓你們去「遇」或「不遇」；有人認為讀書是一種「緣」，詩人兼學者楊牧曾坦蕩地說過：「我沒有讀過《易經》，並不覺得羞慚。」但是你們的來信中的語句有一種慵懶的可愛要求，我不得不在這裡扮演一個不知羞恥的自我推銷者，就像為所愛的人下地獄，現在應讀者呼求而遭人譏罵。《老婦人》、《耶穌的藝術》在洪範書店；《僵局》、《來到小鎮的亞茲別》、《我愛黑眼珠》、《沙河悲歌》、《跳出學園的圍牆》、《隱遁者》、《白馬》、《情與思》、《城之迷》、《精神病患》、《散步去黑橋》、《銀波翅膀》在遠景出版社，都將重新再版，請稍作等待。

有關得獎

親愛的讀者，《中國時報》和吳三連先生文藝獎今年頒給我，是因為我寫了那些被你們一再稱為的「其他的作品」，而不是「譚」作。「譚」作不會單獨得獎。對一位作家的鼓勵最為明智的決定不是讚美他的單篇，而是審查他在過往的行程中付出了長期的辛勞的總集。寫出了作品，而沒有人出版它們，也是枉然。因此，那些作品之能夠出版，要歸功於洪範書店的葉步榮先生，尤其是遠景出版社的沈登恩先生，在我生活最艱苦難當的時期不惜成本和別人的阻撓，毅然決然地陸續出版了拙作十二本小全集。我個人深深地佩服他作為一個出版家的高遠眼光，和扶助別人（同行）的胸襟。但是談到我寫作的發軔，我要永懷感激於林海音女士，她在主編聯合副刊時大膽地刊登我的第一篇作品以及其他最早期的作品，她是第一個給我天空的人。雖然在頒獎詞裡肯定了我的創作藝術，但我心裡明白在整個現代文學的世界裡我是渺小而細末的。這是四十多年來第一次使我的家人感到一點喜悅，他們從來不太明瞭我的寫作到底是一樁什麼鬼玩意，就像得獎他們有點莫名其妙的高興；我的老母親，據我胞妹說，那天早上就開始洗頭髮，把衣櫃的衣服拿出來，說午後要去看人家頒獎給我。這當然是件好事，對這堅韌而終身辛勞不停的老婦人來說，她有這兩個半天異常不同的逢遇，因為她沒有進學校認過字，而她的兒子居然是玩文字遊戲的人。這的確有點出乎她的意料之外。談到我的妻子，這二十年來相守的貧賤生活，總是爭吵著，只為了我所謂的理想的戀人的事體，她吵的越凶，我就越渴欲呼求理想的戀人，而我就越寫得順手和發光。這真是一件頗為奇妙的事，一個像我這樣的作家竟然有著這種頗難解釋的生活環境，這豈不是造物的愚弄和安排？所以得獎，親愛的讀者啊！我自己卻懷有另一份無法形容的低低沉沉的心情。所謂名利，親愛的讀者啊！你們紛紛為我高興，而我該如何高興呢？有個人對我說：「你的得獎，真是大快人心。」他手舞足蹈表現的是比他自己的得獎更興奮，雖然他的話像是意指著他種事實，但我聽到後卻覺得很茫然。我和一般人一樣幻想過名利的事，也因此而埋怨過人，可是經過煎熬之後，我更誠服於某種悟覺的神祕喜悅。誠然，我非常感激這個至高的榮譽頒發給我，但我體會到其所真正顯示的是社會教化的光明意義；親愛的讀者，它的普遍而廣大的啟示和鼓舞尤勝於一個得獎頃獲名望的單獨個人。我們仰望的是更平等公平和自由的世界，我們不巴望英雄再創造另一個歷史，也沒有所謂英雄創造過歷史的事實，人和萬物只是被這天和地養活而已。當我從德高望重者手中接獲這個獎時，我沒有想到我身處在歡喜的氣氛中的華美的場所，受到仰慕者的注目，我卻想到和再看到我十二歲父親逝世時，年輕的母親從遠親借米乘火車回家，途經沙河上發出隆隆聲響的鐵橋，我坐在她的身旁，看到她臨窗望著家鄉青青的虎頭山眼睛在流淚，以及羞愧著自己單衣赤足赴考側捲著在旅店的榻榻米房間的角隅面對牆壁孤獨地掉淚的情景。我只希望母親和我都忘懷了罷，像你們中的一位說的感謝現在我還活著。可是這活著的感覺有它的情景是多麼珍貴和美麗啊，就像你們現在的心田中還常映現著那昔日的戀人一樣，那時痛苦要死的感覺為何全都變得甜蜜了？你們不覺得曾經愛過不是比沒有愛更勝一籌嗎？你們說「愛」是困難的，必須緊緊握住現在，那從心底裡發出來要感謝的幸福難道不在這裡嗎？你們想要「愛」人，充滿著對世人的愛，我也是，親愛的讀者。我常遠離人們，孤獨地徘徊於山林和海邊，但我的心是那麼熱切地愛著人，難道這是偽假的嗎？親愛的讀者，只有我們的親身經歷才知道身陷孤單寂寞始能愛人，這是我和你們共守的祕密。只有傾心說的透澈，才知沉默將要來臨。該是結束這次談話的時候了，我在這裡再度引用你們之中的一位智者所寫的一句話說：時光會過去的，一切又恢復平淡。

一九八五年十二月

七等生創作年表

INK PUBLISHING 七等生全集 09

譚郎的書信

作　　者　七等生
圖片提供　劉懷拙
總 編 輯　初安民
責任編輯　林家鵬　宋敏菁　施淑清　孫家琦　黃子庭　陳健瑜
美術編輯　黃昶憲　陳淑美　林麗華
校　　對　呂佳真　潘貞仁　林沁嫺

發 行 人　張書銘
出　　版　INK印刻文學生活雜誌出版股份有限公司
新北市中和區建一路249號8樓
電話:02-22281626
傳真:02-22281598
e-mail:ink.book@msa.hinet.net
網　　址　舒讀網http://www.inksudu.com.tw

法律顧問　巨鼎博達法律事務所
施竣中律師
總 代 理　成陽出版股份有限公司
電話:03-3589000(代表號)
傳真:03-3556521
郵政劃撥　19785090　印刻文學生活雜誌出版股份有限公司
印　　刷　海王印刷事業股份有限公司

港澳總經銷　泛華發行代理有限公司
地　　址　香港新界將軍澳工業邨駿昌街7號2樓
電　　話　852-27982220
傳　　真　852-27965471
網　　址　www.gccd.com.hk

出版日期　2020年12月　初版
ISBN　978-986-387-377-8
978-986-387-382-2(全套)
定　　價　3870元(套書不分售)

國藝會出版中心 贊助出版

國家圖書館出版品預行編目資料

七等生全集. 9／
譚郎的書信/七等生著 -初版. --
新北市：INK印刻文學, 2020.12 面；　公分
ISBN 978-986-387-377-8(平裝)

863.57　　109017974